Amsterdam, blutrot

Die Musikerin und Autorin Lena Avanzini studierte einige Jahre in den Niederlanden und lebte dort auf einem Hausboot, bevor sie in ihrer Geburtsstadt Innsbruck sesshaft wurde. Ob im heimischen Keller, im Zug oder in einem »bruin café« in Amsterdam, das Morden geht ihr überall flott von der Hand. Da sie sich in der Wahl der Waffen auf Worte beschränkt, ist sie bisher straffrei ausgegangen.

LENA AVANZINI

Amsterdam, blutrot

AMSTERDAM KRIMI

emons:

Bibliografische Information der Deutschen Nationalbibliothek
Die Deutsche Nationalbibliothek verzeichnet diese Publikation in der Deutschen Nationalbibliografie; detaillierte bibliografische Daten sind im Internet über http://dnb.d-nb.de abrufbar.

Umschlagmotiv: photocase.com/Francesca Schellhaas
Umschlaggestaltung: Tobias Doetsch
Gestaltung Innenteil: César Satz & Grafik GmbH, Köln
Lektorat: Carlos Westerkamp
Druck und Bindung: CPI – Clausen & Bosse, Leck
Printed in Germany 2015
ISBN 978-3-95451-661-2
Amsterdam Krimi
Originalausgabe

Dieser Roman wurde vermittelt durch die
Literaturagentur Beate Riess, Freiburg.

Für Cornelia,
zur Erinnerung an unser Amsterdam-Abenteuer,
eine vergebliche Suche
und eine unerwartete Entdeckung

Mit dem Zeigefinger fuhr Aravind über die Kanten des geschliffenen Steins, immer wieder, und fragte sich, wo der Affe im Curry lag. Bis er sich an einer Unebenheit die Haut aufritzte und zugleich die Erkenntnis in ihn einschlug wie ein Blitz in einen tausendjährigen Banyanbaum. Und da wusste er: Sein siebter Fall war noch nicht gelöst, die Geschichte noch nicht zu Ende. Im Gegenteil, sie hielt noch eine unliebsame Wendung parat, wie Shiva, der Schreckliche, der höchste Herr, sie nicht arglistiger inszenieren hätte können.

Jeanne C. Ramant, aus: »Leopardentod. Inspektor Aravind Bhaduris siebter Fall«

1

Was war das? Ein erstickter Schrei?

Das Liebesgestöhn hat aufgehört, die Stille, die sich wie ein Leichentuch über den Raum breitet, klingt kalt und schaurig.

Er versucht, die Finsternis zu durchdringen.

Da ist etwas. Ein Schatten im Schatten, eine flüchtige Bewegung im Dunkel, weniger als ein Huschen.

Oder spielt ihm seine Phantasie einen Streich?

Doch kaum hat die Westminster-Uhr im Wohnzimmer begonnen, die volle Stunde zu schlagen –

O Lord, our God
Be Thou our guide
That by Thy help
No foot may slide
Dong …

– schält sich eine Schattengestalt aus dem nächtlichen Schemen der Türöffnung, die vom Schlafzimmer in den Ankleideraum führt.

Für Manou ist die Gestalt zu schlank. Ist es ihr Liebhaber? Oder … ein Einbrecher?

Noch während er zu erkennen versucht, wer da Schritt für Schritt heranschleicht, ahnt er bereits, dass dieser Moment sein weiteres Schicksal bestimmen wird. Bis jetzt ist es nur ein Gefühl, vage wie die Konturen eines von Alkohol und Medikamenten aufgedunsenen Gesichts. Erst Wochen später – das altehrwürdige Haus Boerhave wie auch er selbst werden nur einen Steinwurf vom Niedergang entfernt sein – wird er an diesen Augenblick zurückdenken und glauben, die alte Uhr habe mit ihrem ersten »Dong« die tragischen Ereignisse heraufbeschworen, wie ein fallender und damit eine Kettenreaktion auslösender Dominostein.

Als die Gestalt das Fenster passiert, taucht sie in den hellen Streifen ein, den das Mondlicht aufs Parkett malt.

Es *ist* ein Einbrecher. Er trägt Jeans und ein dunkles Kapuzensweatshirt. Den Kopf verhüllt eine schwarze Balaklava, die nicht nur das Gesicht unkenntlich macht, sondern auch Geschlecht und Alter verschleiert.

Was wollte er in Manous Schlafzimmer? Verwahrt sie ihren Schmuck nicht im Wohnzimmer, im Tresor, der sich hinter Mondrians »Apfelbaum« verbirgt? Und wo bleibt sie eigentlich? Wo um Himmels willen bleibt Manou?

Langsam und lautlos nähert sich das unheimliche Wesen. Geduckt. Lauernd.

Dong.

Es kommt direkt auf ihn zu. Die Schuhe stecken in durchsichtigen Plastikhüllen, als wäre es mit jedem Fuß in einen Gefrierbeutel geschlüpft. Die Hände sind unter Lederhandschuhen verborgen, der rechte Lederhandschuh hält ein Messer.

Es ist ein gewöhnliches Küchenmesser, wie Manous Haushälterin es zum Zerkleinern von Gemüse verwendet. Die Klinge misst achtzehn Zentimeter, schätzt er.

Von der Messerspitze aber tropft eine himbeerrote Flüssigkeit. Kein Fruchtsaft. Während sich wie in Zeitlupe ein Tropfen löst, der Schwerkraft folgt und auf dem geölten Walnussholz des Parkettbodens aufschlägt, fällt ihm, der wie all seine Verwandten ein Faible für Sprichwörter hat, eines ein.

Zugegeben, angesichts der Schicksalhaftigkeit des Augenblicks klingt es banal, dennoch trägt es das Potenzial in sich, zum Sprichwort des Jahres gekürt zu werden:

Nicht alle sind Köche, die lange Messer tragen.

Er kann sich nicht über sein Bonmot freuen, denn das unheimliche Wesen ist bis auf eine Armlänge an ihn herangetreten und starrt ihn durch die Schlitze der Balaklava an, als wolle es in ihn eintauchen.

Ungekannte Panik erfasst ihn. Eine Jahrhundertangst. Hilflos und zur Bewegungslosigkeit verdammt steht er in seiner Ecke, und als die fremden Augen sich in ihn versenken, wünscht er sich, er könne schreien. Oder weglaufen.

Dabei sind diese Augen schön geschnitten, die Iris ist karamellfarben und beinahe durchsichtig. Als hätte Manou den Cognac, den sie sich allabendlich vor dem Einschlafen gönnt, mit der vierfachen Menge Wasser gestreckt. Doch während Manous

Cognac – ob pur oder verdünnt – stets einen warmen Ton annimmt, wohnt in diesen karamellfarbenen Augen Kälte.

Und er, der in den einhundertneun Jahren seiner Existenz noch nie einen derartigen Frost in menschlichen Augen gesehen hat, weiß plötzlich ganz genau, wessen Blut da von der Messerspitze tropft.

Dong.

Die unheimliche Gestalt lässt das Messer fallen. Dann hebt sie den Arm zum tödlichen Schlag.

Ein Zittern durchläuft ihn, obwohl das physikalisch vollkommen unmöglich ist. Es fühlt sich an, als ginge ein Beben durch jede Faser seines Kirschholzrahmens, flösse an den geschwungenen Linien und floralen Jugendstilornamenten entlang und führe zu unnatürlichen Spannungen in der mit Silber beschichteten Glasplatte und schließlich zu einem haarfeinen Riss. Einem unsichtbaren Riss, der sich erst Wochen später – das altehrwürdige Haus Boerhave wie auch er selbst werden nur einen Steinwurf vom Niedergang entfernt sein – zu einem hässlichen Sprung auswachsen wird.

Mit dem vierten und letzten Stundenschlag der Westminster-Uhr lässt die unheimliche Gestalt den Arm auf halbem Weg sinken. Der tödliche Schlag bleibt aus, sie wendet den Blick ab, geht. Taucht ein in den nächtlichen Schemen der Türöffnung, die vom Ankleideraum ins Schlafzimmer führt. Verschwindet in den Schatten, eine flüchtige Bewegung im Dunkel, weniger als ein Huschen.

Nein, seine Phantasie hat ihm keinen Streich gespielt.

Er ahnt den Riss in sich und weiß: Sein Ende ist besiegelt. Das Ende des Standspiegels, Baujahr 1905, entworfen vom legendären Henry van de Velde, seit 1912 im Besitz der Familie Boerhave – ein Ende auf dem Sperrmüll.

So unrühmlich wie unverdient.

2

Am Fis hätte sie es merken müssen.

Der Ton, den Maximiliane Mikulicz sonst immer dunkelorange und eiförmig wahrnahm, blitzte an diesem Montag im Mai blutrot und scharfkantig vor ihrem inneren Auge auf. Wie eine gut geschliffene Mordwaffe. Eine benutzte Mordwaffe.

Und als der neunjährige Matthijs zum dritten Mal ein Fis spielte, wo ein F vorgesehen war, bohrte sich der blutige Ton in ihren Schädel.

Maxi unterdrückte einen Schmerzensschrei.

Wieder einmal fragte sie sich, ob sie die Eigenheit ihres Gehirns, akustische Reize in bunte Formen zu verwandeln, für eine Gabe oder für einen Fluch halten sollte. An diesem Montag tendierte sie zum Fluch.

Natürlich wusste sie längst, dass es sich dabei nicht um eine farbenfrohe Form von juveniler Demenz handelte, wie sie es als Teenager befürchtet hatte. Eher um ein seltenes Talent, das den Namen Synästhesie trug. Ein halbes Promille der Menschheit war damit geschlagen, es gab die Farbenhörer, die Zahlenspürer, die Formenschmecker und unzählige andere. Maxi gehörte zu den Farbenhörern. Ein Fis – sofern es auf einem Klavier gespielt wurde – sah für sie immer wie ein dunkeloranges Oval aus, nur heute nicht. Heute stach es wie bluttriefender, scharfer Stahl in ihr inneres Auge.

Erste Schweißtropfen bildeten sich auf ihrer Stirn. Und spätestens beim siebten Fis hätte sie merken müssen, dass abgesehen vom falschen Ton etwas ganz und gar nicht stimmte, dass etwas Ungeheuerliches in der Luft lag. Dieses farbverschobene Fis war eine Warnung. Zwischen seinen Obertönen hätte Maxi die Botschaft lesen können: *Klavierstunden absagen, Gehörgänge mit Wachs verstopfen, die Jeneverflasche leeren und ab ins Bett!* Als wünschte eine höhere Macht, die beginnende Mordserie, von der Maxi nichts ahnte, ginge an ihr vorbei, während sie ihren Rausch ausschliefe, und der im Nebel des Wacholderfusels Gefangenen bliebe es verwehrt, ihre Füße vor das Visier der Bestie zu lenken, die sich gerade warmmeuchelte.

Aber Maxi merkte nichts. Und selbst wenn sie etwas gemerkt hätte, wäre es ihr unglaubhaft erschienen, dass das Schicksal – oder irgendein göttliches Wesen – sich ausgerechnet ihres hoffnungslosesten Klavierschülers bedienen würde, um ihr eine Nachricht zukommen zu lassen.

Natürlich versuchte sie, eine Erklärung zu finden. Dass sie den Ton Fis so scharf und blutig wahrnahm, konnte weder am ungeliebten Wochentag noch an ihrem hormonellen Zustand liegen. Sie schob es also auf ihr angeschlagenes Nervenkostüm und den Restalkohol. Nach der gestrigen Weinprobe, die sich bis in die Morgenstunden gedehnt hatte, und dem Streit mit ihrem Freund Jan, dem Weinhändler, war ihr Geduldsfaden schon von Haus aus dünn und ausgefranst gewesen. Matthijs, dieser talentlose Unglücksrabe, hatte ihn endgültig gekappt.

Das Einzige, was sie also bemerkte, war brodelnde, Blasen werfende Ungeduld. Die Ungeduld wandelte sich in Zorn, der Zorn kochte hoch und suchte sich ein Ventil; fand das Ventil.

»F, zum Donner!«, zischte Maxi und malte sich aus, wie sie Matthijs erwürgen, in fingerdicke Stückchen zerschroten und an die Blesshühner verfüttern würde, die tagein, tagaus vor ihrem Fenster patrouillierten. Natürlich war das nur eine makabre Phantasie, die sie in wenigen Minuten bereuen würde, die aber durchaus ihre Berechtigung hatte. Denn so gelang es ihr, ihren Ärger zu kanalisieren. Als einzige reale Handgreiflichkeit erlaubte sie sich, mit dem Zeigefinger dreimal scharf auf das Notenblatt zu klopfen.

Matthijs ließ sich dadurch nicht aus der Ruhe bringen. Er drehte nur den Kopf und sah sie mit hochgezogenen Brauen an.

»Siehst du hier irgendwo ein Fis? Siehst du ein Fis? Na?«

»Glaub nicht.«

»Warum spielst du dann dauernd eins?«

Sein Blick war ein einziger Vorwurf. Maxi entdeckte Enttäuschung und Verwunderung darin und sogar einen Tick Mitleid. Wäre dieser Blick einem Comic entsprungen, hätte in der dazugehörigen Sprechblase gestanden: *Die spinnen, die Klavierlehrerinnen.*

»Letzte Woche hab ich F gespielt, und es war dir auch nicht recht!«

Sie schlug die Hände zusammen. »Das war ein anderes Stück! Ein Stück in G-Dur. Mit Fis vorn dran. Hier haben wir aber C-Dur. Mit ohne Fis, verstanden?«

Matthijs zuckte mit den Schultern.

»Du treibst mich noch in den Wahnsinn!« Sie verdrehte die Augen. »Also gut, spiel's noch einmal. Mit F jetzt, okay?«

Der Junge nickte. Seine Segelohren wackelten ein bisschen, vielleicht aus Abscheu vor der Ungerechtigkeit der Welt, die so viele verschiedene Tonarten kannte. Und wozu? Einzig und allein, um verzweifelte Klavierschüler wie ihn zu quälen. Er rückte den Hocker zurecht, setzte sich kerzengerade hin, krempelte die Ärmel hoch und starrte mit Todesverachtung auf die Noten.

Dann begann er von vorn.

Der Popsong – eine Kurzfassung von Eric Claptons »Tears in Heaven«, für Klavieranfänger arrangiert, zweistimmig und ohne eine einzige schwarze Taste zu bemühen – klang unter Matthijs' Fingern holprig, unrhythmisch, lustlos und fad. Mit viel Phantasie konnte man die Melodie erkennen. Spannend wurde es, als die kritische Stelle näher rückte. Takt fünf. Zwei aufeinanderfolgende F in Achtelnoten.

Maxi hielt die Luft an. Sie versuchte, den ockerfarbenen Kegel herbeizuvisualisieren, als den sie üblicherweise ein F wahrnahm, als drei Dinge zugleich passierten:

Erstens, Matthijs spielte wieder Fis.

Zweitens, brüllendes Rot flutete ihr Gehirn; eine rote Lache breitete sich vor ihrem inneren Auge aus, nein, ein See, ein blutroter See, der aus scharfkantigen Kristallen bestand.

Drittens, Rudel betrat das Zimmer. Maxis Untermieter trug nichts als eine geringelte Pyjamahose und auf dem Kopf eine Gasmaske, wahrscheinlich ein Erbstück seines Urgroßvaters, der im Ersten Weltkrieg vor Ypern gefallen war. In der Hand hielt er eine Sprühflasche mit einem aufgemalten Totenkopf. Maxi starrte zuerst auf die Maske, dann auf Rudels nackten Oberkörper. Beim Anblick seiner von Gänsehaut überzogenen Hühnerbrust empfand sie so etwas wie Trost. Beruhigung. Das brüllende Rot ebbte ab, der Zorn über das falsche Fis verflog, ein Lächeln schlich sich auf ihre Lippen.

Rudel nuschelte etwas Unverständliches.

»Wie bitte? Nimm doch das Ding ab!«

Er schob die Maske über den Kopf und grinste schief. »Kannst du mir dein Haarspray leihen?«

»Mein ... was?« Es sprach für Rudels defizitäres Frauenverständnis, dass er Maxi den Besitz von Haarspray zutraute. Obwohl ihr Kopf einem frisch gemähten Weizenfeld glich, mit dem einzigen Unterschied, dass die Stoppeln nicht blond, sondern schwarz waren; obwohl ihre gesamte Garderobe inklusive Schuhwerk, Duschgel und Zahnbürste in einen kleinen Koffer passte. »Was willst du überhaupt mit Haarspray? Dich als Zombie verkleiden?« Sie malte sich aus, wie Rudel seinen rötlichen Flaum, der sich hinter die ausgeprägte Stirnglatze duckte, stachelförmig auftoupieren würde. Dazu die Gasmaske und das extravagante Beinkleid, und er könnte als untoter Ameisenbär durchgehen.

»Brauch's für die Vergissmeinnicht.« Er lächelte verzückt. »Damit die Blätter glänzen. Glänzende Blätter sind ein Indiz für die Gesundheit der Pflanzen.«

Maxi verstand nicht viel von Botanik, dennoch bezweifelte sie, dass es sich günstig auf sprießunlustige – um nicht zu sagen marode – Frühjahrsblüher auswirken würde, wenn man die Poren ihrer Blätter mit Haarspray verklebte. Leider hatte Rudel noch weniger Ahnung, obwohl er der leidenschaftlichste Gärtner war, den sie kannte. Gleich nach seinem Einzug hatte er Maxi bekniet, ihm den Dachgarten ihres schwimmenden Heims zu überlassen, um den sie sich nie groß gekümmert hatte. Bloß einige Töpfe mit Küchenkräutern hatte sie aufgestellt, die auch ohne viel Aufhebens prächtig gediehen waren. Seit Rudel mehrere Stunden täglich mit schweißtreibender Gartenarbeit zubrachte, warf der Rosmarin seine Nadeln ab, die Petersilie war ertrunken, der Thymian vergilbt, und der Schnittlauch kümmerte vor sich hin. Auch den Marihuanapflänzchen, die er für den Eigenbedarf zog, den Wildorchideen, Kugeldisteln und Glockenblumen ging es nicht besser.

Vor zwei Wochen hatte er eine Blechbadewanne aufs Dach geschleppt und Kaukasische Vergissmeinnicht eingesetzt. Damals hatten sie üppig geblüht, eine blaue Pracht, von der inzwischen nichts mehr übrig war. Die Blätter hatten trotz Dünger und regelmäßiger Wasserzufuhr bereits eine kränkliche Farbe angenommen, weshalb Rudel jetzt wohl zu rigoroseren Behandlungsmethoden greifen wollte.

»Du besitzt also kein Haarspray?«, hakte er nach.

»Frag doch Tess. Die hat unter ihren Dosen und Tuben garantiert was Passendes.« Die dritte Bewohnerin der »Waterlelie« jobbte als Model, wenn sie nicht über Horoskopen brütete oder sich ihrem Medizinstudium widmete, und war daher in Sachen Schönheitsmittelchen bestens bestückt. Weshalb Tess zwar im kleinsten Zimmer des Hausboots residierte, aber das ganze Badezimmerregal für sich allein beanspruchte. »Sag, wozu brauchst du eigentlich die Gasmaske?«

»Hab die Basilikumstauden gerade mit Schmierseifenlösung besprüht. Gegen Blattläuse.«

Maxi verkniff sich ein Seufzen. Das Basilikum für ihren Mozzarella konnte sie also auch abschreiben. »Und dabei besteht die Gefahr, giftige Dämpfe einzuatmen?«

»I wo. Die Gasmaske ist ja auch undicht!«

Angesichts dieser Logik fiel ihr nichts ein, als den Kopf zu schütteln. Und sie schüttelte ihn gleich ein zweites Mal, als Rudel ihr allen Ernstes einen Joint anbot.

»Prima Gras. Ich dachte mir, du könntest was Beruhigendes gebrauchen. Hast schon ganz rote Ohren.« Er pfiff »Tears in Heaven« mit dem falschen Fis. Zeigte auf Matthijs. Grinste. »Oder hilft es, wenn wir den Zwerg mal ziehen lassen?«

Maxi warf ihren Mitbewohner hinaus. Sie mochte Rudel, mochte die Leichtigkeit, mit der es ihm gelang, sie zum Lachen zu bringen, oft unfreiwillig. Auf Kinder durfte man ihn freilich nicht loslassen.

Lächelnd wandte sie sich Matthijs zu und senkte die Stimme, um ihn in Sicherheit zu wiegen. »Verrätst du mir, was dich diesmal geritten hat, Fis zu spielen? Obwohl wir uns auf F geeinigt hatten?«

Matthijs schwieg. Vielleicht war ihm der neuerliche Fehler peinlich. Vielleicht litt das arme Kerlchen an chronischer Konzentrationsschwäche. Oder hatte er absichtlich …?

»Machst du das womöglich, um meinen Blutdruck in die Höhe zu treiben? Weil du denkst, ich hätte Kreislaufprobleme?«

»Du würdest auch lieber Fis spielen, wenn das F klebrig ist!«, sagte er. Seine Stimme zitterte vor Empörung.

Maxi stöhnte.

Sie holte ein feuchtes Tuch und wischte damit die Klaviatur ab. Matthijs schickte sie zum Händewaschen ins Bad, danach spielte er den Popsong noch einmal. Nicht weniger holprig, aber diesmal mit F, einem beruhigenden Kegel in lichtem Ocker, der sich dünenförmig hochwölbte und mit seinem Zwillingsbruder zur Vision eines Sandstrandes verschmolz.

Als der letzte Ton verklungen war und Matthijs mit schief gelegtem Kopf auf Maxis Urteil wartete, hätte sie beinahe vor Rührung geweint; oder vor Erleichterung; oder aus schlechtem Gewissen wegen der schlimmen Dinge, die ihre Phantasie vor wenigen Minuten mit dem Kleinen angestellt hatte. Natürlich unterdrückte sie den Gefühlsausbruch und schenkte Matthijs stattdessen eine Sammelkarte von Kenneth Vermeer, dem Torwart von Ajax Amsterdam. Zwar besaß er sie bereits, war aber zuversichtlich, Vermeer gegen den Ajax-Stürmer Viktor Fischer eintauschen zu können.

»Bis nächste Woche spielst du die C-Dur-Tonleiter. Mit marmeladefreien Fingern. Und ohne Fis.«

Matthijs nickte.

Als Maxi ihm einen neuen Song aufgeben wollte, verzog er den Mund. »Kann ich bitte eine Sonatine?«

»Ich dachte, du findest Sonatinen langweilig und hörst lieber Pop.«

Er zuckte mit den Schultern. »Schon.«

»Versteh ich nicht. Warum willst du was spielen, was dir nicht gefällt?«

»Sonatinen sind leichter. Man weiß immer, was kommt, und die Komponisten sind alle schon tot.«

Maxi runzelte die Stirn. So viel Empathie mit verblichenen

Tonsetzern hätte sie dem Bengel gar nicht zugetraut. »Wie du meinst. Du musst das Stück üben, nicht ich.«

Matthijs schwieg. Schenkte ihr nur einen verwunderten Augenaufschlag. *Üben?*, schien sein Blick zu fragen. *Das machen wir ja schon in der Klavierstunde!*

Sie hätte wetten mögen, dass Matthijs genau das dachte, und war froh, dass er es nicht aussprach. Zum Abschied drückte sie ihm ihren leichtesten Sonatinenband in die Hand, in dem sie ein Werk von Johann Baptist Vanhal angekreuzt hatte, und atmete auf, als die Bootstür hinter der kleinen Nervensäge ins Schloss fiel.

Ihr knurrender Magen führte sie in die Küche. Im Kühlschrank gähnte Leere. Hinter einer Packung Vanillevla versteckte sich ein Marmeladenglas, in dem ein halb präparierter Froschschenkel in Formalinlösung dümpelte. Vla und Schenkel gehörten Tess, und Maxi hätte nicht sagen können, was sie widerlicher fand, die künstlich schmeckende holländische Interpretation von Flüssigpudding oder das Übungs-Leichenteil. Aber nach zweieinhalb Jahren des Zusammenlebens mit einer Medizinstudentin hatte ihre Ekelschwelle ungeahnte Höhen erreicht. Auch der Plastikbecher mit den wuselnden Marienkäferlarven – eine weitere von Rudels Geheimwaffen gegen Blattlausinvasionen – brachte sie nicht aus der Fassung.

Enttäuscht schloss sie den Kühlschrank wieder. Hinter einer uralten Müslipackung entdeckte sie einen Getränkekarton mit Rote-Rüben-Saft, der noch nicht abgelaufen war. Sie füllte ein Wasserglas zur Hälfte, goss großzügig Jenever dazu, würzte den Mix mit Salz und Pfeffer – fertig war die Bloody Maxi. Damit sie diese selbst kreierte Bloody-Mary-Variante nicht in einen nüchternen Magen kippen musste, vertilgte sie eine Scheibe Weißbrot mit Erdnussbutter.

Das Brot, ein grauweißer, rindenloser, in Scheiben geschnittener und in Zellophan verpackter Quader, besaß die Konsistenz eines Marshmallows, schmeckte nach nichts und war im eigentlichen Sinn auch kein Brot. Maxi hätte den Pindakaas genauso gut pur essen können. Sie wollte aber nicht auf das Ritual des

Aufstreichens verzichten, das ihr angenehme Erinnerungen an die reiche Brotkultur ihrer österreichischen Heimat bescherte – die einzige heimatliche Errungenschaft, die sie vermisste. Von der knusprigen Handsemmel über Schwarzbrot mit knackiger Rinde, vom Salzstangerl, Mohnflesserl, Laugenbrezerl, Bosniaken, Vinschgerl, Wachauer, Butterkipferl, Müsliweckerl, Striezel bis zum Kornspitz konnte sie alle Geschmacksnuancen beliebig abrufen und sich zum holländischen Einheitsbrot dazudenken.

Den letzten Bissen warf sie aus dem Fenster, einem zerzausten Erpel zu, der ihn in der Luft auffing und verschlang.

Dann der Drink. Maxi zelebrierte jeden Schluck. Und wenn das blutrot mutierte Fis von vorhin sie doch irgendwie irritiert hatte, so löste der Alkohol diese Verunsicherung auf wie Benzin einen Schmutzfleck und spülte die letzten Reste speiseröhrenabwärts. Den Kummer über die verhunzten Tränen des Eric Clapton spülte er gleich hinterher.

Bevor das Nachmittagsprogramm mit vier weiteren Klavierschülern über sie hereinbrach, nutzte Maxi die Mittagspause, um im neuen Kriminalroman ihrer Lieblingsautorin Jeanne C. Ramant weiterzulesen. Am Vorabend hatte Jan sie zur Verkostung eines exquisiten Rotweins überredet und dadurch von der Lektüre abgehalten. Jetzt wollte sie endlich wissen, wie Aravind Bhaduri, Inspektor der Mumbai Police, seinen siebten Fall lösen würde, der im Augenblick ziemlich verfahren war, da Aravinds rechter Unterschenkel zwischen den Kiefern eines Leoparden steckte. Genüsslich strich Maxi über die Seiten des Buches.

Sie las, wie Aravind unter seiner Panik hinwegtauchte und in den Schmerz hineinatmete, wie er den Leoparden hypnotisierte und gleichzeitig Vishnu, den Großzügigen, den Erhalter der Welt, um Hilfe anflehte, wie Vishnu ihm die Hilfe versagte, weil er gerade der lieblichen Lakshmi beiwohnte, und wie Aravind – ohne die Hypnose des Raubtiers zu unterbrechen – sorgenvoll die Geier beobachtete, die über ihm kreisten.

Maxi seufzte. Die Frühlingssonne schien auf das Buch, die alltäglichen Geräusche der Gracht wehten durchs gekippte Küchenfenster – Wasserplätschern, das Brummen eines Schiffsmotors,

Gesprächsfetzen in fremden Sprachen, das monotone Quäken konkurrierender Blesshühner. Ein Rundfahrtschiff passierte. Die »Waterlelie« schaukelte sanft in seinen Bugwellen, sanft schaukelte der Alkohol in Maxis Blut. Alle Fis dieser Welt, die richtigen und die falschen, die dunkelorangefarbenen und die blutroten, zerknackten zwischen den Kiefern eines Leoparden und waren ihr vollkommen egal. So egal, dass sie einen Wimpernschlag später eingeschlafen sein musste.

Als sie hochschreckte und auf die Uhr sah, war es schon ziemlich spät.

Teufel! Sie musste sich beeilen, um noch rechtzeitig zur nächsten Klavierstunde zu kommen! Sie spritzte kaltes Wasser auf ihre Wangen, schnappte sich den Fahrradschlüssel und raste los.

Der Steg knarrte unter ihren Füßen, das Holz war morsch, und ihr fiel ein, dass sie immer noch nichts unternommen hatte, um ihn zu ersetzen, obwohl sie es seit Wochen wollte. Mit einem Satz sprang sie ans Ufer, beugte sich zu ihrem Rad und sperrte die drei Schlösser auf, die es an die Straßenlaterne fixierten. In ihrem Rücken ertönten internationale Ausrufe der Begeisterung und multiples Klicken. Sie drehte sich um.

Ein Häuflein Touristen stand, hockte oder kniete am Rand der Gracht. Die Objektive ihrer Handys und Kameras hatten die Fotografierwütigen auf die »Waterlelie« gerichtet. Das war nicht weiter verwunderlich. Maxis Schiff war eine Schönheit. Ein ausgedientes Frachtschiff, auf dessen Unterbau die Vorbesitzer einen hölzernen Kubus im Fertighausstil aufgesetzt hatten. Als Maxi das Schiff gekauft hatte, war der dunkelgrüne Lack der Wände schon großteils abgeblättert. Also hatte sie die Holzbretter kurz nach ihrem Einzug abgeschliffen und frisch gestrichen, in frechem Türkis, mit erdbeerroten Fensterrahmen. Ein echter Hingucker und zwischen all den Giebeln und schiefen Häuserfronten ein perfektes Fotomotiv für grachtenbummelnde Touristen.

An diesem Montagnachmittag wurde die Idylle jedoch noch getoppt: Rudel – er hatte seine geringelte Pyjamahose inzwischen mit psychedelisch gemusterten Boxershorts vertauscht, trug aber nach wie vor die Gasmaske – stand auf dem Dach des Hausboots und beugte sich über die Blechbadewanne mit den Kaukasischen Vergissmeinnicht. Offensichtlich war er im Badezimmer fündig geworden, denn er hielt eine Spraydose in der Hand und besprühte jedes einzelne Vergissmeinnichtblatt von oben und unten. Der Wind trug eine Duftwolke ans Ufer, die nach Tess roch, nur hundertfach verstärkt.

Maxi zuckte zusammen. Als sie genauer hinsah, hätte sie schwören können, dass sich die Farbe der Blätter noch während der Behandlung von kränklich zu todgeweiht wandelte. Als Gärtner war Rudel ein hoffnungsloser Fall. Dabei hatte Tess ihm vor Kurzem einen Ratgeber geschenkt, Maxi hatte ihr dabei geholfen, ein deutschsprachiges Exemplar aufzutreiben. Wenn sie sich recht erinnerte, hieß es »Buddhistische Gartenweisheiten« oder so ähnlich. Entweder hatte Rudel noch nicht darin gelesen oder die falschen Schlussfolgerungen gezogen. Vielleicht war das Buch auch nur esoterischer Mist, wie der ganze Horoskop- und Orakelkram, mit dem Tess sich so gern beschäftigte.

Noch während Maxi überlegte, ob sie ihm etwas Handfestes wie die Teilnahme an einem Urban-Gardening-Kurs zum Geburtstag spendieren sollte, ertönte ein Schrei. Am spitzen Kanariengelb erkannte sie, dass es ein G sein musste. Ein ersticktes Schreckens-G aus Rudels Gurgel. Sie sah, wie er seine Rechte aus der Badewanne zog, sie schüttelte. Eine cremige braune Masse klebte daran. Seine Linke riss die Gasmaske herunter, und das erstickte G ging nahtlos in eine Kaskade von schwäbischen Schimpfwörtern über, die Maxi nicht verstand. Das war auch unerheblich, denn Rudels Problem lag im wahrsten Sinn des Wortes auf der Hand.

Ginger musste der »Waterlelie« wieder einmal einen Besuch abgestattet haben. Die Nachbarskatze liebte Rudel, vielleicht weil ihr Fell so rotblond war wie sein spärlicher Flaum. Jedenfalls hatte sie seine Vergissmeinnichtpflanzung zu ihrem persönlichen Klo auserkoren.

Maxi riss sich von der Szene los, die von mindestens sechs verschiedenen Smartphones und drei bis vier Digitalkameras eingefangen wurde und schon bald in aller Herren Länder zu bewundern sein würde. Höchste Zeit! Sie schwang sich aufs Rad und trat kräftig in die Pedale.

***

Aus dem Buch »Buddhistische Weisheiten
für Hobbygärtner« von Döndrup Rangjung Rinpoche
(deutsche Übersetzung: Adelbert Hinrichs):

Wenn die Wurzeln nicht vertrocknet sind,
ist das Vergissmeinnicht noch nicht tot.

3

Obwohl sie den Weg zum Vondelpark in Rekordzeit schaffte, erreichte sie die Koningslaan, an deren Ende sich die Villa der van der Eijks befand, um zehn Minuten zu spät. Zwar würde sie damit dem elfjährigen Henk, einem ähnlichen Musterschüler wie Matthijs, eine Freude machen, denn für seinesgleichen war eine um zehn Minuten verkürzte Klavierstunde eine gute Klavierstunde. Seine Mutter, die die Stunden bezahlte, sah das vermutlich anders. Freilich tat es Annika van der Eijk, der erfolgreichsten Eisschnellläuferin aller Zeiten, nicht weh, den doppelten Klavierstundentarif hinzublättern und noch einen satten Hausbesuchs-Aufschlag draufzulegen. Die ehemalige Welt- und Olympiasiegerin hatte nach Beendigung ihrer sportlichen Karriere mit einer Fitnesscenter-Kette und dem exklusiven Vertrieb von isotonischen Drinks, Diätshakes, Kohlenhydratblockern, Energy Boostern und Powerriegeln viel Geld gemacht und gehörte heute vermutlich zu den zehn reichsten Menschen der Niederlande. Trotzdem. Der Betrag, den Annika monatlich für die Klavierlektionen ihres Sohnes bezahlte, war so stattlich, dass sie dafür Pünktlichkeit, ein XXL-Paket an Geduld und überdurchschnittliches Engagement von Maxis Seite erwarten durfte.

Während Maxi die letzten Meter abstrampelte, legte sie sich also eine Ausrede zurecht. Platter Reifen? Kette herausgesprungen? Krampf im Bein? Da fiel ihr Blick auf einen weißen VW-Bus mit roten und blauen Schrägstreifen, der die Einfahrt der van der Eijks blockierte. Auf seinem Dach blinkte Blaulicht. Zwei Polizisten in Uniform wuselten herum und hantierten mit einem Absperrband. »Mach das fest, Luuk!«, rief der ältere der beiden einem nicht uniformierten jungen Mann zu.

Maxi lehnte ihr Rad an den Gartenzaun und schloss es ab. »Was ist denn hier los?«, fragte sie das bartlose Milchgesicht namens Luuk. Gleichzeitig versuchte sie, unter dem Band hindurchzuschlüpfen.

»Zutritt verboten! Gehen Sie weiter, es gibt nichts zu sehen.

Oder wohnen Sie hier? Dann muss ich Ihre Personalien aufnehmen.«

Sie schielte an dem langen Kerl vorbei und sah Männer in weißen Overalls die Villa der van der Eijks betreten. Wie ein hellhöriger Hund erwachte ihr kriminalistischer Instinkt, sprang hinter der Ofenbank hervor, nahm Witterung auf und bellte verheißungsvoll. Zugleich leuchtete vor Maxis innerem Auge ein blutroter Kristall auf wie das Echo eines farbverschobenen Fis. Es flackerte einige Augenblicke lang und begann dann zu verblassen – der letzte Versuch einer Warnung. »Hände weg!«, hätte die Illusion des Fis sagen mögen.

Da begriff Maxi. Ein Verbrechen harrte der Aufklärung, und eine höhere Macht wollte sie davon abhalten. Noch während das Trugbild verlöschte und sie der höheren Macht die Zunge herausstreckte, brütete ihr Hirn einen Plan aus. Warnung hin oder her, niemals würde eine passionierte Krimiliebhaberin wie sie so eine Gelegenheit verstreichen lassen. Sie nahm den Hund namens Instinkt an die Leine und wartete, bis die beiden Polizisten mit dem Absperrband um die Ecke verschwunden waren.

Folgende Gedanken rasten in Lichtgeschwindigkeit durch Maxis Kopf: Wenn Polizei, Kripo *und* Spurensicherung angerückt waren, musste ein Kapitalverbrechen passiert sein. Kein Einbruch, keine Sachbeschädigung, kein Haushaltsunfall, nein, mindestens ein schwerer Raub. Oder eine Kindesentführung. Oder gar Mord! Auf alle Fälle etwas Traumatisierendes.

Also streckte sie dem Milchgesicht, das ihr nach wie vor den Zutritt verwehrte, die Hand entgegen. Dabei starrte sie in seine blauen Strahleaugen und hielt seinen Blick fest.

»Dr. Mikulicz.« Das Lächeln, das ihre Mundwinkel nur flüchtig dehnte, hätte man als professionell bezeichnen können. Ein ähnliches Lächeln in Kombination mit einem angedeuteten Nicken hatte sie früher bei ihren Auftritten in der »Eden Bar« oder im »Grand Hotel Wien« bemüht. »Maximiliane Mikulicz. Ich bin die Notfallpsychologin, die die Staatsanwaltschaft angefordert hat.«

Kaum war die Lüge über ihre Lippen geschlüpft, tat es Maxi leid. Sie hasste Ausreden, schon von Berufs wegen. Innerlich wand sie sich, dass sie diesen netten jungen Kriminalbeamten derart hinters Licht führen musste, tröstete sich aber damit, dass es sich um eine Notlüge handelte. Wie sonst hätte sie ins Haus gelangen sollen?

Luuk wandte sich hilfesuchend zu seinen uniformierten Kollegen um, doch die waren außer Sichtweite. »Die Psycho...? Ich meine – die Notfall...?« Die Milch seiner Wangen bekam pinkfarbene Flecke, die einem Radieschen gut zu Gesicht gestanden hätten. Unter dem Rand seiner Basecap quoll ein Schweißtropfen hervor. »Selbstverständlich!«, stammelte er. Seine Rechte zuckte zur Mütze, riss sie herunter. Mit dem Ärmel wischte er sich über die Stirn. »Entschuldigen Sie, aber bei den vielen Schaulustigen heutzutage kann man nicht vorsichtig genug sein.«

Maxi nickte huldvoll.

Beflissen hob der Jungkriminalist das Band an und ließ sie passieren. »Der Kleine ist in seinem Zimmer. Erster Stock, die letzte Tür links.«

Mit großen Schritten eilte sie weiter, bevor er es sich anders überlegen konnte. *Kindesentführung fällt also flach*, dachte sie mit einem Anflug von Erleichterung. Nicht dass es um Henks pianistische Fähigkeiten schade gewesen wäre, aber natürlich wuchsen ihr auch die faulsten Schüler ans Herz. Gerade die faulsten!

Das Gewimmel in der Villa erinnerte an einen Ameisenhaufen, in den jemand mit einem Stock hineingestochert hatte. In der Diele stritt sich ein schwitzender Dicker in einer schäbigen Lederjacke, vermutlich ein weiterer Kripobeamter, mit einem gut gebauten Kollegen. Obwohl der das Dickerchen um einen Kopf überragte, musste er sich anschnauzen lassen, bekleidete also offensichtlich einen niedrigeren Rang. Wenige Meter daneben untersuchten zwei Männer von der Spurensicherung einen blutigen Fußabdruck und fielen über einen Polizisten her, der den Abdruck angeblich verursacht hatte – mutwillig, weil er zu faul gewesen sei, in die Überstiefel aus mikroporösem PE-Laminat zu schlüpfen.

Maxi konnte die streitenden Mannen unbemerkt umschiffen und enterte die Treppe. Dort hätte sie beinahe eine dürre Frau mit Dutt umgerannt, die sie misstrauisch musterte. Maxi kannte dieses zerknitterte Gesicht aus dem Fernsehen. Staatsanwältin Wolkenfelt, die nimmermüde Streiterin gegen das organisierte Verbrechen. Schon öffnete sich der Mund der Dame, mit der ganz offensichtlich nicht gut Kirschen essen war. »Was –«

»Dr. Mikulicz«, platzte Maxi heraus. »Die Notfallpsychologin.« Sie zog ihren laminierten Hallenbadausweis aus der Brusttasche ihrer Jeansjacke und hielt ihn so nah vor das Staatsanwältinnenantlitz, dass die Gute schon eine Lesebrille gebraucht hätte, um irgendetwas zu entziffern.

»Aber ich habe doch Wouter Stienstra persönlich angefordert!«

»Kollege Stienstra ist leider verhindert.« Maxi legte eine Extraportion Selbstbewusstsein in ihren Blick, wie es sich für eine ambitionierte und nicht mehr ganz junge Psychologin gehörte. Mit dieser geballten energetischen Kraft fixierte sie den plissierten Mund der Wolkenfelt. Der Lippenstift der Staatsanwältin leuchtete rot, er war über die von einem dunkelvioletten Konturenstift gezogenen Grenzen hinausgeflossen, in die umliegenden Fältchen hinein und hatte sogar Spuren auf den Zähnen hinterlassen. Man hätte meinen können, die Staatsanwältin habe das Mordopfer – denn ein solches gab es, da war Maxi sich inzwischen sicher – nicht nur visuell begutachtet, sondern ihre Lippen ins Opferblut getaucht und davon gekostet. Maxi schauderte. Sie riss sich zusammen. »Dürfte ich jetzt bitte …«

»Ach so. Natürlich. Entschuldigen Sie, aber Sie sehen ja selbst, welches Chaos hier herrscht.« Damit trat die Wolkenfelt zur Seite und gab den Weg frei.

Maxi konnte ungehindert in den ersten Stock vordringen. Diesmal hielt sich ihr schlechtes Gewissen in Grenzen. Vielleicht weil die Staatsanwältin als Hardlinerin galt, die in der Wahl ihrer Mittel nicht zimperlich war, solange sie nur ans Ziel kam. Und gegen diese Mittel war Maxis Geflunker Kinderkram.

Als sie um die Ecke bog, sah sie durch die offene Tür direkt ins Schlafzimmer der van der Eijks, einen ursprünglich in kühlem Weiß gehaltenen Raum, über dem jetzt ein roter Schimmer waberte. Das Rot brüllte wie die falschen Fis von Matthijs, es protzte wie der Saft reifer Kirschen, es knallte wie die Staatsanwältinnenlippen. Und es infiltrierte Maxis Kopf und schlug sie in seinen Bann, sodass sie den armen Henk vergaß und näher schlich.

Annika van der Eijk lag diagonal im luxuriösen Doppelbett. Sie lag auf dem Bauch, und das, was sie da trug, war kein weißes Trikot mit blassrosa Streifen, sondern ihre eigene nackte Haut, auf die jemand mit einer Peitsche eingeschlagen haben musste. Oder mit der Reitgerte, die neben ihrem grotesk verdrehten Bein lag und von deren dünnerem Ende Blut auf das Eisbärenfell am Boden tropfte. Maxi schluckte. Mit angehaltenem Atem dachte sie daran, dass sie erst vor einer Woche mit Annika gesprochen hatte. Es war um nichts Wichtiges gegangen, nur ein bisschen Small Talk bei einer Tasse Kaffee. Und jetzt lag die sympathische Mutter ihres Klavierschülers leblos vor ihr, zerschunden und mit Blut besudelt. Blutig waren die Spitzen von Annikas langem blonden Haar, blutig waren die Laken, der Hals, die Zahl Drei, die ihren Handrücken zierte. Bis zur Deckenlampe war das Blut gespritzt und bis zu den durchsichtigen Stores an den Fenstern. Sogar der Ärmel des älteren Herrn im weißen Kittel – vermutlich der Rechtsmediziner – war blutig. Behutsam zog er einen länglichen Gegenstand aus Annikas Po – vermutlich ein Thermometer. Mit gerunzelter Stirn blickte er darauf, dann schob er seine Hornbrille hoch und kritzelte etwas auf ein Blatt Papier. Zum Glück war er so beschäftigt, dass er Maxi nicht bemerkte.

In diesem Augenblick passierte etwas in ihrem Kopf. Vielleicht griffen zwei Zahnrädchen ineinander und setzten einen verborgenen Motor in Gang, vielleicht geschah auch etwas ganz anderes, wer kann das schon mit Gewissheit sagen. Jedenfalls machte es »klick«, und Maxi schlüpfte für einige Augenblicke in die Haut von Aravind Bhaduri, dem indischen Polizeiinspektor. Der Anblick der schönen Maharani, die den Tod ihres Gatten und den Verlust ihres Diamanten betrauerte, hatte ihn so tief berührt, dass er sich ohne Rücksicht auf sein eigenes Leben und obwohl er beurlaubt war, in diesen Fall, seinen siebten, verbissen hatte. Beim Betrachten von Annikas geschundenem Körper passierte mit Maxi etwas Ähnliches. Das Schicksal der Frau, die um einige Jahre jünger war als sie, ging ihr an die Nieren. Da die Aufklärungsquote der niederländischen Polizei in Sachen Mord vermutlich nicht halb so hoch war wie die von Aravind Bhaduri und da Maxi selbst schon genügend schlechte Erfahrungen mit der Exekutive gemacht hatte, schwor sie sich, ihren gesammelten kriminalistischen Verstand einzusetzen, um Annikas Mörder zu fassen. Das war sie Henk schuldig.

Sie zückte ihr Smartphone und hielt die gruselige Szenerie fest: den Rücken des Mordopfers, die Reitgerte, die Hand mit der Drei, die Zeichnung der Blutspritzer an der Wand. In diesem Augenblick hätte sie sich Rudels Blick gewünscht, den Blick eines professionellen Fotografen, der auf Anhieb erkannte, welche Details aus welcher Perspektive bestmöglich zur Geltung gebracht werden konnten.

Als der Arzt die Tote auf den Rücken drehte, unterdrückte Maxi ein Keuchen. Annikas Bauch und ihr Oberkörper waren von Messerstichen übersät. Eine klaffende Schnittwunde zog sich quer über den Hals. Den schlimmsten Anblick boten die Brüste der Toten mit den abgeschnittenen Nippeln. Nur ihr schneewittchenweißes Gesicht war unversehrt. Mit weit offenen Augen starrte sie ins Nirwana, die Lippen zu einem lieblichen Lächeln verzogen. Maxi zoomte Annikas Mund heran und fing das Lächeln ein. *Merkwürdig.* Als hätte die ehemalige Eiskönigin am Ende ihres Lebens nicht schlimmste Folterqualen erlebt, sondern etwas Wundervolles. Etwas beneidenswert Schönes. Maxi fotografierte auf Teufel komm raus, bis der Rechtsmediziner sich zu ihr umdrehte und sie von oben herab musterte.

»Mikulicz von der Kriminaltechnik«, log sie, um unangenehmen Fragen vorzubeugen. Und weil Frechheit siegte, fügte sie noch hinzu: »Können Sie schon etwas zur Todesursache und zum Todeszeitpunkt sagen?«

»Hat Bontekoe dich geschickt? Ich dachte, er hätte endlich kapiert, dass ich am schnellsten arbeiten kann, wenn mich niemand stört.«

»Seit wann sind wir per Du?«, fragte Maxi kühl. Respektlosigkeit hatte sie noch nie leiden können. Weder bei faulen Klavierschülern noch bei seriös bebrillten Akademikern, die kurz vor der Pensionierung standen.

Seine Antwort entging ihr. Denn im selben Moment wurde ihr

Blick auf eine Winzigkeit gelenkt, deren Wichtigkeit ihr sofort ins Auge sprang. Seit der Rechtsmediziner Annika umgedreht hatte, hing ihr rechter Arm über den Rand des Bettes hinaus, und ihr Mittelfinger zeigte nach unten, auf das blutgetränkte Eisbärenfell. Besser gesagt auf einen faustgroßen Fleck auf dem Fell. Eigentlich war es kein Fleck, sondern eine Aussparung. Die einzige Stelle, die unschuldig weiß und vom Blut der Toten verschont geblieben war. Und genau in der Mitte dieses Beinahe-Ovals lag etwas. Als Maxi näher kam, erkannte sie ein Haar. Schwarz, drahtig und kraus. Da sämtliche Familienmitglieder der van der Eijks – inklusive Meerschweinchen – mit weiß- bis rötlich blondem Seidenhaar gesegnet waren, schlug Maxis Herz höher. Sie steckte das Handy weg, fischte ein Stofftaschentuch aus ihrer Jacke und wollte den Fund damit sichern, als hinter ihr jemand aufschrie.

Was Maxi im Eifer ihrer Entdeckungsfreude völlig überhört hatte: wie das Dickerchen, das vorhin einen Untergebenen abgekanzelt hatte, treppauf gepoltert und beim Betreten des Schlafzimmers mit der Schulter gegen den Wäscheschrank gestoßen war. Erst auf seinen Schrei hin hatte sie – die Finger nach dem Haar ausgestreckt – erschrocken den Kopf gedreht und das Taschentuch fallen lassen.

Mit schmerzverzerrtem Gesicht rieb sich der Kripobeamte die Schulter, ächzte, schluckte, nahm die Brille ab und fixierte Maxi mit seinen ozeanfarbenen Augen. Augen, die sie an Griechenland erinnerten, an Santorin und seine unvergesslichen Blautöne: an die Vergissmeinnichtfarben des Himmels, die Schattierungen des Meeres von Türkis bis Lavendel, das Kobaltblau der Kuppeln von Thira. Aparte Augen, die so gar nicht in das teigige Quarkgesicht passten. Noch während Maxi in Urlaubserinnerungen schwelgte, rötete sich der Quark und verwandelte sich in wabbelndes Purpur. Wut dampfte aus jeder Pore ihres Gegenübers, schnaubende, siedende Wut. »Was fällt Ihnen ein? Was um Himmels willen tun Sie da?«, schnappte er. »Wer sind Sie überhaupt?«

»Lass gefälligst deine Kollegin in Ruhe, Bontekoe, und schrei hier nicht rum!«, schnappte der Rechtsmediziner zurück, ohne den Kripobeamten dabei anzusehen und ohne seine Tätigkeit zu unterbrechen. Er hatte die Lider der Toten mit einer Klammer auseinandergespreizt und stach nun mit einer dünnen Nadel in ihren linken Augapfel.

»*Hoofdinspecteur* Bontekoe!«, entgegnete der dicke Kripobeamte und zog dabei die Silbe *Hoofd* ungebührlich in die Länge. Im Übrigen fiel sein Protest schwach aus. Die ärztliche Autorität schien ihn einzuschüchtern – was ihn nicht daran hinderte, sich vor Maxi aufzubauen. Er schubste sie weg, bückte sich, ergriff mit spitzen Fingern ihr Stofftaschentuch, fummelte eine Plastiktüte aus seiner Hosentasche und stopfte das Tuch hinein. Stolz schwenkte er das vermeintliche Beweisstück.

Das Haar bemerkte er nicht und trat darauf. Maxi versuchte, ihn zu warnen. Aber er ignorierte ihre Einwände, packte sie an den Schultern und schob sie hinaus. Als sie ihren Kopf drehte und auf das Stück Eisbärenfell starrte, das der ausgelatschte Beamtenschuh soeben wieder freigab, war das Haar weg. Wie vom Erdboden verschluckt. Vermutlich im Labyrinth der beamteten Profilsohle gefangen.

Maxi schüttelte den Kopf. »Sie haben da etwas übersehen!«

Hoofdinspecteur Bontekoe musterte sie, als wäre sie seine Hauptverdächtige. Angesichts der Funken, die in den griechenlandblauen Augen aufblitzten, konnte sie froh sein, dass er nicht die Handschellen von seinem Gürtel löste und sie damit an sich fesselte. Aufgrund dieser rüden Behandlung warf Maxi all ihre Gewissensbisse einfach über Bord. Sie fragte sich, wie Aravind in so einer Situation reagiert hätte. Hätte er nicht um jeden Preis versucht, das Beste daraus zu machen? Die Nummer durchzuziehen und an Informationen zu kommen? Also straffte sie die Schultern und versuchte, Bontekoe ihre Notfallpsychologinnenidentität schmackhaft zu machen. »Die Staatsanwältin Wolkenfelt hat mich angefordert. Ich habe mich im Zimmer geirrt«, log sie. »Wollte mir das Taschentuch vor Mund und Nase pressen, weil mir von diesem Geruch übel wurde. Dabei ist es mir dummerweise hinuntergefallen.«

Bontekoe zögerte. Seinen zusammengezogenen Brauen war nicht zu entnehmen, ob er ihren Worten Glauben schenkte oder an Blähungen laborierte.

Sie schaltete einen Gang höher. »Lassen Sie mich jetzt sofort zu dem Jungen, er ist schwer traumatisiert!«

»Woher wollen Sie das wissen? Sie haben ihn doch noch gar nicht gesehen.«

»Ich höre es an der Komposition von Bach, die er gerade spielt.« Und wirklich. Klaviermusik flutete durch das obere Stockwerk. Quader in Grün- und Blautönen, ordentlich aneinandergereiht. Henk exekutierte das Präludium in c-Moll mit einwandfreier Artikulation, regelmäßigen Sechzehnteln, in erstaunlichem Tempo, klanglich ausgewogen und ansprechend. Und ohne einen einzigen Fehler. Zum ersten Mal in seiner immerhin fast fünfjährigen Klavierkarriere spielte er ein Stück fehlerlos! Wenn Maxi nicht an den verstimmten Bässen das Klavier der van der Eijks identifiziert hätte, hätte sie geglaubt, eine semiprofessionelle Aufnahme zu hören. Nicht gerade Glenn Gould, aber zumindest die Interpretation eines ambitionierten Amateurpianisten mit eigenem YouTube-Channel.

Da die verstimmten Bässe – vor allem das dunkelbraune B – keinen Zweifel daran ließen, dass tatsächlich Henk am Werk war, machte sie sich ernsthafte Sorgen. Pianistisch gesprochen war der Junge wie ausgewechselt, er musste sich also in einem Schockzustand befinden. Vermutlich hatte er seine Mutter gefunden, als er von der Schule nach Hause gekommen war. Was für ein furchtbarer Anblick für einen Elfjährigen! Ehrlich besorgt eilte Maxi zu seinem Zimmer, legte die Hand auf die Klinke, bereit, einzutreten. Sie wollte nur noch warten, bis er zu Ende gespielt hatte.

Kaum war der Schlussakkord verklungen, passierten drei Dinge zugleich:

Erstens, in Maxis Rücken ertönte das Klappern von Stöckelschuhen, das ihr unangenehm bekannt vorkam.

Zweitens, sie drückte die Klinke hinunter und öffnete die Tür zu Henks Zimmer einen Spalt weit.

Drittens, jemand packte sie am Arm.

Maxi wirbelte herum und sah sich der zornigen Staatsanwältin gegenüber. Die Wolkenfelt hatte ein glatzköpfiges Männchen in einem Trenchcoat angeschleppt, das wie eine Kreuzung aus Meister Yoda und Inspektor Columbo aussah. Noch bevor sich das Männchen vorstellte, wusste Maxi, dass es sich um Professor Wouter Stienstra handeln musste, den echten Notfallpsychologen. Angeblich eine Koryphäe auf dem Gebiet der Kinderpsychologie und katastrophenerprobt wie kein Zweiter, das wusste sie von Tess.

Während Bontekoe und die Wolkenfelt gleichzeitig auf Maxi einredeten, betrat Stienstra Henks Zimmer. Henk saß mit glasigen Augen am Klavier und hatte von dem Wortwechsel nichts mitbekommen. Als Stienstra seine spinnenfingrige Hand auf Henks Schulter legte, Henk daraufhin den Kopf drehte und Stienstra erblickte – den fleckigen Staubmantel, den faltigen Leguanhals, die Glupschaugen, die Glatze, die Flaumbüschel an den merkwürdig spitzen Ohren –, begann der Junge wie am Spieß zu schreien. Dann sprang er auf und stieß dabei den Klavierhocker um, der auf Stienstras Fuß landete. Mit Panik in den Augen flüchtete Henk aus dem Zimmer, erkannte Maxi und warf sich schluchzend in ihre Arme.

Stienstra zog den Fuß unter dem massiven Hocker hervor und hielt ihn sich mit schmerzverzerrtem Gesicht. Dabei hüpfte er auf dem gesunden Bein auf und ab, einem außerirdischen Rumpelstilzchen ähnlicher als einem psychologischen Kapazunder. Die Wolkenfelt blickte betreten zu Boden.

Sogar Bontekoe schien an der Kompetenz des Experten zu zweifeln und ließ seinen Frust darüber an Maxi aus. »Wer sind Sie wirklich?«, zischte er in ihr Ohr.

Maxi, die ihre Arme schützend um Henk gelegt hatte, fixierte die Nasenspitze des Hoofdinspecteur. »Seine Klavierlehrerin«, zischte sie zurück.

Und sieh mal einer an. Was weder der erlogenen Kriminaltechnikerin noch der erstunkenen Notfallpsychologin gelungen war, schaffte die echte Klavierlehrerin spielend: Bontekoe zuckte zurück, das personifizierte schlechte Gewissen. Sein zornpurpurnes Gesicht verwandelte sich in Sekundenschnelle in die bleiche Quarkmaske zurück. Hastig verschwanden seine Finger in den Jackentaschen, als fürchteten sie, Hiebe zu bekommen. Dann zog er den Bauch ein oder versuchte es zumindest und flüchtete ins untere Stockwerk, ohne Abschied, ohne Kommentar.

Seltsam, dachte sie und schüttelte den Kopf. *Als ob er schlechte Erfahrungen mit unsereins gemacht hätte. Als ob er sich vor mir fürchten würde!*

Während die Wolkenfelt Stienstra stützte und mit ihm treppab stöckelte, hielt Maxi die Hand über Henks Augen und führte ihn am rot schimmernden Schlafzimmer und dem Leichnam seiner Mutter vorbei in die Küche, wo sie einen Riesentopf heiße Schokolade für ihn zubereitete.

4

Eine Herde violetter Schäfchenwolken zog über den Dämmerungshimmel und fraß die letzten orangefarbenen Streifen auf. Es wurde rasch dunkel, als Maxi ihr Fahrrad nach Hause schob. Die Felge war verzogen, ein Achter wie aus dem Bilderbuch, bei jeder Umdrehung schabte das Vorderrad an der Gabel. *Mist.*

Zwei Stunden hatte sie bei Henk gesessen, hatte ihn Klavier spielen lassen und danach einfach nur seine Hand gehalten, bis er eingeschlafen war. Jeroen van der Eijk, der trotz seiner Muskelpakete schlaff wirkte und das Temperament einer Tasse Kamillentee besaß, war keine Hilfe für seinen Sohn. Er versank in Teilnahmslosigkeit, die teils von situationsbedingtem Selbstmitleid, teils von angeborener Lethargie gespeist zu werden schien. Vielleicht war es auch nur seine Art, zu trauern. Zum Glück tauchte seine Mutter auf. Die Fünfundsechzigjährige sah zwar zehn Jahre älter aus, erwies sich aber als zäh und zupackend. Sie versprach, für die nächsten Tage in die Villa zu ziehen und sich um Sohn und Enkel zu kümmern.

Als Maxi das Haus der van der Eijks verließ, war es halb sechs, und sie musste sich beeilen, um es rechtzeitig zur letzten Klavierschülerin dieses Tages zu schaffen. Die beiden anderen Stunden hatte sie absagen müssen. In Rekordgeschwindigkeit radelte sie vom Vondelpark ins Stadtviertel De Baarsjes. In der Geuzenkade wurde ihr das Tempo zum Verhängnis. Sie übersah eine Delle im Asphalt des Radwegs, das Vorderrad rumpelte hinein, dabei verriss sie den Lenker und stürzte, hatte aber Glück im Unglück: Außer einem aufgeschlagenen Knie, einem Loch in der Hose und einem völlig verbogenen Vorderrad war nichts passiert. Wie zum Ausgleich war ihre Schülerin bestmöglich vorbereitet, ein kleines Wunder und ein Lichtblick an einem schreckensreichen Tag wie diesem.

Als Maxi erschöpft den Heimweg antrat und ihr bewusst wurde, dass sie zu Fuß gehen und das verbeulte Rad schieben musste, dachte sie kurz daran, Jan anzurufen. Ihn um Hilfe zu bitten.

Keine zehn Minuten würde es dauern, und er stünde vor ihr, würde sie samt Rad in seinen Mercedes packen, bis vor den Steg der »Waterlelie« chauffieren und im Handumdrehen das Fahrrad reparieren. Vermutlich würde er im Drüberstreuen den morschen Steg erneuern und anschließend eine Flasche seines besten Roten aus dem Hut ziehen, um die Aktion gebührend zu begießen.

Schon griff sie nach ihrem Handy. Dann fiel ihr der gestrige Streit wieder ein. Seine starren Ansichten, sein beleidigter Blick. Wie er wutschnaubend und türenknallend gegangen war, nicht bereit, auf ihre Sicht der Dinge einzugehen. Nein. Sie steckte das Handy weg. Wahrscheinlich wartete er nur auf so eine Gelegenheit. Es käme einer Kapitulation gleich. Einem Zu-Kreuze-Kriechen. Einem Klein-Beigeben. Und das kam überhaupt nicht in Frage! Also hatte sie tief durchgeatmet, ihren Rücken gestrafft und war losmarschiert.

Als sie in die Brouwersgracht einbog, kräuselte kein Windhauch die Wasseroberfläche. Feierabendgeräusche füllten die Luft. Aus einem der Boote drang Musik, eine Rocknummer aus den Sechzigern. Irgendwo wurde gestritten, irgendwo plärrte ein Fernseher, es klang nach Talkshow. Aus einem gekippten Fenster wehten das Klirren von Geschirr und dazu passender Bratengeruch. Die ehemalige Lagerhalle aus dem siebzehnten Jahrhundert, die im neunzehnten zu einem Wohnhaus umgebaut worden war, warf ihren finsteren Schatten über die »Waterlelie«. Mit ihren geschlossenen kirschroten Fensterläden sah sie aus wie ein Ungeheuer, das aus fünf Augenpaaren auf nächtliche Passanten lauerte.

Maxi kehrte dem Ungeheuer den Rücken zu, kettete das Rad an die Laterne und kontrollierte alle drei Schlösser. Morgen würde sie den Achter ausbeulen. Sie würde zwar dreimal so lange brauchen, es aber auch ohne Jans Hilfe hinkriegen. Nur heute, heute hatte sie keine Energie mehr dafür.

Als sie den Steg betrat, hörte sie ein Rascheln. Aus dem Augenwinkel nahm sie eine Bewegung auf dem Dach des Hausboots wahr.

»Rudel?« Traktierte der Gartenfreak seine armen Pflänzchen jetzt auch nachts?

Niemand antwortete. Die Silhouette der Blechbadewanne mit den sterbenden Vergissmeinnicht zeichnete sich schemenhaft vor der düsteren Häuserfront ab. Hatten ihre überreizten Nerven ihr einen Streich gespielt?

Kurz bevor sie die Eingangstür erreichte, erhielt sie einen Schlag gegen die Schulter. Sie schrie auf. Jemand hatte sich von oben auf sie gestürzt, hatte sie gepackt und seine scharfen Krallen in ihr Fleisch gedrückt.

»Ginger!« Maxi pflückte die Katze von ihrem Nacken und setzte sie ab. Schnurrend, als wäre nichts gewesen, und mit hochgestelltem Schwanz strich das Tier ein paarmal um Maxis Beine. »Na, du kleines Mistvieh? Was fällt dir sonst noch ein, außer Leute zu erschrecken und in fremde Gärten zu kacken?«

Das Schnurren sprach für sich.

»Glaub nicht, dass du dafür eine Belohnung verdient hast!«

Ginger begriff sofort. Mit beleidigtem Miauen zog sie ab. *Weit haben sie es gebracht, die Menschen*, schien sie zu sagen. *Keine Wertschätzung mehr für biologischen Blumendünger und liebevolles Auflockern der Erde durch Katzenpfoten. Lieber halten sie sich an zweifelhafte Mittel wie Haarspray, Seifenlauge, mit Bier verdünnten Entenmist, stundenlange Gespräche, die auf keinerlei Resonanz stoßen, und obskure buddhistische Ratgeber. Aber man sieht ja, was dabei herauskommt.*

In der Küche saß Tess über eine Schale mit Vanillevla gebeugt und tunkte einen Krentenbol – ein kugelförmiges Rosinenbrötchen von derselben Konsistenz wie das grauweiße Kastenbrot, aber mit gelblichen Farbstoffen aufgehübscht – in die Puddingsuppe.

Maxi schüttelte sich. »Gut, dass du schon da bist. Ich muss dir unbedingt was zeigen.«

Gelangweilt zog Tess eine Braue hoch. »Was denn?«

»Fotos.«

»Von einem schnuckeligen Klavierschüler?« Die zweite Braue wanderte nach oben. Für Attraktives aus der Männerwelt war die gebürtige Leeuwardenerin mit japanischer Mutter jederzeit zu haben, wobei sie den Begriff »attraktiv« sehr großzügig auslegte. Genau genommen hatte sie ein Faible für Kerle zwischen siebzehn und siebenundsechzig, die Quasimodo aussehensmäßig übertrafen; also im Grunde für alle erwachsenen Heteros – außer für Rudel, der zu seinem Leidwesen als Mitbewohner tabu war. Da Tess van Swieten männermäßig auf Quantität setzte und einen beachtlichen Appetit aufwies, hatte sie immer Interesse an Nachschub.

»Schnuckelig ist relativ.« Maxi lächelte geheimnisvoll. »Außerdem kein Schüler, sondern weiblich und mausetot.«

Der Krentenbol fiel in die Schale, Vla spritzte in alle Richtungen. Tess hatte ihre Augen zu beinahe europäischer Rundheit aufgerissen. Es gab nur eines, was ihr erotisches Interesse noch weit überstieg: die Leidenschaft für ihren zukünftigen Beruf. Zwar gehörte sie nicht gerade zu den erfolgreichsten Medizinstudentinnen – einige Prüfungen hatte sie erst auf den zweiten Anlauf hinbekommen –, aber sie war ein echtes Naturtalent auf dem Gebiet des Leichenzerschneidens. In den Fächern Anatomie, Pathologie und Rechtsmedizin brillierte Tess und hatte sich bereits Respekt und Anerkennung der jeweiligen Professoren erworben.

»Was willst du später einmal machen?«, hatte Maxi sie vor nicht allzu langer Zeit gefragt.

»Leichen plastinieren«, antwortete Tess wie aus der Pistole geschossen. »Für Gunther von Hagens' ›Körperwelten‹«, und Maxi hatte sich fest vorgenommen, im Falle ihres Ablebens einen großen Bogen um Tess zu machen.

»Eine Leiche? Zeig her!«, sagte sie jetzt und riss Maxi das Smartphone aus der Hand.

Es wurde still. Auf Sekunden ehrfürchtigen Schweigens folgten Ausrufe des Staunens. »Hochinteressant!«, sagte Tess. »Faszinierend!« Und immer wieder: »Fabelhaft!«

Wenn Maxi nicht gewusst hätte, was auf den Fotos zu sehen war, sie hätte auf extravagante Kleider getippt, für die ihre Mitbewohnerin als Teilzeitmodel auch ein gewisses Faible hatte. Doch nichts konnte Tess mehr Bewunderung entlocken als Leichen – egal, ob im Ganzen oder in Teilen, ob frisch oder in verschiedenen Stadien der Verwesung begriffen.

»Ich weiß, es ist schwierig, wenn man nur Fotos zur Verfügung hat«, sagte Maxi. »Kannst du trotzdem irgendwelche Schlüsse daraus ziehen?«

Tess strich sich eine Strähne ihres wasserstoffblonden Bobs hinter die Ohren. »Um welche Uhrzeit hast du die Bilder gemacht?«

»Am Nachmittag, gegen zwei.«

»War der Körper kalt?«

Maxi überlegte. »Ich habe nur kurz ihren Fuß berührt. Nein.«

»Also noch warm, und wie man am herabhängenden Arm sieht, war die Totenstarre noch nicht voll ausgebildet. Daraus schließe ich, dass dein Mordopfer höchstens drei Stunden lang tot war.« Tess grinste siegessicher. »Der Mörder wird also am späten Vormittag zugeschlagen haben. Für genaue Angaben müsste man natürlich die Körpertemperatur der Leiche mit der Umgebungstemperatur vergleichen, man müsste die chemische Erregbarkeit der Irismuskulatur untersuchen und so weiter und so fort.«

»Dein Kollege vor Ort hat das wohl gemacht, zumindest hat er ihr ins Auge gestochen und ein Thermometer in ihren Po gesteckt.«

Tess ließ sich den »Kollegen« beschreiben. »Grauhaarig, Brille, und er hat dich geduzt?« Sie lachte ihr asiatisches Silberlachen. »Das kann nur der alte Verhagen sein!«

»Du kennst ihn?«

»Ich mache gerade ein rechtsmedizinisches Praktikum bei seiner meistgehassten Konkurrentin. Ich wette, ich kriege alles über den Fall raus.«

»Klasse. Darüber musst du mir dann haarklein berichten.« Maxi wollte ihr Smartphone wegstecken, aber Tess hielt sie zurück.

»Warte!« Ein geheimnisvoller Schleier legte sich über ihre dunklen Mandelaugen. »Ich fange doch erst an ...« Sie wischte über das Display und schaute, wischte und verglich. »Die Todesursache ist vermutlich Verbluten durch Eröffnen der Halsschlagader. Man kann das an der unglaublich weißen Hautfarbe sehen. In ihrem Körper muss nicht mehr viel Blut übrig gewesen sein.«

»Deshalb war so viel davon im Zimmer verteilt.«

»Und schau dir das an: Die Stiche im Brustbereich haben nur

sehr wenig geblutet, die Hiebe am Rücken ebenso und die abgeschnittenen Brustwarzen gar nicht. Diese Verletzungen wurden dem Opfer vermutlich post mortem zugefügt.«

»Heißt das, sie wurde nicht gefoltert, sondern erst nachträglich so zugerichtet?«

»Darauf tippe ich.« Tess nickte. »Natürlich ohne Garantie.«

Maxi war trotzdem beeindruckt. »Das würde auch ihren seligen Gesichtsausdruck erklären.« Sie zeigte das Foto von Annikas lächelndem Mund.

»Als wäre sie im Gehen gekommen«, murmelte Tess voll Bewunderung. »Ein beneidenswert schöner Tod, findest du nicht?«

»Leider ein bisschen verfrüht.« Maxi erzählte vom verstörten Henk, der die Leiche seiner Mutter gefunden hatte und diese Bilder wohl lange nicht loswerden würde. Wenn überhaupt.

»Und in diesem Zustand hast du den Armen unterrichtet?«

»Er wollte es so. Vermutlich, um wenigstens ein kleines Stück Normalität aufrechtzuerhalten. Danach hat er sich ins Bett bringen lassen und ist eingeschlafen.«

»Schon komisch, wie manche Menschen ticken«, sagte Tess.

So gut sie in tote Körper hineinschauen kann, lebendige Seelen bleiben ihr ein Rätsel, dachte Maxi. Nicht von ungefähr war Tess in Klinischer Psychologie schon zweimal durchgerasselt. »Seine Oma ist bei ihm. Und ich habe ihm versprochen, dass ich bald wieder vorbeischaue. Irgendwie hat der Kleine Vertrauen zu mir.«

»Obwohl du immer so streng bist?«

Maxi kniff die Augen zusammen. »Na hör mal! Du tust, als würde ich kleine Kinder misshandeln!« Sie tippte sich gegen die Stirn. »Dabei bin ich doch die Toleranz in Person!« Einen halben Herzschlag lang zögerte sie, verunsichert. Ihr fiel ein, dass sie am heutigen Tag einen Schüler angeschnauzt und in ihrer Phantasie sogar zerstückelt hatte. Noch dazu den kleinen Matthijs mit den entzückenden Segelohren! Drei weitere Herzschläge lang zweifelte sie an ihrer pädagogischen Eignung sowie grundsätzlich an ihrem Charakter. War sie zu streng? Zu ungeduldig? Zu …

»Jedenfalls nett von dir, dass du dich um den Jungen kümmerst«, sagte Tess in diesem Moment.

Maxi fiel ein Stein vom Herzen. Es bestand Hoffnung, dass

sie doch ein besserer Mensch war, als sie es sich selbst vorstellen konnte. »Ja, nicht wahr?«

»Aber wie ich dich kenne, hegst du dabei einen Hintergedanken.« Tess senkte die Stimme. »Du willst dich in die Ermittlungen einmischen, sonst hättest du nicht diese Fotos gemacht.«

»Nein!« Maxi schnaubte. »So kann man das nicht sagen.« Sie hob ihre Hände, drehte die Handflächen nach oben. »Gut, klar, ich habe mir natürlich gedacht, wenn ich schon einmal an Ort und Stelle bin …«

»Hab ich's doch gewusst!« Tess ließ ihre zierliche Faust auf die Tischplatte niedersausen, dass die Schale klirrte und Vla herausschwappte. »Maxi, lass das! Denk an das Fiasko im letzten Jahr!«

»Welches Fiasko? Ich bitte dich! Immerhin habe ich den Fall gelöst.« Der Obdachlose, der monatelang tagein, tagaus vor einem Jeansshop in der Kalverstraat gesessen und gebettelt hatte, bis er eines Tages urplötzlich verschwand, war schließlich wieder aufgetaucht.

»Welchen Fall?« Tess zeigte Maxi einen Vogel. »Es gab keinen Fall. Der Typ war bloß ein paar Tage im Krankenhaus. Dass die Polizei ihn abgeführt, gefoltert, umgebracht und seine Leiche entsorgt haben soll, hast du dir nur eingebildet.«

»Wenn du gesehen hättest, wie die am Vortag seines Verschwindens mit ihm umgesprungen sind, hättest du das auch gedacht.«

»Sei mir nicht böse, aber du hast eine überbordende kriminelle Phantasie, meine Liebe. Du hast dich in ein Hirngespinst hineingesteigert, hast dir dabei den Knöchel gebrochen, bist mitten im Winter in die Gracht gefallen …«

»Ein Unfall. Kann jedem passieren.« Maxi rümpfte die Nase. Sie erinnerte sich sehr lebhaft daran. Die Lungenentzündung, die sie sich dabei eingefangen hatte, war nicht von schlechten Eltern gewesen.

»… bist im Zuge deiner Ermittlungen einer Bande von Gaunern in die Quere geraten und ausgeraubt worden …«

»Pech. Schlicht und einfach Pech.« Zum Glück war kein nennenswerter Geldbetrag in ihrer Börse gewesen, wie immer.

»... und bist dann sogar selbst kriminell geworden und in die Polizeistation in der Beursstraat eingebrochen. Sie haben dich erwischt und verhaftet.«

»Ein Missverständnis!«

»Was? Hätte Jan nicht seine Beziehungen spielen lassen, würdest du wahrscheinlich heute noch hinter Gittern sitzen!«

»Du übertreibst maßlos, Tess.«

»Bitte lass die Finger davon!« Die nachtfarbenen Mandelaugen blickten Maxi fast flehend an.

»Irgendjemand muss sich um den Fall kümmern. Irgendjemand mit Verstand, meine ich. Du hast ja keine Ahnung, was für ein Trampel dieser Hoofdinspecteur Bontekoe ist, der die Ermittlungen leitet.«

»Und du hast keine Ahnung, mit wem du dich da anlegst!«

Furcht blitzte aus den Mandelaugen.

Maxi erstarrte. »Wie meinst du das?«

Tess biss sich auf die Lippen. Schwieg.

»Das musst du mir jetzt erklären.«

Nach einer gefühlten Ewigkeit erzählte sie von der Toten, bei deren Obduktion sie vor drei Tagen assistieren durfte.

Maxi vergaß fast zu atmen. »Habe ich dich richtig verstanden? Es gibt noch ein weibliches Mordopfer? Langes blondes Haar? Jung? Mit durchschnittener Kehle? Der man nachträglich die Brustwarzen abgeschnitten hat? Und ihr Handrücken war mit einer blutigen Zwei bemalt?« Jetzt rückte sie ganz nah an Tess heran. »Wer ist es? Na komm, spuck's schon aus.«

»Lisanne de Steeghius.«

Maxi keuchte auf. »Die Finanzministerin? Aber im Telegraaf stand, dass sie durch einen tragischen Unfall ums Leben gekommen ist!«

»Ich weiß, in allen anderen Zeitungen auch. Staatsanwältin Wolkenfelt hat strengste Geheimhaltung angeordnet. Also von mir hast du es nicht!«

»Natürlich nicht.«

Tess packte Maxis Unterarm und drückte ihn. »Und jetzt denk nach! Wenn es eine Nummer drei und eine Nummer zwei gibt, muss dir klar sein, dass ...«

»… es sich um eine Mordserie handelt. Und dass die Nummer eins bloß noch nicht gefunden wurde.« Maxi rieb sich die Hände.

»… dass ein irrer Serienkiller mit einem Messer herumläuft, dem du auf keinen Fall in die Quere kommen solltest.«

Maxi dachte an Aravind Bhaduri. Egal, ob er gerade beurlaubt oder krankgeschrieben wäre, er würde seinen korrupten Kollegen misstrauen, würde keine Sekunde zögern und die Ermittlungen selbst in die Hand nehmen. »Von In-die-Quere-Kommen kann keine Rede sein. Aber kümmern muss ich mich, schließlich fühle ich mich einem der Opfer persönlich verbunden …«

Tess schlug die Hände zusammen. »Oh nein. Ich sehe schon, es ist hoffnungslos, du lässt dich nicht davon abbringen. Dann solltest du dir wenigstens ein Horoskop erstellen lassen, bevor du irgendetwas unternimmst. Ich könnte dir die Karten legen. Oder wir befragen das Omikuji.«

Maxi lachte. »Verschone mich bloß mit deinem hanebüchenen Esoterikkram. Ob europäisches Horoskop oder japanisches Orakel ist egal, ich glaube nicht an solchen Hokuspokus.« Damit erhob sie sich, überließ ihre besorgte Mitbewohnerin und die letzten Reste des todgeweihten Krentenbols ihrem Schicksal und wankte in ihr Zimmer.

Obwohl sie zum Umfallen müde war, konnte sie nicht einschlafen, weil immer noch die Bilder der toten Annika in ihrem Kopf herumspukten. Also griff sie zum Kriminalroman und legte sich ins Bett. Vielleicht konnten Aravind Bhaduris Probleme sie von den Aufregungen dieses Tages ablenken? Schließlich befand sich sein Bein noch immer im Leopardenrachen, er durfte keine Sekunde damit aufhören, das Tier zu hypnotisieren, und musste sich gleichzeitig auf eine Diskussion mit seinem Lieblingsgott einlassen.

Gespannt las Maxi, wie der indische Ermittler Vishnu anflehte, ihm zu helfen, wie er ihn bezirzte, wie er versuchte, ihn zu bestechen; doch Vishnu, dessen Liebesspiel wohl in eine entscheidende Phase eingetreten war und nicht unterbrochen werden wollte, verwies ihn an Shiva, den Schrecklichen. Den Zerstörer.

Aravinds Entsetzen war so groß wie seine Enttäuschung und so blumig beschrieben, dass Maxi plötzlich ungeheuer müde wurde. Als sie bemerkte, dass sie den letzten Satz drei- oder viermal gelesen hatte, ohne den Inhalt zu erfassen, legte sie das Buch weg und knipste die Nachttischlampe aus. Endlich sank sie in die beschützenden Arme des Schlummers.

Was sie nicht mehr mitbekam: wie Tess sich nach dem Abendessen in ihr Zimmer begab, wo sie aus drei mit Japanpapier beklebten Schachteln diejenige mit dem Kirschblütenmuster auswählte; wie sie die Schachtel schüttelte, bis aus dem Schlitz ein zusammengerolltes Stück Papier herausfiel; wie sie das Papier entfaltete und sich dabei eine große Portion Glück für Maxi wünschte – oder wenigstens eine mittlere. Als Tess auf den Schriftzug blickte, wurde sie blass und fasste sich an die Schläfen. Sie flüsterte etwas Japanisches, was vielleicht so viel wie »Scheiße« bedeuten mochte oder auch ganz etwas anderes. Dann trug sie den Papierstreifen aufs Dach der »Waterlelie«. Sie knotete ihn an den mumifizierten Rosmarinstrauch, damit das Unglück, das er verkündete, nicht an Maxi haften bliebe, sondern an der Pflanze, der – Rudel sei Dank – ohnehin nicht mehr zu helfen war.

Was weder Maxi noch die anderen beiden Hausbootbewohner mitbekamen: dass viel später, als alle schliefen, kurz nach drei Uhr früh, ein unberechenbarer Wind aufkam, der in den Rosmarinstrauch fuhr, mit dem Papierstreifen spielte, mit ihm raschelte, an ihm zupfte und zerrte; dass dann ganz plötzlich, quasi aus dem Hinterhalt, eine besonders tückische Bö den Streifen abriss und ins schwarze Wasser der Brouwersgracht schleuderte, so als hätte sie das kindische Spiel ein für alle Mal satt.

Das Papier kam mit der Schrift nach oben zu liegen, als wollte es dem Mond seine Prophezeiung präsentieren, bevor es sich langsam vollsog, schwerer wurde, tiefer einsank und schließlich unterging:

小凶

(shō-kyō – Kleiner Fluch)

5

Obwohl die Bitterballen, die im Café »'t Papeneiland« serviert wurden, womöglich die würzigsten von ganz Amsterdam waren, klebten sie ihm heute am Gaumen, mussten mit einem Schluck Bier hinuntergespült werden und hinterließen einen ranzigen Nachgeschmack. Mit Müh und Not schaffte er die Hälfte. Vielleicht hätte er doch lieber Apfelkuchen bestellen sollen, für den sein Stammlokal, eines der ältesten braunen Cafés in Amsterdam, berühmt war. Berühmt, seit sich Bill Clinton bei seinem Spontanbesuch derart dafür begeistert hatte, dass er unbedingt einen ganzen Kuchen für Hillary mitnehmen wollte. Anfangs hatte Bontekoe das für eine Mär der stolzen Betreiber gehalten, bis er auf YouTube auf ein Beweisvideo gestoßen war. Heute konnte jeder Gast des Cafés die Geschichte in einem gerahmten Zeitungsausschnitt nachlesen.

Bontekoe leerte sein Bierglas und winkte dem Kellner, um zu zahlen. Als er seinen Blick von der tabakgebräunten Täfelung, der die braunen Cafés ihren Namen verdankten, abwandte und durchs Fenster spähte, erschrak er. Eine seltsame Gestalt bog um die Ecke. Eine Frau, die ihm irgendwie bekannt vorkam, groß, schlank, mit schwarzen stoppelkurzen Haaren. Sie schob ein verbeultes Rad und verschwand mit resoluten Schritten in den dämmrigen Tiefen der Brouwersgracht.

War das nicht diese unverschämte Person? Diese falsche Psychotante? Diese – Klavierlehrerin? Er knurrte innerlich, als er die Begegnung mit Maximiliane Mikulicz in seinem Geist Revue passieren ließ. Was hatte sie am Tatort gesucht? Erst jetzt wurde ihm bewusst, dass er in einer Art Schreckreaktion die Flucht ergriffen hatte, anstatt ihr auf den Zahn zu fühlen. Ins Präsidium hätte er sie bestellen müssen! Schließlich gaben sich unbescholtene Bürger nicht einfach als Notfallpsychologinnen aus und lungerten an einem Mordschauplatz herum. Sosehr es ihm widerstrebte, er musste sein Versäumnis nachholen und sie befragen. Er zückte seine Kladde und machte sich eine Notiz.

»Schmeckt's dir nicht, Cornelius?«, fragte der Kellner, als er den Fünf-Euro-Schein unter dem Teller mit den restlichen Bitterballen hervorzog. »Oder ist dir eine Laus über die Leber gelaufen?«

Bontekoe antwortete nicht. Wie hypnotisiert starrte er in sein Notizbuch und unterdrückte ein Zittern.

»Ich sehe doch, dass irgendwas nicht stimmt. Ärger mit der Ex? Oder …«, Gerards Brauen zuckten lüstern nach oben, »steckt vielleicht eine neue Frau dahinter?« Er schnalzte mit der Zunge. »Ist sie hübsch?«

Wenn du wüsstest, dachte Bontekoe und beeilte sich, dem Kellner zu versichern, dass alles in Ordnung sei. Keine Erschütterungen seiner Psyche vonseiten der holden Weiblichkeit. Oder der unholden.

Dass ihm in letzter Zeit überhaupt nur noch tote Frauen Kopfzerbrechen bereiteten, verschwieg er und behauptete stattdessen, sein Hausarzt habe ihm eine Diät verordnet. Es war nicht einmal gelogen.

»Lass mich raten. Low Fat, Metabolic Balance oder Weight Watchers?«

Bontekoe schüttelte den Kopf. »Bloß gewöhnliches FdH.«

»Friss die Hälfte?« Gerard betrachtete den halb vollen Teller. »Sehr konsequent«, sagte er und trug ihn weg.

»'n Abend, Karin«, rief Bontekoe, als er wenig später sein bescheidenes Heim in der Egelantiersstraat betrat. Er schälte sich aus der Lederjacke, schlüpfte in seine Hausschuhe und stapfte ins Wohnzimmer. »Wie war dein Tag?«

Karin gähnte.

»Schön für dich. Meiner war leider ziemlich aufregend. Und allzu blutig. Hast du Hunger?«

Sie richtete ihre rauchgrauen Augen auf ihn und starrte ihn an.

Was für ein inniger Blick, dachte Bontekoe. Voll Zärtlichkeit und Hingabe. Na ja, da interpretierte er vielleicht etwas zu viel hinein. Aber auf alle Fälle voll Vertrauen. Kein Wunder, nach achtunddreißigjährigem Zusammenleben! Er eilte in die Küche und kam mit einer gut gefüllten Schüssel zurück.

Schwankend wie ein Schiff stakte Karin auf die Salatblätter zu, die er ihr ins Terrarium reichte. Ein langsames Schiff auf Stummelbeinen. Ihre zahnlosen Kiefer schlossen sich um das erste Blatt. Da ging Bontekoe zur gegenüberliegenden Ecke und winkte seiner Schildkröte mit dem Strunk eines Blumenkohls. Augenblicklich ließ Karin das Salatblatt fallen und kroch in Höchstgeschwindigkeit auf den Leckerbissen zu. Der Anblick ihrer Leibspeise brachte das südländische Temperament der alten Dame zum Vorschein. Keine Spur von den mindestens siebzig Lenzen, die sie auf dem Panzer hatte. Sie schnappte nach der Leckerei, die Kiefer malmten, Karin schloss die Augen und schluckte.

»Guten Appetit, meine Liebe!« Bontekoe lauschte den Mampfgeräuschen, dann schaltete er den Fernseher ein. Talkshow oder Quiz? Er mochte keins von beiden und zappte weiter.

Sah eine Blondine durch eine Unterführung laufen, sich dabei immer wieder ängstlich umblicken. Ein Vermummter folgte der jungen Frau. Er holte sie ein. Sie schrie. Er stach mit einem Messer zu. Sie sackte zusammen.

Mit einem entsetzten Schnauben drückte Bontekoe die Off-Taste der Fernbedienung.

Zu spät! Schon geisterten – vom Krimi inspiriert – die Bilder des realen Mordfalls in seinem Kopf herum, die er so gern vergessen hätte. Das viele Blut, die malträtierte Leiche der Annika van der Eijk, die blutige Drei auf ihrem Handrücken. Vor allem diese Drei ließ ihn nicht mehr los. Bei Lisanne de Steeghius, deren Leiche sie letzte Woche gefunden hatten, war es eine Zwei gewesen. Es lag also auf der Hand, dass es in absehbarer Zeit ein drittes Mordopfer mit einer Eins geben würde. Lisanne und Annika waren beide ausgesprochen schöne, wohlhabende und erfolgreiche Frauen gewesen. Wer würde die Nächste sein? Im Büro liefen schon Wetten. Marijke setzte darauf, dass nur ein weibliches Mitglied des Königshauses die Nummer eins sein konnte, also Maxima oder Beatrix. Und der neunmalkluge Ivo tippte auf Linda de Mol, die immerhin als Königin des Entertainments galt. Blond und reich war sie auch. Zum Glück urlaubte die de Mol mit ihren Kindern in Portugal, da waren andere zuständig. Die niederländische Exekutive konnte sich also voll und ganz auf die Königsfamilie konzentrieren, für die Polizeischutz in Armeestärke angefordert wurde, zusätzlich zu den Bodyguards, die ohnehin schon für die Sicherheit der Royals sorgten.

Der Mörder müsste schon ein mit allen Wassern gewaschener Profikiller sein, wenn er diese bis an die Zähne bewaffnete Kleinarmee austricksen will, dachte Bontekoe und seufzte. Tief in seinem Inneren war er sich sicher, dass all diese Vorsichtsmaßnahmen umsonst waren. Das Opfer mit der Nummer eins verweste vermutlich längst vor sich hin, weil sie es bloß noch nicht gefunden hatten.

Er zog sich aus, legte die Hose fein säuberlich zusammen und warf das Hemd zur Schmutzwäsche. Dann schlüpfte er in seinen alten Velours-Bademantel, ein Geschenk seiner seligen Mutter, aus dem er bauchseits leider herausgewachsen war. Zwar gelang es ihm, den Mantel vorn zuzubinden, aber der Stoff spannte unangenehm. Ob er sich ernsthaft mit dem Gedanken an eine Diät auseinandersetzen sollte?

Während sich sein Gehirn mit dieser Frage beschäftigte, trieb ihn das Unterbewusstsein in die Küche, den Ort, an dem er immer Trost fand, egal, ob ihn private oder berufliche Sorgen peinigten. Schon der Anblick des zum Bersten gefüllten Kühlschranks erfreute ihn. Gab es etwas Beruhigenderes als die Gewissheit, kulinarisch vorgesorgt zu haben und damit auch längeren Notzeiten unerschrocken ins Auge sehen zu können? Er entschied sich für den Rest des Ingwerkuchens, den seine Nachbarin für ihn gebacken hatte. Als Dank für die während ihres Urlaubs gegossenen Blumen. Der erste Bissen zerging ihm auf der Zunge. Köstlich.

Erst nach drei Scheiben hielt er reuig inne. Einmal im Mund, für immer auf den Hüften. Er nahm sich vor, morgen ganz bestimmt mit der Diät zu beginnen. Für heute hatte er jedenfalls genug gegessen. Nur noch zwei klitzekleine Lakritzschnecken, gegen die niemand etwas haben konnte. Nicht einmal der Doktor.

Obwohl er müde war, legte er sich noch nicht ins Bett. Dort würden ihn nur wieder die blutigen Bilder überrollen. Stattdessen fütterte er die Stereoanlage mit einer seiner Lieblings-CDs, einem Sampler mit Klaviermusik von Claude Debussy. Und während er Karin beim Verspeisen der letzten Salatblätter zusah, lauschte er der märchenhaften Magie des »Clair de lune« und badete in Kindheitserinnerungen wie in einem Weiher, in dem sich verschwommen die silberne Mondsichel spiegelte. Die Klavierklänge besänftigten nicht nur das Sodbrennen, das von den Bitterballen oder den grausamen Details seines neuen Falles oder von beidem herrührte. Seltsamerweise milderten sie auch den Schrecken, den ihm die Begegnung mit dieser unsympathischen Person eingeflößt hatte. Mit dieser Mikulicz. Dieser – Klavierlehrerin. Der Schweiß, den der bloße Gedanke an Klavierlehrerinnen im Allgemeinen ihm auf die Stirn treiben wollte, brach gar nicht erst aus, solange Debussys Musik ihn einhüllte. Dass ausgerechnet Klavierklänge ein probates Mittel gegen seine Klavierlehrerinnenphobie waren, erstaunte ihn schon lange nicht mehr.

Sein Hausarzt, ein Bewunderer des alten Hahnemann, hatte ihm dieses paradoxe Phänomen mit dem Grundsatz der Homöopathie erklärt: »Similia similibus curentur.«

Aber Bontekoe konnte kein Latein, und er wollte auch gar nicht wissen, warum er Klaviermusik so bedingungslos liebte, obwohl ihm diejenigen, die sie vermittelten, regelrecht verhasst waren.

Er war ganz Ohr. Er atmete ruhiger. Sein Herzschlag verlangsamte sich. Das Pochen hinter den Schläfen ließ nach.

Als die verspielten Zerlegungen der ersten Arabeske durch das Wohnzimmer perlten, breitete sich in seinem Magen eine angenehme Wärme aus. Die Nackenmuskulatur entspannte sich, hinter seiner eckigen Metallbrille wurden ihm die Lider schwer. Und bereits nach den ersten meditativen Akkorden der »Versunkenen Kathedrale« schlossen sie sich ganz. Bontekoe versank in dunklen, warmen Fluten, ließ sich von unterirdischem Glockengeläut davontragen und beging den Fehler, einzuschlafen.

»Schneller!«, brüllte die Klavierlehrerin und fuchtelte mit dem Bleistift durch die Luft, dass ihm auch noch das letzte Restchen Mut abhandenkam.

Er schwitzte. Die Anstrengung drohte seinen Kopf zum Kochen zu bringen. Wie befohlen spielte er die Fingerübung noch einmal, spielte sie schneller. Besser gesagt, er versuchte, sie schneller zu spielen. Leider gehorchten ihm seine kleinen Wurstfinger nicht. Vor allem die Linke war überfordert, sie holperte und stolperte, der Ringfinger, dieser Schwächling, war zu langsam, er geriet dem Mittelfinger in die Quere, als wollte er ihm ein Bein stellen. Prompt purzelte der Mittelfinger über seinen behäbigen Nachbarn, knickte ein und produzierte einen schrillen Misston.

Er riss die Hände von den Tasten, als hätte er sich verbrannt, zog den Kopf zwischen die Schultern und wünschte sich, er hätte einen Panzer. Wie Karin, seine Schildkröte, die Gefahren und Belästigungen aller Art einfach am sie umgebenden Keratin abprallen lassen konnte.

»Finger heben, Cornelius! Wie oft muss ich dir das noch sagen?«, brüllte die Lehrerin. »Setz dich gefälligst gerade hin und zieh deinen Fettwanst ein!«

Er blickte an sich hinunter. Tatsächlich, sein Bauch wölbte sich beachtlich vor. Das war nicht der Bauch eines Knaben, sondern der eines dicken, geschiedenen, siebenundvierzigjährigen Kriminalbeamten. Er erkannte, dass er träumte, seinen wiederkehrenden Alptraum träumte, wenn auch mit einer kleinen Änderung. Denn seine Klavierlehrerin sah ganz anders aus als sonst. Sie war jünger, schlanker, hatte vollere Lippen, eine größere Nase und millimeterkurzes schwarzes Haar.

»Wach auf, Cornelius, du musst aufwachen«, sagte er sich. Aber es gelang ihm nicht. Träumend musste er über sich ergehen lassen, wie die Sadistin ihr Lineal auf seine Finger schnalzte, wie sie ihn ohrfeigte, wie sie seine klebrigen Hände unter heißes Wasser hielt, bis sie krebsrot leuchteten, wie sie schließlich seine Hosentaschen leerte und den gesamten Vorrat an Dropjes konfiszierte. Erst als er die süßen Lakritzschlangen, die salzigen Lakritzheringe, die harten Lakritztaler, die weichen, mit Salmiak gefüllten Lakritzröllchen, außerdem sämtliche Trolledrops, Hexenheuler, Salmiakkugeln und Doppelsalz-Briketts in den Tiefen ihres Küchenschranks verschwinden sah, erwachte er mit einem Schrei.

6

»Schneller!«, brüllte Maxi und fuchtelte mit dem Bleistift wie mit einem Taktstock durch die Luft.

Der dicke Junge schwitzte. Sein Kopf hatte einen ungesunden Farbton angenommen. Er spielte die Fingerübung noch einmal, spielte sie schneller. Besser gesagt, er bemühte sich, sie schneller zu spielen, doch die Finger gehorchten ihm nicht. Vor allem seine Linke war überfordert, sie holperte und stolperte, der Ringfinger, dieser Schwächling, war zu langsam, er geriet dem Mittelfinger in die Quere, als wollte er ihm ein Bein stellen. Prompt purzelte der Mittelfinger über seinen behäbigen Nachbarn, knickte ein und produzierte einen schrillen Misston. Der dicke Junge riss die Hände von den Tasten, als hätte er sich verbrannt.

»Finger heben, Cornelius! Wie oft muss ich dir das noch sagen? Setz dich gefälligst gerade hin und zieh deinen Fettwanst ein!« In diesem Moment stutzte sie. Wie bitte? Was hatte sie da gerade gesagt?

Als er die Übung noch einmal und leider mit demselben Misserfolg spielte, passierten drei Dinge zugleich:

Erstens, der Misston blieb als schlammfarbener Pfropfen in Maxis Gehörgängen stecken.

Zweitens, sie ließ ihr Lineal auf die Hände des Delinquenten schnalzen.

Drittens, »Nimm das!«, brüllte sie.

Kaum waren die beiden Worte ihren Lippen entwichen, stutzte sie zum zweiten Mal. Und endlich dämmerte es ihr: Sie träumte. Natürlich träumte sie! Zwar riss ihr in der Realität auch manchmal der Geduldsfaden, und dann überschritt sie die Zimmerlautstärke. Doch noch nie hatte sie einen Schüler wegen eines körperlichen Makels verspottet und ihn »Fettwanst« genannt. Und niemals hätte sie ein Kind geschlagen, weder mit noch ohne Lineal. Sicher, ab und zu überfielen sie peinliche Zerstückelungs- und Verfütterungsphantasien, aber gerade die waren der Garant für absolut züchtigungsfreien Unterricht.

Das überzeugendste Argument, das für einen Traum sprach, war jedoch der Ausruf »Nimm das!«, der ihr im richtigen Leben auf keinen Fall über die Lippen gekommen wäre. Diese Formulierung bewies, dass der Regisseur, der ihre Träume zu verantworten hatte, ein Liebhaber von Groschenromanen und trashigen B-Movies sein musste.

Maxi versuchte, aufzuwachen und damit die Qual des kleinen Cornelius zu beenden, aber es gelang ihr nicht. Hilflos musste sie zusehen, wie ihr sadistisches Alter Ego den Jungen quälte. Wie es ihn ohrfeigte, wie es seine klebrigen Finger unter heißes Wasser hielt, bis sie krebsrot leuchteten, und wie es ihn schließlich zwang, seine Hosentaschen zu leeren, die voll von Lakritzbonbons waren. Gnadenlos konfiszierte die Traum-Maxi den gesamten Vorrat an Naschwerk und grinste gemein, als Cornelius deswegen in Tränen ausbrach.

Dicke Tropfen kullerten über die wabbeligen Wangen des Jungen, sie verbanden sich zu Rinnsalen, aus den Rinnsalen wurden Bäche. Das Glucksen der Tränenbäche schwoll an, verwandelte sich zu einem Rauschen und schließlich zu einem Prasseln. Es klang, als träfe ein Wasserstrahl auf eine Glasscheibe.

Wasserstrahl?

Glasscheibe?

Mit einem Schrei wachte Maxi auf. Sie sprang aus dem Bett, stürzte aus dem Zimmer, stieß die Wohnungstür der »Waterlelie« auf, hüpfte breitbeinig auf den Steg und brüllte: »He, du Saufkopf, verpiss dich!«

Ein älterer Mann, der mit offenem Hosenlatz am Rand der Gracht stand und sich ins Wasser erleichterte, wobei er zielgerichtet oder auch nur zufällig Maxis Schlafzimmerfenster erwischt hatte, zuckte zusammen. In seinen aufgerissenen Augen zeichnete sich kein bisschen Scham ab, dafür Verblüffung und viel zu viele Promille. Der gelbe Strahl, der vor Kurzem Bier gewesen sein musste, versiegte. Sein Oberkörper schwankte zurück, er schwankte vor, der Alte hatte Schwierigkeiten, die Balance zu halten. Maxi befürchtete schon, er würde ins Wasser fallen. Dann müsste sie ihn herausfischen und womöglich wiederbeleben. Jedes Jahr gab es in Amsterdam zehn bis fünfzehn Todesopfer, meist alkoholisierte Männer über fünfzig, auf deren volle Blasen das Grachtenwasser eine magische Anziehungskraft ausübte. Schließlich schaffte der Betrunkene es doch noch, seinen Oberkörper auszupendeln. Er stolperte vom Ufer fort, wobei er versuchte, sein bestes Stück in der Hose zu verstauen.

Schimpfend ging Maxi wieder an Bord. Es war halb sechs Uhr früh. In ihrem Blut kreisten Unmengen von Adrenalin, die ein nochmaliges Einschlafen unmöglich machten.

Also duschte sie, zog sich an und dachte über den seltsamen Traum nach. Wieso war ihr Traum-Ich in den Körper einer sadistischen Klavierlehrerin geschlüpft? Und wer war der arme dicke Junge gewesen, den sie Cornelius genannt und aufs Übelste misshandelt hatte? Sie war sich sicher, keinen Cornelius zu kennen. Aber sein Gesicht hatte sie an jemanden erinnert. Vor allem die Augen, diese erstaunlich hübschen, empfindsamen und auffallend blauen Augen, die nicht zu den Wabbelwangen zu passen schienen und Urlaubsassoziationen weckten. Ozeanblau, dachte sie. Griechenlandblau. Santorin und die blauen Kuppeln von Thira. Und plötzlich sickerte die Erkenntnis in ihre Gehirnzellen wie Blut in ein unschuldiges Eisbärenfell: Diese Augen gehörten Hoofdinspecteur Bontekoe, dem dicken Kriminalbeamten.

Seltsam. Sie schüttelte den Kopf. Wieso sollte sie ausgerechnet von diesem Tollpatsch träumen, der ein wichtiges Beweisstück vernichtet und so getan hatte, als verdächtige er sie? Und wieso hatte er sich in ihrem Traum in ein bemitleidenswertes Kind verwandelt?

Sie drückte ihre Stirn gegen die kühle Wand und grübelte. Lag es vielleicht an ihrem schlechten Gewissen? Immerhin hatte sie als Unbefugte einen Tatort betreten und ihn, den Leiter der Ermittlungen, schamlos belogen.

»Unsinn«, murmelte Maxi. Wenn dieser Bontekoe außer seinem Titel Hoofdinspecteur überhaupt einen Vornamen besaß, dann bestimmt nicht Cornelius. Um es sich selbst zu beweisen, nahm sie ihr Smartphone zur Hand und rief die Homepage der niederländischen Polizei auf. Unter der Rubrik »Nieuws« entdeckte sie einen Pressebericht über die Auslieferung eines Kriminellen. Ein Mann aus Liverpool, den die britische Polizei wegen einer Serie bewaffneter Raubüberfälle zur Fahndung ausgeschrieben hatte, war in Amsterdam-Zuid beim Aufbrechen eines Zigarettenautomaten geschnappt worden. Der Artikel endete mit einem Zitat des stellvertretenden Chefs der Abteilung »Schwere Kriminalität« der Kriminalpolizei, Hoofdinspecteur Bontekoe: »Nur dank unseres tatkräftigen Einsatzes konnten die britischen Kollegen den Fall abschließen!« Daneben war der beleibte Kommissar abgebildet, wie er einem schmächtigen Briten die Hand schüttelte. »HINP Cornelius Bontekoe«, lautete die Bildunterschrift.

Maxi blieb der Mund offen stehen. Wie abgefahren! Eine Frage drängte sich ihr auf: Wenn sie im Traum Bontekoes Vornamen erraten hatte, entsprach dann auch das Übrige den Tatsachen? War der Kommissar als Kind von seiner Klavierlehrerin misshandelt und gedemütigt worden? Hatte er deshalb so seltsam auf sie reagiert?

»Scheußlich«, murmelte sie und hatte einen schalen Geschmack im Mund.

Sie brauchte dringend einen doppelten Espresso.

Leider verweigerte der chromglänzende Kaffeevollautomat – der einzige Markenartikel in ihrem Haushalt und ihr ganzer Stolz – seine Dienste und verlangte Nachschub an Kaffeebohnen. Also begab sich Maxi in die Vorratskammer, ein fensterloses Zimmer von der Größe eines begehbaren Schranks. Der Druck auf den Lichtschalter blieb folgenlos, vermutlich hatte Rudel wieder einmal die Energiesparlampe aus der Fassung geschraubt. Ab und zu benutzte er den Raum als Dunkelkammer, um die Schwarz-Weiß-Fotos zu entwickeln, die er mit seiner analogen Spiegelreflexkamera aufgenommen hatte. Und regelmäßig vergaß er nach der Prozedur, die Lampe wieder hineinzudrehen.

Die Dunkelheit legte ihre Krakententakel um Maxis Gesicht, als sie sich mit ausgestreckten Armen vorantastete. Sie fand die Espressobohnen auf Anhieb, nahm eine Packung und wollte die Kammer und den unangenehmen Geruch nach Rudels Fotochemikalien schnellstmöglich hinter sich lassen. Da strich etwas über ihren Kopf. Maxi zuckte zusammen. Keine Panik, das war bestimmt nur eines von Rudels Bildern, die er zum Trocknen an eine Wäscheleine geklammert hatte. Als sie darunter hinwegtauchen wollte, fiel es ab und blieb auf ihren vorgestreckten Unterarmen liegen.

Mit dem Fuß stieß Maxi die Tür auf und rauschte in den erleuchteten Flur hinaus. Ihr Blick fiel auf das DIN-A4-große Foto auf ihren Armen:

Tote Augen starrten aus einem bleichen Antlitz. Eine schwarze Kruste aus geronnenem Blut säumte eine klaffende Halswunde. Die blutleeren Lippen von Annika van der Eijk waren zu einem seligen Lächeln verzogen, einem Lächeln, das ausschließlich der Betrachterin galt.

Neonpink gellte Maxis Schrei durch das Hausboot, ein einwandfreies zweigestrichenes Es, das sämtliche Rigipswände und Schlafzimmertüren durchdrang und zuerst Tess in ihrem beinahe ebenso pinken Negligé auf den Plan rief, gefolgt von Rudel, der versuchte, sich den Schlaf aus den Augen zu reiben.

»Wo hast du das Foto her?« Wie ein Projektil prallte die Frage gegen seinen Brustkorb, obwohl er bereits abwehrend die Arme davor gekreuzt hatte.

»Das?« Rudel krümmte sich. »Ach, das. Hab ich geschossen. Als die Bullen abgelenkt waren.« Er lächelte unsicher und versuchte ein Zwinkern, das misslang, weil seine Lider dabei zusammenklebten. Schließlich musste er das rechte Auge händisch öffnen. Dadurch löste sich eine Träne, die sich langsam, aber stetig ihren Weg über seine Wange bahnte, zwischen den Sommersprossen hindurch, als wären es Torstangen.

Maxi ließ sich von dem Anblick nicht rühren. Gnadenlos nahm sie Rudel ins Kreuzverhör. Sie wollte wissen, wie er von dem Mord erfahren hatte. Irgendwer musste geplappert haben, und es interessierte sie brennend, wer.

Rudel stammelte, er habe da einen Tipp bekommen. Von einem jungen Bullen, den er vor einiger Zeit kennengelernt habe. »Ein netter Typ, der auch ganz gern mal ein Bier über den Durst …«

»Und er heißt wie?«

»Keine Ahnung. Wieso willst du das wissen? Du kennst ihn bestimmt nicht, er ist vollkommen unmusikalisch.«

Maxi wandte ihren strengsten Klavierlehrerinnenblick an. Den, den sie im Normalfall kurz vor dem Einsatz der Zerstückelungsphantasie bemühte.

»Also gut. Ich kenne aber nur seinen Vornamen. Luuk, glaub ich.«

Schau mal einer an, dachte Maxi. Luuk, das Milchgesicht. Der junge Kripobeamte mit dem Absperrband, der so beflissen gewirkt hatte. Sehr interessant. Sie verstaute die Information in einer hinteren Gehirnwindung. Bei Bedarf würde sie nicht zögern, sie hervorzukramen und zu ihrem Nutzen anzuwenden.

»Was hast du mit dem Foto vor?«, zischte sie.

»Mit dem da?« Rudels Kehlkopf rollte auf und nieder. »Nichts weiter. Vielleicht nehm ich es in meine Ausstellung. Gefällt's dir?«

»Großartig.« Maxi atmete tief durch. Die Ausstellung, an der Rudel arbeitete, seit sie ihn kannte, würde frühestens in zehn Jahren zustande kommen. Wenn überhaupt. Vermutlich würde das Foto, von dem er sichtlich begeistert war, schon in wenigen Tagen in Ungnade fallen, er würde zu zweifeln beginnen, würde es schließlich zerreißen und den Film vernichten. »Dann hast du es also nicht an die Presse verschachert?«

Er strich sich mehrfach über den Kopf und versuchte, seine Flaumhärchen zu glätten, die in alle Richtungen standen. »Nö, das nicht.« Wieder zwinkerte er, diesmal erfolgreich. »Bloß seine digitalen Geschwister.«

»Was? Aber ...« Maxis Herz galoppierte los. »Aber die Polizei hat doch einen Informationsstopp verhängt!«

Rudels unsicheres Lächeln mutierte zu einem breiten Grinsen. »Genau. Deshalb konnte ich die Bilder auch für die zehnfache Summe verkaufen! Exklusiv an den Telegraaf. Ist doch irre, oder?«

»Wenn hier jemand irre ist, dann du!«

Unverständnis kräuselte seine Stirn, ein Anflug von Kränkung stülpte seine Unterlippe vor. »Wieso bist du so wütend? Wenn sich jemand darüber freuen sollte, dann du.« Sein Zeigefinger stippte gegen Maxis Brustbein. »Immerhin bin ich drei Monatsmieten im Rückstand. In ein paar Tagen kriegst du dein Geld.« Als sie immer noch nicht mit adäquater Begeisterung reagierte, setzte er eins drauf: »Plus drei weitere Monatsmieten im Voraus.«

Maxi ließ sich nicht beeindrucken. »Und wann erscheint der Artikel?«

Ein Leuchten ging über Rudels Gesicht, als hätte ein verborgener Kameramann in seinem Inneren alle Scheinwerfer zugleich aufgedreht. Maxi folgerte zwei Dinge daraus: Erstens, dass Rudel soeben vollständig erwacht, und zweitens, dass der Artikel bereits erschienen war. Heute Morgen.

Rudel schien zur selben Schlussfolgerung zu kommen, denn er machte sich schnurstracks auf den Weg, um eine Zeitung zu holen.

Kaum war die Tür hinter ihm ins Schloss gefallen, vernahm Maxi ein Knirschen, ein vielfarbig gestreiftes, äußerst unangenehmes Geräusch, das in ein Krachen und kurz darauf in ein Platschen überging, als wäre ein etwa fünfundsechzig bis siebzig Kilo schwerer Körper ins Wasser geplumpst. Zwei Sekunden später folgte eine Kaskade von schwäbischen Schimpfwörtern, die Maxi nicht verstand, die aber ihre schlimmste Befürchtung bewiesen: Das morsche Holz, dessen Erneuerung sie schon seit Wochen vor sich herschob, war durchgekracht und mitsamt Rudel in den Fluten der Brouwersgracht versunken.

Sie stürzte hinaus, beugte sich zum Wasser hinunter und reichte ihrem wild um sich strampelnden Untermieter die Hand. Wie ein nasser Sack ließ er sich an Bord hieven. Das zitternde, tropfende und schimpfende Bündel übergab Maxi an Tess. Die erstickte Rudels Flüche, indem sie ihn in ein überdimensionales Badetuch hüllte, ihm eine Tasse Ingwertee aufbrühte und ihn ausgiebig bedauerte.

»Ein gebrochener Steg hat uns gerade noch gefehlt, was?«, sagte Tess, als ob Maxi nicht anwesend wäre. »Ich finde, das dürfen wir uns nicht gefallen lassen. Schließlich bezahlen wir Miete satt. Dafür haben wir ein Anrecht darauf, dass dieser Rostkahn instand gehalten wird.«

Rudel klapperte zustimmend mit den Zähnen.

Tess kniff ihre Augen zusammen, bis nur noch zwei Schlitze übrig blieben. »Wir sollten über eine Schmerzensgeldforderung nachdenken. Du hättest immerhin ertrinken können. Oder ich, wenn ich vor dir den Steg betreten hätte. Oder wir beide.«

»Jetzt macht mal halblang, meine Guten. Für die paar Kröten, die ihr abdrückt, habt ihr überhaupt kein Anrecht auf gar nichts«, grummelte Maxi. Manchmal war sie sich nicht sicher, ob Tess scherzte oder nicht. »Außerdem könnt ihr gern selbst mal ein Werkzeug in die Hand nehmen. Zum Beispiel müsste die Dachpappe erneuert werden. Und die Fensterläden …«

»Und wie soll ich jetzt zur Uni kommen?«

»Wenn du nicht wie Jesus auf dem Wasser gehen kannst, gibt es zwei Möglichkeiten: schwimmen oder weitspringen.«

Tess kicherte, sie hatte es wohl doch nicht ganz ernst gemeint mit ihrer Kritik.

Schnaubend umrundete Maxi den Küchentisch und überlegte, wie sie an Holzplanken für einen neuen Steg gelangen konnte. Zusammenbauen musste sie das Ding bestimmt allein, denn Tess fiel in solchen Situationen grundsätzlich eine Ausrede ein, und Rudel hatte zwei linke Hände.

Als ihre Laune den Tiefpunkt dieses Morgens erreicht hatte, klingelte es. Nicht die Türglocke, sondern eine Fahrradklingel. Nicht irgendeine Fahrradklingel, sondern ihre eigene. Erbost stürzte Maxi ans Fenster. Der Mann, der sich an ihrem Rad zu schaffen machte, war groß, kräftig und trug ein Karohemd.

»Hey!«, schrie sie.

Lässig drehte sich der Karierte um. Fuhr durch seinen grau melierten Vollbart und warf ihr einen lausbübischen Blick zu.

»Jan Ruisdael«, flüsterte Maxi. »Du hast mir gerade noch gefehlt.« Sie wollte eine beleidigte Miene aufsetzen, wollte ihm zu verstehen geben, dass sie immer noch sauer auf ihn war, zu Recht sauer. Aber es gelang ihr nicht. Unter seinem Blick wurde sie weich wie Butter. Sie bemerkte, dass sie lächelte. Als sie das verbeulte Vorderrad entdeckte, das vor Jan auf dem Boden lag, und das nagelneue, das er offensichtlich gerade montiert hatte, war sie gerührt. Ungefragt hatte er ihr Rad repariert, und das war eine mehr als angemessene Wiedergutmachung für seine grundlose Eifersucht und den blöden Streit. Sie hätte ihn gern in die Arme genommen, nur der fehlende Steg hielt sie davon ab. »Entschuldigung angenommen«, rief sie übers Wasser.

»Entschuldigung? Wofür?« Er lachte. Typisch. Einen Fehler

verbal einzugestehen gehörte nicht zu seinen Stärken. Jan war durch und durch ein Mann der Tat. »Ich wollte euch bloß ein paar Croissants …«

Vorbeibringen, ergänzte Maxi in Gedanken.

»Zum Tausch gegen eine Tasse …«

»Cappuccino? Macchiato? Espresso?« Manchmal versuchte sie, ihn zum Vollenden seiner Sätze anzustacheln, meistens vergeblich.

Er raschelte mit der Papiertüte, die er sich unter den Arm geklemmt hatte. »Aber anscheinend muss ich zuerst einen Graben …«

Überwinden? Auffüllen? Überbrücken? Jan verriet es nicht. Er trat so nah wie möglich an die Uferkante heran und warf Maxi die Tüte zu. Dann stapfte er davon, wobei er das linke Bein nachzog, ein Indiz für einen bevorstehenden Wetterumschwung. Er setzte sich in seinen Wagen und fuhr los.

Die Tüte enthielt vier Croissants und eine zusammengerollte Ausgabe des Telegraaf. Obwohl die Croissants, die Jan von einem pensionierten Bäcker nach original französischem Rezept backen ließ, verführerisch dufteten, außen knusprig waren und gleichzeitig versprachen, auf der Zunge zu zergehen, interessierte sich niemand dafür.

»Gib her!«, riefen Rudel und Tess zugleich und stürzten sich auf die Zeitung. Aber Maxi hatte sie bereits entrollt und hielt sie fest umklammert.

Während sie las, standen ihre Mitbewohner dicht hinter ihr, lugten über ihre Schultern und bliesen ihren Atem in Maxis Nacken.

DAS BLUTIGE ENDE DER EISKÖNIGIN
Annika van der Eijk im eigenen Bett abgeschlachtet

Die Überschrift knallte ihr förmlich entgegen. Es hätte Maxi nicht gewundert, wenn Blut aus den fetten Lettern gequollen wäre. Gegen die Aufdringlichkeit der Schlagzeile waren Rudels Fotos beinahe dezent zu nennen. Auf dem ersten sah man das Haus der van der Eijks mit dem gestikulierenden Jungkriminalisten Luuk, der einen Schaulustigen von dem Absperrband fernhielt.

Nummer zwei zeigte einen Spurensicherer in seinem weißen Overall, der die Klinke der Haustür mit einem Pinsel bearbeitete. Auf dem dritten Bild hatte Rudel den Moment eingefangen, in dem der Sarg aus dem Haus getragen wurde.

Maxi atmete auf. Das Foto der toten Annika, das Rudel in der Vorratskammer entwickelt hatte, war nicht dabei. Es in der auflagenstärksten Zeitung der Niederlande zu veröffentlichen hätte Maxi als obszön empfunden.

»Tolle Bilder«, sagte sie mit Lob in der Stimme.

»Ach, das ist doch gar nichts«, wiegte Rudel ab, dabei platzte er fast vor Stolz. »Das Beste kommt noch.«

Mit gemischten Gefühlen blätterte Maxi um.

Ihr fielen fast die Augen aus dem Kopf, als sie auf der folgenden Seite von Lisanne de Steeghius angelächelt wurde, die nackt und tot auf einem Metalltisch lag. Wie eine exotische Kette zierte eine ypsilonförmige Naht den makellos weißen Hals der Politikerin. Eine Naht, für deren zierliche Stiche vermutlich Tess verantwortlich zeichnete. Zum Glück war der Leichnam vom Brustansatz abwärts mit einem Tuch verhüllt.

Die Schlagzeile lautete:

KEIN UNFALL, SONDERN MORD: FINANZMINISTERIN ERSTOCHEN
Polizei und Staatsanwaltschaft verweigern Stellungnahme zu gezielten Falschinformationen

Maxi wandte sich zu Rudel um. »Hast du diesen Tipp auch von Luuk? Und wer hat dich überhaupt in die Rechtsmedizin gelassen?«

»Kannst du dir das nicht denken?« Er schielte zu Tess, die unschuldig pfeifend in ihrem Zimmer verschwand.

Na warte! Maxi gegenüber hatte Tess so getan, als koste es ihren Kopf, wenn sie jemandem von der Ermordung der Finanzministerin erzählte. Rudel hatte sie dagegen nicht nur Zutritt ins Allerheiligste verschafft, sondern ihn auch noch ermutigt, zu fotografieren und sich damit an die meistgelesene Tageszeitung der Niederlande zu wenden.

»Das ist …« Empört suchte Maxi nach Worten.

»… deine Schuld«, sagte Rudel. »Du beschwerst dich doch dauernd, dass ich immer nur schmarotze und nie den Kühlschrank fülle. Da hat Tess sich eben gedacht, sie verhilft mir zu einer einmaligen Story.«

»Du hattest doch schon den Tipp von Luuk.«

»Gönnst du es mir vielleicht nicht?« Wieder wölbte sich Rudels Unterlippe vor. »Außerdem hat die Bevölkerung ein Recht auf Information.«

Maxi blieb keine Zeit, eine geschliffene Antwort zu formulieren, denn in diesem Moment rumpelte es heftig. Das ganze Boot wackelte, als hätte ein anderes Schiff es gerammt, und wenn Maxi nicht gesessen hätte, wäre sie vermutlich hingefallen.

Sie stürzte hinaus und holte tief Luft, um wen auch immer für den Zusammenprall zur Rechenschaft zu ziehen.

Da fiel ihr Blick auf karierten Stoff. Jan war zurück und hatte soeben einen nigelnagelneuen Steg aus armdicken Holzbalken am Schiffsrumpf befestigt. Das Holz schimmerte in einem jüngferlich hellen Alabaster, so neu war es.

Er betrat den Steg und stampfte ein paarmal mit seinem gesunden Bein auf. »Der sollte die nächsten zehn, zwanzig Jahre …«, sagte er.

Halten, ergänzte Maxi. »Bestimmt. Aber wie ist das möglich? Ich meine, woher hast du auf die Schnelle einen passenden Steg? Fix und fertig?«

»Beziehungen«, sagte Jan. Er war kein Freund langer Erklärungen. Selbstbewusst schob er Maxi zur Seite, betrat das Boot und zog sie in eine innige Umarmung.

»Au, da drückt was.«

»Entschuldige, fast vergessen.« Er öffnete den Reißverschluss seiner Jacke und zog eine Flasche hervor.

Veuve Clicquot. La Grande Dame Rosé.

»Passt gut zu Meeresfrüchten. Aber auch zu einem späten …«

»Frühstück?«

In der nächsten halben Stunde fielen sie über die Croissants, den Champagner und in Maxis Zimmer schließlich übereinander her. Versöhnung war gar kein Ausdruck, und bestimmt wäre sie noch weit intensiver ausgefallen, wenn nicht Maxis Handy mit nervtötendem Piepen in Giftgrün dazwischengefunkt hätte.

Als es zum dritten Mal piepte, nahm sie den Anruf an. »Maximiliane Mikulicz. Ja bitte?«

»Hoofdinspecteur Bontekoe. Ich muss Sie bitten, ins Polizeipräsidium zu kommen.«

»Was? Wozu denn?«

»Eine harmlose Befragung. Wie Sie wissen, ermitteln wir in einem Mordfall. Sie kennen das Opfer und waren gestern am Tatort. Widerrechtlich!«

Das letzte Wort stach in Maxis Gehörgänge. »Schon klar.«

»Am besten kommen Sie gleich. Elandsgracht 117, Ecke Marnixstraat.«

Das Hoofdbureau van Politie, dachte Maxi. Die Höhle des Löwen.

»Wenn's nicht zu lang dauert …«, sagte Jan und zog sich die Bettdecke über den Kopf.

Maxi überlegte, wie der Satz weitergehen könnte. Schlafe ich 'ne Runde? Warte ich hier auf dich? Koche ich uns was Feines?

Als sie die Zimmertür leise schloss, nahm sie sich vor, sich keinesfalls die gute Laune verderben zu lassen, komme, was da wolle. Nach einem zweifelhaften Beginn hatte der Tag sich prächtig entwickelt, und kein noch so miesepetriger Kriminalbeamter sollte ihn ihr verpatzen.

Lächelnd radelte sie die Prinsengracht entlang. Und obwohl sie keine Lust auf die bevorstehende Vernehmung hatte, hielt sie so entschlossen an ihrer glänzenden Stimmung fest, dass sie nicht einmal die dunklen Wolken bemerkte, die sich in ihrem Rücken zusammenbrauten.

Als sie ihr Rad vor dem Polizeipräsidium an eine Straßenlaterne kettete, zuckte bereits der erste Blitz. Und als die Präsidiumstür hinter Maxi ins Schloss fiel, grollte der Donner, als müsste er das alte Kapitel mit Getöse beenden und vor dem neuen warnen, in dem das Schicksal garantiert strengere Saiten aufziehen würde!

7

»Wenn wir den Schlitzer fassen wollen, bevor er das ganze Land in Angst und Schrecken versetzt, brauchen wir als Erstes ein …«

Bontekoe verdrehte die Augen. »Wie bitte? Den Schlitzer?«

»Ein passender Name für einen Serienkiller, der Frauen die Kehle durchschneidet, finden Sie nicht?«

»Ich bitte Sie! Malen Sie den Teufel nicht an die Wand! Konkret haben wir zwei Opfer. Von einer Serie kann keine Rede sein.«

»Mit einer Nummer zwei und einer Nummer drei am Handrücken. Wir müssen also davon ausgehen, dass es eine Nummer eins gibt. Bis wir deren Leiche finden, sollten wir dem Täter einen Schritt voraus sein. Dafür brauchen wir ein Täterprofil.«

Schlitzer, Täterprofil, pffft, dachte Bontekoe missmutig, *das hat mir gerade noch gefehlt.* Dass ihm Korpschef Meinders ausgerechnet einen Polizeipsychologen ans Bein binden musste! Einen feinen Pinkel mit Doktortitel, mauvefarbener Seidenkrawatte und Manschettenknöpfen aus Perlmutt. Und ohne die geringste Ahnung von praktischer Ermittlungsarbeit. Er versuchte, dem eitlen Tropf einen missbilligenden Blick zuzuwerfen. Aber sein Gegenüber mit dem lächerlichen Kükenflaum auf dem Kopf hatte die Augen zusammengekniffen, und Sehschlitze boten zu wenig Angriffsfläche für visuell verabreichte Missbilligung.

»Anstatt Mutmaßungen anzustellen, sollten wir lieber mit den Fakten arbeiten, die wir haben, Kollege Jonker.« Bontekoe legte seine ganze Verachtung in das Wort »Kollege«. Verachtung, die an Jonkers feiner Gewandung abperlte wie Schmutzwasser an gewachstem Tuch.

»Und die wären?«

»Lisanne de Steeghius hatte zahlreiche politische Feinde. Nach Aussage ihrer Mutter wurde sie immer wieder von einem anonymen Anrufer belästigt. Und ihre beste Freundin behauptet, Lisanne habe kurz vor ihrem Tod ihren Verlobten in die Wüste geschickt. Ist das nicht äußerst interessant?« Er wischte sich einen

Schweißtropfen von der Stirn. »Vor allem, wenn man bedenkt, dass es auch in der Ehe der van der Eijks gewaltig gekriselt hat.«

»Und was wollen Sie damit sagen, mein lieber Fakten sammelnder Freund?«

»Ich wette, dass weder Lisannes Verlobter, der übrigens gleichzeitig ihr Medienberater war, über diese Entwicklung sehr erfreut war, noch Annikas Mann. Beide hätten nicht nur ihre Frauen verloren, sondern auch ihren Job. Außerdem Geld, Ansehen und die Aussicht auf ein luxuriöses Leben. Gibt es ein besseres Motiv?«

»Ich bitte Sie, Bontekoe! Es muss Ihnen doch klar sein, dass hier ein und derselbe Täter am Werk war. Da geht es nicht um irgendwelche privaten Eifersuchtsgeschichten. Oder haben Sie eine Verbindung zwischen den beiden Männern finden können?«

Bontekoe schwieg. Nein, das war ja das Ärgerliche. Nicht die kleinste Verbindung hatte er bisher entdeckt. Noch nicht. Aber er arbeitete daran. Und er würde etwas ausgraben, das sagte ihm sein Gefühl.

»Haben Sie nicht! Also bitte, lassen wir den Quatsch.« Mit dem Sch von »Quatsch« wurde ein Spucketröpfchen von Hans Willem Jonkers schanzenförmig vorspringender Unterlippe geschleudert und flog auf Bontekoe zu. Da der Polizeipsychologe zugleich einen großen Schritt nach vorn machte, ging der Tropfen jedoch auf seine eigene Hemdbrust nieder. »Ich sage Ihnen, wir haben es hier mit einem geistesgestörten Frauenmörder zu tun, der es auf reiche, berühmte und erfolgreiche Frauen abgesehen hat. Davon gibt es zwar keine Unmengen, aber doch mehr, als man gemeinhin glaubt. Deshalb wird der Schlitzer auch nicht so schnell aufhören.«

Bontekoe lachte auf. Das würde diesem dahergelaufenen Maastrichter Polizeipsychologen, der sich selbst als »Profiler« bezeichnete, als sei er einer amerikanischen Fernsehserie entsprungen, so passen! »Lassen Sie sich von einem alten Hasen eines sagen: Serienmörder treiben in erster Linie in schlechten Kriminalromanen ihr Unwesen.« *Und in abstrusen Hirnen von Polizeipsychologen*, fügte er im Geiste hinzu. »Aber in Gottes Namen, dann erstellen Sie halt Ihr Täterprofil. Hauptsache, Sie lassen mich ungestört ermitteln.«

»Ich sehe schon, Zusammenarbeit ist nicht Ihre Stärke.« Jonker schnippte ein Stäubchen vom Revers seines Maßanzugs. »Kein Wunder, dass es in Ihrer Abteilung so fatale Alleingänge gibt.«

»Was für Alleingänge?«

»Zurückzuführen auf einen Mangel an Disziplin.«

»Wie bitte? Was wollen Sie damit sagen?« In Bontekoes Wangen staute sich das Blut und begann zu kochen, als hätte jemand einen Tauchsieder eingetunkt. Zweierlei konnte er partout nicht leiden: Erstens die jähzornigen Kollegen, die polterten, fluchten und mit derben Beleidigungen um sich warfen. Zweitens die Hinterhältigen, die mit Samtstimme und falscher Freundlichkeit Unterstellungen säuselten. Letztere hielt er für die Allerschlimmsten, sie versetzten ihn in einen Zustand hilfloser Wut.

»Haben Sie den Artikel im Telegraaf nicht gelesen?« Ein weiterer Spucketropfen machte sich auf den Weg und schaffte es, auf Bontekoes Schuhspitze niederzugehen. »Die einzig logische Schlussfolgerung ist: In Ihrer Abteilung gibt es eine undichte Stelle.«

»Was fällt Ihnen ein?« Ein Zittern bemächtigte sich Bontekoes, es begann in den Fingerspitzen und breitete sich langsam über seinen ganzen Körper aus, unaufhaltsam wie ein Erdbeben.

»Ich rechne damit, dass Sie sich darum kümmern, mein Freund.« Jonker legte seine sorgfältig manikürte Hand auf Bontekoes Schulter. »Finden Sie den Maulwurf. Dann können Sie ja weiter Ihre Fakten sammeln. Ich widme mich inzwischen der Erstellung eines Täterprofils.«

Bontekoe schüttelte die Hand ab. »Das ist eine Unverschämtheit!«, fauchte er. Beherrschung war eine feine Sache, leider konnte er sie nicht länger aufbringen. »Was bilden Sie sich eigentlich ein? Für meine Mitarbeiter lege ich die Hand ins Feuer!«

Zumindest für die meisten. Nicht für den neunmalklugen Ivo, der ihm mit seiner verkappten Trägheit und seinen abstrusen Einfällen immer wieder ins Handwerk pfuschte. Und er musste sich eingestehen, dass auch er schon überlegt hatte, ob Ivo etwas mit dem Artikel … Nein, dreimal nein! Ivo war zwar ein Idiot, aber ein Idiot mit Ehrgefühl. Die undichte Stelle konnte sich genauso gut im Büro der Staatsanwältin befinden. Oder die

Angehörigen eines Opfers hatten mit Journalisten geplaudert. Oder die Mikulicz. Es gab viele Möglichkeiten. Vielleicht hatte ja Jonker selbst seine Hände im Spiel, dieser Snob von einem Polizeipsychologen! Frei nach dem Motto: Wer andere mit Schmutz bewirft, hat selbst Dreck am Stecken. »Wer sagt mir, dass nicht Sie der Maulwurf sind?«

Mit einem Lächeln, das Mitleid und Souveränität zugleich ausdrückte, wandte Jonker sich ab und stakte hinaus.

Bontekoe schimpfte hinter ihm her, bis er bemerkte, dass er nicht allein war. Er fuhr herum. »Was soll das? Willst du mich erschrecken?«

»N… nein, ich … wollte nur …« Der Jüngste aus seinem Team, der schon eine ganze Weile gelauscht haben musste, nahm seine Basecap ab und wischte sich mit dem Handrücken über die Stirn. »Was für einen Maulwurf meinst du, Chef?«

»Der Artikel im Telegraaf. Jonker glaubt, dass jemand von euch dahintersteckt.«

»Echt jetzt? Hat er denn einen Verdacht?«

»Keine Spur. Alles nur dummes Psychologengeschwätz. Also, Luuk, was suchst du hier? Und wieso bist du so blass?«

Luuk war zwar immer blass, aber heute sah er aus, als hätte er am Vorabend ranzige Frikandellen vertilgt und sie mit zu viel Jenever hinuntergespült. »Ist dir schlecht?«

»Mir liegt da was im Magen. Geht schon. Ich wollte dir nur sagen, dass diese Mikulicz jetzt da ist. Marijke hat sie in dein Büro geführt.«

Maximiliane Mikulicz. Die Klavierlehrerin. Bontekoes Mitgefühl mit Luuks Übelkeit verflog im selben Maß, in dem er spürte, wie ihm selbst schlecht wurde. Er suchte die Toilette auf. Stellte erleichtert fest, dass er allein war. Putzte seine Brille. Betupfte die Schläfen mit kaltem Wasser. Durchwühlte seine Taschen. Als er eine Blechdose mit Pottertjes fand, schüttete er den Inhalt in die hohle Hand und ließ alles auf einmal in seinem Mund verschwinden. Minutenlang lutschte, schmatzte, kaute und schluckte er. Die Schärfe des Menthols pustete Hals und Nase frei und trieb ihm beim Einatmen Tränen in die Augen. Die intensive Süße spendete Trost, der leicht bittere Nachgeschmack, den die winzigen Lakritzpastillen auf seinem Gaumen hinterließen, stärkte die Entschlusskraft.

Bereit zur Konfrontation, dachte Hoofdinspecteur Cornelius Bontekoe und nickte seinem Spiegelbild zu.

Langsam, aber sicher kam Langeweile auf. Der Regen trommelte gegen die Fensterscheiben, sonst tat sich nichts. Wenn sie bloß ihren Kriminalroman mitgebracht hätte! Der Kaffee, den die nette Polizistin ihr serviert hatte, hatte sich als untrinkbare Automatenplörre entpuppt und war längst im Topf der Zimmerlinde gelandet. Bontekoes Büro hatte Maxi auch schon unter die Lupe genommen und nichts Spektakuläres entdeckt: In den Regalen herrschte militärische Ordnung. Lückenlos präsentierten sich die Rücken der Ordner, wie mit einem Lineal ausgerichtet und nach Farben sortiert. Die bilderlosen Wände waren kahl und leicht vergilbt wie die Blätter der Zimmerlinde. Nur die Schildläuse, die an den besagten Blättern saugten, machten einen lebendigen Eindruck. Der Raum in seiner vollendeten Sterilität stand in größtmöglichem Kontrast zum Schreibtischszenario. Hier tobte das Chaos. Hinter dem Notebook, das leider ausgeschaltet war, lag ein halb fertiger Bericht, über dem jemand einen Bleistift gespitzt haben musste, mit einiger Ausdauer, denn das Abgespitzte kringelte sich schlangenförmig, während vom Bleistift nur noch ein Stummel übrig war. Daneben ein Keramikbecher, halb gefüllt mit einer schlammbraunen Flüssigkeit, vermutlich Milchkaffee, auf dem Schokostreuseln gleich Radiergummibrösel schwammen.

Als nach weiteren zehn Minuten immer noch niemand kam, wurde Maxi die Warterei zu öde. Sie zog den Bericht unter den Holzrosetten hervor und überflog das Getippsel, stellte aber enttäuscht fest, dass es nichts mit den Mordfällen zu tun hatte.

Wenn du schon dabei bist, in Dingen zu stöbern, die dich nichts angehen, dann wenigstens richtig, dachte sie.

Der Reihe nach zog sie die Schreibtischschubladen auf. In der obersten lagen haufenweise Papierkugeln – vollgekritzelte und zusammengeknüllte Zettel, die vermutlich aus einem Notizbuch stammten. Unter den Kugeln entdeckte sie einen Plexiglasrahmen. Darin prangte das Porträt von – Bontekoes Ehefrau? Seinen

Kindern? Nein, es war eine Schildkröte! Grinsend legte Maxi alles wieder an seinen Platz.

Die mittlere Schublade war randvoll mit Naschwerk aus der Lakritzabteilung, das Maxi an ihren Traum erinnerte. In der untersten entdeckte sie einen MP3-Player mit Ohrstöpseln. Sie hätte jubeln mögen. Das war es! Das musste es sein! Garantiert hatte Bontekoe darauf alle bisherigen Verhöre gespeichert.

Die Narbe auf ihrem linken Handrücken begann zu kribbeln, das Kribbeln steigerte sich zu einem Pochen und schließlich zu einem Brennen. Sie beherrschte sich. Wartete und lauschte. Da nichts Verdächtiges zu hören war, griff sie sich den Player und steckte die Stöpsel in die Ohren.

Als sie auf Start drückte, passierten drei Dinge zugleich:

Erstens, der Regen, der bisher unvermindert gegen die Fensterscheiben getrommelt hatte, hörte schlagartig auf, was Maxi nicht bemerkte, weil:

Zweitens, Debussys »Clair de Lune« ihre Gehörgänge flutete und türkise Schlieren auf ihre innere Leinwand malte.

Drittens, die Tür wurde aufgerissen, und herein trat mit wabbelnder Wange: Hoofdinspecteur Cornelius Bontekoe.

Zum Glück hatte er den Kopf über seine Schulter nach hinten gedreht und sprach mit jemandem, der im Gang stehen blieb. Maxi blieb also Zeit, die Kopfhörer aus den Ohren zu reißen, den MP3-Player in die Schublade zu werfen und diese mit einem Ruck zu schließen. Als Bontekoe sich ihr endlich zuwandte, musste ihm natürlich auffallen, dass sie auf der falschen Seite seines Schreibtischs stand, einen Kommentar dazu verkniff er sich aber.

Er behandelte sie mit kühler Freundlichkeit, distanziert und irgendwie vorsichtig. Als fürchte er, er könne sich die Finger verbrennen, wenn er ihr zu nahe käme.

Mit Neugier und einem innerlichen Kopfschütteln musterte sie ihn. *Wer zum Kuckuck bist du, Cornelius Bontekoe?*, dachte sie. *Ein leitender Kriminalbeamter, der nach außen hin den harten Knochen markiert und harmlose Klavierlehrerinnen einschüchtert, im Geheimen Klaviermusik von Debussy hört und ein Reptil liebt?*

Die Neugier verblasste, als die Befragung begann, aber das

innere Kopfschütteln blieb. Mit der Präzision einer automatischen Waffe schoss Bontekoe seine Fragen auf Maxi ab, offensichtlich hatte er sich gründlich auf die Konfrontation vorbereitet.

»Wie lange kennen Sie die van der Eijks?«

»Seit dreieinhalb Jahren ungefähr. So lange ist Henk mein Klavierschüler.«

»Wie sind Sie an die Klavierstunden gekommen? Per Inserat?«

»Annika hat mich angerufen und gefragt, ich glaube, weil mich die Mutter eines anderen Schülers empfohlen hat und Henks bisheriger Lehrer in Pension ging.« Maxi legte den Finger an die Nase, um ihr Erinnerungsvermögen zu unterstützen. »Eigentlich war ich damals ausgebucht, aber sie hat mir ein so großzügiges Honorar angeboten, dass ich nicht ablehnen konnte.«

»Wie großzügig?«

Maxi lachte. »Bei allem Ermittlungseifer, das geht Sie gar nichts an, Herr Hoofdinspecteur. Ich versichere Ihnen aber, dass ich jeden Cent versteuere.«

»Wie war Ihr Verhältnis zu Annikas Mann?«

»Was meinen Sie mit ›Verhältnis‹?« Sie funkelte Bontekoe an, der unschuldig in seine Kaffeetasse starrte und so tat, als bemerke er ihre Entrüstung nicht. »Jeroen van der Eijk war so gut wie nie zu Hause. Ich habe ihn vielleicht dreimal gesehen und nicht mehr als ein paar Sätze mit ihm gewechselt.«

»Wussten Sie, dass die van der Eijks Eheprobleme hatten?«

Maxi verneinte die Frage. »Klatsch interessiert mich nicht besonders.«

»Hat Henk nie etwas erzählt?«

»Henk ist kein großer Erzähler. Außerdem hat der Junge genug eigene Probleme. Die Schule, die beginnende Pubertät, das Fußballtraining, zu wenig Zeit zum Klavierüben …« Wobei er das mit dem Üben gar nicht als Problem empfand. Leider.

»Und Annika? Sie wollen mir doch nicht erzählen, dass Sie mit ihr auch nicht mehr als zehn Worte gewechselt haben?«

»Normalerweise muss ich direkt nach Henks Stunde zum nächsten Schüler fahren. Nur wenn der absagt, habe ich Zeit. In dem Fall hat Annika mir manchmal Kaffee angeboten und sich mit mir unterhalten.«

»Worüber?«

»Nichts Weltbewegendes. In erster Linie über Henk, seine Schulprobleme, seine Lustlosigkeit. Und über so banales Zeug wie die neueste Schuhmode. Annika liebte Schuhe. Oder über Pindakaas aus biologisch angebauten Erdnüssen. Was weiß ich, alles Mögliche.«

»Mochten Sie sie?«

»Sie war sehr nett. Ein bisschen oberflächlich vielleicht. Wir hatten nicht viele gemeinsame Interessen. Aber sie war überhaupt nicht eingebildet oder abgehoben, trotz ihres Erfolgs. Trotz ihres Reichtums.«

»Wann haben Sie sich zum letzten Mal mit ihr unterhalten?«

»Eine Woche vor ihrer Ermordung. Sie hat mich gefragt, wo ich am liebsten Urlaub mache. Australien, habe ich gesagt und ihr verschwiegen, dass ich seit Jahren nicht auf Urlaub war, weil ich es mir nicht leisten kann.«

»Und was ist dann passiert?«

»Was soll passiert sein? Ich weiß nicht, was Sie meinen.«

»Das werde ich Ihnen sagen, Frau Mikulicz. Gekündigt hat Annika Ihnen.« Rote Flecke zogen wie Gewitterwolken über den Quark von Bontekoes Wabbelwangen. Er senkte die Stimme zu einem Flüstern. »Sie hat gesagt, dass Sie nicht mehr kommen sollen, weil Sie zu streng sind, weil Henk keine Fortschritte macht, weil Sie den Jungen misshandelt haben, was weiß ich. Jedenfalls sahen Sie Ihre Felle davonschwimmen. Aus und vorbei mit dem leicht verdienten Geld, der fürstlichen Entlohnung. Da …«, jetzt sprang Bontekoe auf. Hinter der Metallbrille kochte das griechenlandblaue Meer über, »… haben Sie beschlossen, Annika van der Eijk umzubringen. Aus Rache!«

Maxi lachte, sie konnte nicht mehr aufhören zu lachen, bis ihre Augen tränten und sie keine Luft mehr bekam. »Was?«, schnappte sie. »Sie glauben wirklich, der Verlust eines faulen und talentlosen Klavierschülers wäre ein Mordmotiv?« Sie wischte sich mit dem Handrücken über die Augen und fuhr mit zutiefst gekränkter Stimme fort: »Dass ich Schüler misshandeln soll, ist eine üble Unterstellung. Es mag ja sein, dass Sie selbst schlechte Erfahrungen mit Klavierlehrerinnen gemacht haben, das gibt

Ihnen aber noch lange kein Recht, uns alle in einen Topf zu werfen.«

Bontekoe errötete noch mehr. Er fischte ein Taschentuch aus seiner Schreibtischschublade und tupfte sich die Stirn ab.

Maxi trommelte mit den Fingern auf die Schreibtischplatte, eine typische Klavierlehrerinnenangewohnheit. »Ich warte auf eine Entschuldigung.«

Nach einer gefühlten Ewigkeit, in der er sich sichtlich wand, murmelte er etwas Unverständliches. Es mochte »Nichts für ungut«, »Tut mir leid« oder auch bloß »Rutsch mir den Buckel runter« heißen. Anschließend sagte er, Maxi könne gehen, sie müsse aber versprechen, sich nicht mehr in den Fall einzumischen. Maxi versprach es. Er drückte ihr eine Visitenkarte in die Hand. Falls ihr noch eine wichtige Information über Annika oder Jeroen van der Eijk einfalle, solle sie ihn anrufen. Jederzeit. Dann verließ Bontekoe im Eilschritt sein Büro.

Maxi wurde von der netten Polizistin hinausbegleitet. Sie ärgerte sich darüber, dass es ihr nicht gelungen war, irgendetwas auszukundschaften. Völlig umsonst hatte sie den ganzen Vormittag verschwendet, nur um unangenehme, ja unverschämte Fragen zu beantworten. Als Kriminalistin war sie eine Null. Aravind Bhaduri wäre es im Handumdrehen gelungen, sich wichtige Informationen zu verschaffen. Sie seufzte und lächelte die Polizistin, die übrigens Marijke hieß, an. Und da passierte es: Marijke begann zu erzählen. In der kurzen Zeit, die für die Bewältigung von sechsunddreißig Treppenstufen erforderlich war, erfuhr Maxi, dass Bontekoe nur so getan habe, als verdächtige er sie. Um ihr einen Schrecken einzujagen, damit sie sich aus den Ermittlungen heraushalte. In Wahrheit habe er Annikas Mann sowie Lisannes Verlobten auf dem Kieker. Die beiden hatten sich womöglich gekannt und abgesprochen, vielleicht sogar gemeinsam einen Mörder angeheuert. Leider habe Bontekoe noch keine Verbindung zwischen den beiden Männern gefunden, obwohl das ganze Team wie blöd danach suche.

»Wie spannend«, entfuhr es Maxi. »Da wünsch ich Ihnen viel Glück, dass Sie bald fündig werden.«

Aber Marijke winkte ab. Sie glaube nicht an die Theorie ihres

Chefs, sondern an die von Dr. Hans Willem Jonker, dem genialen Profiler, der eigens aus Maastricht angefordert worden sei. Und der sei überzeugt davon, dass ein geisteskranker Serientäter beide Morde begangen habe.

»Hans Willem wer?«, fragte Maxi.

»Jonker«, sagte Marijke und verzog dabei das Gesicht, als zerginge ein besonders köstlicher Bissen auf ihrer Zunge. »Der berühmte Polizeipsychologe. Den kennen Sie bestimmt aus dem Fernsehen. Erst kürzlich war er bei ›Opsporing verzocht‹ zu Gast.«

Maxi besaß keinen Fernseher, wusste aber, dass es sich bei der Sendung um eine Art niederländisches »Aktenzeichen XY … ungelöst« handelte. »Ach der«, sagte sie schnell, um Marijke zum Weitererzählen zu bewegen. »Ja, das ist wirklich ein toller Typ!«

»Nicht wahr? Allein seine Manschettenknöpfe!« In Marijkes Gesicht erblühte etwas Rosenartiges. »Und man muss wirklich sagen: Jonker versteht sein Handwerk! Die Ermittlungsarbeit ist natürlich streng geheim, deshalb darf ich nicht mehr verraten.«

»Respekt! Ihre Berufsauffassung ist bewundernswert. Wenn ich mit so einer Kapazität wie Dr. Jonker zusammenarbeiten dürfte, könnte ich meinen Mund nicht halten. Ich müsste seine Begabung in die Welt hinausschreien.«

Im Nachhinein konnte Maxi nicht sagen, ob ihre vorgetäuschte Bewunderung des Profiling-Genies der Auslöser war oder Marijkes hormoneller Zustand. Jedenfalls schied die junge Polizistin in einer Art Sprechdurchfall alles aus, was Jonker in Sachen Täterprofil von sich gegeben hatte. Berufsgeheimnis ade.

Die Handschrift des Mörders spreche für einen etwa fünfzigjährigen weißen Niederländer aus konservativ-religiösem Umfeld, erzählte Marijke. Der Mann sei gebildet, vermutlich Akademiker, und weise sadomasochistische Züge auf. Im Nacken sitze ihm eine übermächtige Mutterfigur. Eine vermutlich kluge, aber auch hartherzige Frau, mit der ihn eine Art Hassliebe verbinde und die womöglich kürzlich verstorben sei. Um sich nun einerseits an ihr zu rächen und sie andererseits posthum zu ehren und seiner Trauer um sie Ausdruck zu verleihen, ermorde er schöne, berühmte und betuchte Amsterdamerinnen. »In Anlehnung an Jack the Ripper nennt Jonker ihn Jaap, den Schlitzer, und er befürchtet, dass er noch öfter zuschlagen wird.«

Maxi hatte mit offenem Mund zugehört. »Ach was«, sagte sie und versuchte, alle Informationen abzuspeichern. »Mit so einem ausgeklügelten Täterprofil ist dieser Jaap doch so gut wie überführt.«

Marijke fühlte sich offenbar geschmeichelt, sie verabschiedete sich von Maxi wie von einer lieben Freundin.

Das Unwetter war vorüber, das Regengeprassel von vorhin hatte einem feinen Sprühregen Platz gemacht. Bis Maxi zu Hause ankam, war sie pudelnass und hungrig wie ein Blesshuhn. Jan schlief nicht mehr in ihrem Bett, wie sie mit Bedauern feststellte. Ein kleiner Trost war, dass Rudel tatsächlich den Kühlschrank gefüllt hatte. Sogar mittelalten Gouda hatte er gekauft! Maxi aß ein paar Würfel, dazu genehmigte sie sich ein halbes Kapitel von Aravind Bhaduris siebtem Fall. Wo war sie stehen geblieben? Sie erinnerte sich, dass das Bein des indischen Ermittlers noch immer zwischen den Kiefern des Leoparden steckte. Von seinem Lieblingsgott Vishnu schnöde im Stich gelassen, versuchte Aravind, die Hypnose des Untiers aufrechtzuerhalten, während er Shiva, den Zerstörer, den Gnadenlosen, um Hilfe anflehte.

Maxi ließ einen Käsewürfel im Mund zergehen und las, wie Aravind mit Shiva verhandelte, wie er schmeichelte, lobte, betete und sang und dabei alle Register zog, und wie der grausame Gott, der sich gerade mit der lieblichen Parvati vergnügte, sich tatsächlich gnädig zeigte. Wobei es natürlich keiner großen Anstrengung bedurfte. Nicht einmal das Liebesspiel musste Shiva unterbrechen. Mit vier Armen widmete er sich weiterhin der reizenden Parvati, während er mit dem fünften den Leoparden im Genick packte, mit dem sechsten sein Maul aufsperrte, mit dem siebten Aravinds Bein herauszog und die Blutung stillte und mit dem achten die Bestie so lange würgte, bis sie ohnmächtig daniedersank. Dem besiegten Raubtier entfuhr dabei ein Darmwind, in dessen Sog der verschluckte Diamant seinem dunklen Gefängnis entwich. Ein menschliches Fingerknöchelchen war auch dabei.

Maxi freute sich. Das ausufernde Dankgebet des geretteten Inspektors überflog sie, Dankgebete waren nicht so ihr Ding.

Dafür vertiefte sie sich in Aravinds Vorstellung, wie er der Maharani Jaswinder gegenübertreten und ihr den Diamanten überreichen würde. Sogar von einem Dankeskuss der edlen Schönen träumte er, er, ein Angehöriger der niedrigen Kaste der Bhandari.

Lächelnd schlug sie das Buch zu, gespannt, was sie in den letzten Kapiteln erwarten würde, jetzt, da der Fall eigentlich gelöst war.

Zuerst musste sie sich jedoch an die Arbeit machen und sich auf ihre Klavierschüler konzentrieren. Es fiel ihr schwer wie noch nie. Immer wieder drifteten ihre Gedanken ab, zum Gesicht der toten Annika, zum roten Schein in ihrem Schlafzimmer, zu Hoofdinspecteur Bontekoes wabbelnder Wange und zu dem vermeintlichen Serienmörder mit dem Mutterkomplex.

»Fis!«, rief Maxi.

»Hab ich doch gespielt!« Wie zum Beweis berührte die Schülerhand die soeben verlassene schwarze Taste, schlug das Fis an, einmal und noch einmal.

Maxi atmete erleichtert auf, als in ihrem Kopf zwei eiförmige Körper in sattem Orange aufleuchteten. Keine Spur mehr von blutroten Kristallen, deren scharfe Kanten an benutzte Schlachtermesser erinnerten.

Vermutlich hatten Tess, Bontekoe und Marijke recht, und sie sollte wirklich die Finger von weiteren Ermittlungen lassen. Die Polizei würde die Fälle schon klären. Wenn der Tollpatsch Bontekoe von einem gewieften Profiler unterstützt wurde, bestand Hoffnung.

Der Vorsatz, sich ausschließlich um die Vermittlung von Musik zu bemühen, machte sich in ihrem Inneren breit, er wärmte ihre Ohrläppchen und wiegte sie in dem Gefühl, die richtige Entscheidung getroffen zu haben. *Maximiliane Mikulicz, du bist auf der Seite der Guten.*

Die nächsten Stunden verliefen relativ unspektakulär. Maxi korrigierte dreiundzwanzig Rhythmusfehler, sieben Temposchwankungen, zweiunddreißig falsche, nicht oder an falscher

Stelle gespielte Töne, dreizehn Artikulationsmängel, siebenundachtzig unmögliche Fingersätze und Handhaltungen, die schon beim Zusehen Krämpfe verursachten, neunzehn dynamische Schlampereien. Sie verkniff es sich zweimal, ihre Stimme zu erheben. Sie durchlebte eine Zerstückelungs- und Verfütterungsphantasie in allen Details. Sie brach eine Lanze für das Üben und eine für das Zuhören, obwohl sie wusste, dass sie wieder einmal auf taube Ohren stoßen würde.

Die letzte Schülerin dieses Nachmittags sagte ab, einer fiebrigen Erkältung wegen.

Maxi versuchte, an ihrem guten Vorsatz festzuhalten. Sie dachte an das nicht mehr blutige Fis, ein wunderbares Omen, versuchte, das orange Oval herbeizuvisualisieren und zu streicheln. Es gelang. Dann fiel ihr Henk ein. Wie es ihm heute wohl ging? Ob er weiterhin wie in Trance Klavier spielte, traumatisiert durch den Anblick seiner toten Mutter?

Und schon zerbröselte ihr Entschluss, sich aus allem herauszuhalten, als wäre er aus Sandstein gemeißelt. Sandstein, der durch jahrhundertelangen sauren Regen mürb geworden war.

Keine Minute länger hielt Maxi die Untätigkeit aus. Sie schlüpfte in ihre Regenjacke und radelte los, zum Haus der van der Eijks. Sollten ihr alle Bontekoes der Welt doch den Buckel hinunterrutschen!

8

Sie hat kleine, feste Brüste, aber dicke Fesseln, ein langweiliges Teiggesicht und Orangenhaut an den Oberschenkeln. *Beileibe keine Schönheit,* denkt er und vermeidet es, ihr Haar zu berühren, das durch zu häufiges Bleichen und billige Dauerwellen die Konsistenz von Stroh erlangt hat.

Und doch erscheint sie ihm begehrenswerter als die meisten Frauen, mit denen er in den letzten Jahren geschlafen hat. Er kann nicht sagen, was ihn reizt; ob es ihre Naivität ist, die an Dummheit grenzt, ihre Zugehörigkeit zur sozialen Unterschicht oder einfach die Tatsache, dass sie nichts von ihm erwartet: kein spirituelles Brimborium, kein Vorspiel-Geturtel, keine exotischen Techniken und vor allem – keine Zungenakrobatik! Es genügt ihr, dass er a tergo in sie hineinstößt und dabei ihr Hüftgold knetet. Vermutlich kennt sie es nicht anders. Vermutlich haben alle, von denen sie bisher flachgelegt wurde – die Bauerntölpel aus dem Dorf, die Touristen, die Saisonarbeiter – es genauso gemacht.

Der Pickel unter ihrem Schulterblatt fasziniert ihn. Die Art, wie sie Lust vortäuscht. Obwohl es ein Versuch ist, zu betrügen, hat es etwas Rührendes, Unschuldiges an sich. Er fragt sich, inwiefern sich etwas aus ihr machen ließe. Ob es sich lohnen würde, sie zu einem anständigen Frisör zu schleppen und zum Fitnesstrainer, sie in Latex und Lurex zu stecken und in die Branche einzuführen. Bei aller intellektuellen Beschränktheit wirkt sie doch gelehrig.

Er verlangsamt seine Stöße, er stöhnt, er heißt die steigenden Säfte willkommen, hält sie zurück und fühlt sich stark dabei, spürt endlich wieder diese Lebendigkeit in sich, die er seit Monaten vermisst hat.

Und ob man etwas aus ihr machen könnte! Aber wozu? Entweder sie würde sich als Niete erweisen oder Erfolg haben. Und der würde ihr garantiert schneller zu Kopf steigen, als man »atomblonde Kackschlampe« sagen kann.

Nein. Besser, sie bleibt das Landei, das er bei der Dünenwanderung kennengelernt hat. Unverstellt und arglos. Offenherzig, ohne Illusionen, ohne Ansprüche. Vielleicht wird er nächstes Jahr wieder seinen Urlaub hier verbringen, in Ballum, dem idyllischen Bauerndorf auf Ameland. In der Vorsaison und inkognito, damit er alle Freiheiten genießen kann und niemand etwas von ihm will. Und vielleicht wird er die Kleine wieder bumsen. Ihr Pickel wird bis dahin leider vertrocknet sein. Oder sollte womöglich ein neuer nachwachsen? An derselben Stelle?

Seltsamerweise erregt ihn die Vorstellung eines mit Sekret gefüllten Hohlraums in der Haut, der jeden Augenblick aufplatzen kann.

Seine Stöße werden härter, schneller. Er darf sich gehen lassen, will sich gehen lassen. Lässt sich gehen.

Kommt und spürt im Kommen die Erlösung und wie einen Nachgeschmack den Schmerz: die Erkenntnis, dass seine Ferien am Arsch der Welt und im Arsch der Bauerntochter, deren Namen er schon wieder vergessen hat, vorüber sind.

Das Gefühl, zurückzumüssen, ist erwacht. Nach Hause, ins Amsterdamer Gewusel, zurück zu seinen Verpflichtungen.

»Willst ein Bier?«, fragt sie, als er zwanzig Minuten später aus der Dusche kommt.

»Ich muss los.«

Bevor er geht, drückt er ihr einen Hunderter in die Hand. Ihr Lächeln nimmt er mit wie ein Abschiedsgeschenk. Es ist ein erschrockenes Lächeln, wie man es nach einer unerwarteten Ohrfeige lächelt, weil man zum Weinen zu verblüfft ist. Ein Lächeln, geboren aus der Erkenntnis, käuflich zu sein.

Wie gut er es kennt. Wie oft er es selbst schon gelächelt hat.

Aber nicht mehr lang, denkt er und entfernt sich mit federnden Schritten. Es ist höchste Zeit, aufzuhören.

Ein bisschen aufräumen muss er noch, Ordnung in seine Angelegenheiten bringen, dann wird er einen Schlussstrich ziehen.

9

Henks Oma begrüßte Maxi mit teigverkrusteten Händen. Trotz des Chaos, das die Spurensicherung angerichtet hatte, trotz des Geruchs nach beißenden Chemikalien, den der Tatort-Putztrupp hinterlassen hatte, ließ sie sich nicht beirren und backte Erdnusskekse.

»Weil die gut für die Nerven sind«, sagte die resolute Dame und nickte heftig, als wollte sie jeden Widerspruch im Keim ersticken. Dreizehn bis zum Rand gefüllte Tupperdosen ließen hoffen, dass das Wohl des Nervenkostüms für die nächsten Jahrzehnte gesichert war.

Aus reiner Höflichkeit aß Maxi einen der angebotenen Kekse und um Henk zu animieren. Doch der weigerte sich beharrlich.

»Die magst du doch sonst so gern«, sagte seine Oma, aber Henk kniff die Lippen zusammen, als wäre der bloße Gedanke an süßen, fetten Teig schon ein Grund, sich zu übergeben. Schließlich flüchtete er in sein Zimmer und begann, Klavier zu spielen.

»Lassen Sie ihn nur, der verhungert uns schon nicht«, versuchte Maxi, die Oma zu beschwichtigen.

»Aber das Kind muss doch was essen!«

»Er hat seine tote Mutter gefunden, er steht unter Schock.«

»Deshalb sollte er sich ja von diesem Professor anschauen lassen, der heute Vormittag da war. Einem gewissen Stienstra. Aber den mag er nicht. Viel lieber wollte er Sie sehen.«

Na prima, dachte Maxi. *Vielleicht ist es doch nicht so vermessen gewesen, mich als Notfallpsychologin auszugeben.* Waren das nicht alle Klavierlehrerinnen irgendwie? »Lassen Sie ihm einfach Zeit. Bestimmt wird er von selbst essen, wenn er so weit ist«, sagte sie und ermahnte sich zugleich, nicht größenwahnsinnig zu werden. Henk brauchte unbedingt professionelle Begleitung, um das Trauma zu verarbeiten. Vielleicht konnte sie ihn dazu bringen, Hilfe anzunehmen? Professor Stienstra schien doch recht kompetent und erfahren zu sein, auch wenn man es ihm nicht ansah. »Wie geht es eigentlich Ihrem Sohn?«, fragte sie.

»Der ist auch ein nervliches Wrack.« Henks Oma rang die Hände. »Wenigstens isst er alles, was ich ihm hinstelle.«

»Er hat Annika wohl sehr geliebt, wenn ihn ihr Tod so mitnimmt.«

»Geliebt? Nach dreizehn Jahren? Frau Maxi, ich bitte Sie!« Frau van der Eijk senior runzelte die Stirn. »Wissen Sie, die Ehe …« Ihr Blick schweifte durchs Küchenfenster in die Ferne, auf der Suche nach Antworten, und blieb schließlich an einem Ast des Apfelbaums hängen. »Die Ehe ist ein einziger Abnutzungsvorgang.«

»Heißt das, zwischen Ihrem Sohn und Annika hat es gekriselt?«

»Muss denn immer gleich eine Krise her, wenn nicht mehr alles eitel Wonne ist? Ein wenig auseinandergelebt haben sie sich halt, wie alle Paare früher oder später.« Sie lächelte den Apfelbaum an. »Oder anders gesagt: Die Flitterwochen waren lang vorbei. Die Funken haben nicht mehr gesprüht, sie hatten getrennte Schlafzimmer und so weiter, Sie wissen sicher, was ich meine.«

Maxi nickte.

»Zusammengeblieben sind sie natürlich trotzdem. Schon wegen Henk. Und sie haben sich ja nach wie vor gut verstanden, sind respektvoll miteinander umgegangen.«

»Wie wäre Ihr Sohn denn im Fall einer Scheidung finanziell ausgestiegen?«

»Na ja, nicht gut, vermutlich«, musste die Oma kleinlaut zugeben. »Das Haus, die Studios, alles gehört ja Annika. Hat ihr gehört. Jeroen hätte gar nicht …« Sie wandte sich wieder dem Teig zu, grub ihre Hände in den Klumpen und knetete ihn durch. »Er ist ein guter Junge, mein Jeroen, das können Sie mir glauben!« Zur Bestätigung schlug sie den Teigbatzen mehrmals auf die Tischplatte. »Hat das Herz am rechten Fleck, tut keiner Fliege was zuleide. Aber … Na ja, ein Arbeitstier ist er nicht gerade. War immer ganz gut im Sport, aber nie ehrgeizig genug für die Spitze, immer ein wenig auf der bequemen Seite.«

»Aha«, sagte Maxi. So ungefähr hatte sie sich das vorgestellt. Jeroen van der Eijk war ein Waschlappen. So unscheinbar wie langweilig. Ein einst attraktiver, mit den Jahren etwas aus dem Leim gegangener Fitnesstrainer, der inzwischen eines von Annikas

Amsterdamer Studios leitete, aber finanziell von ihr abhängig war. Ein Angestellter, nichts weiter. Die Ehe war in Wahrheit am Ende, auch wenn die Oma das mit banalen Floskeln zu schönen versuchte. Jetzt verstand Maxi, warum Bontekoe Annikas Mann verdächtigte. Vielleicht wollte Annika sich scheiden lassen? Da sie eine toughe Geschäftsfrau gewesen war, gab es vermutlich einen Ehevertrag. In diesem Fall wäre Jeroen leer ausgegangen. Früher oder später hätte er aus der schicken Villa ausziehen und sich einen neuen Job suchen müssen. Wenn das kein Mordmotiv war! Ein kräftiger Schnitt mit dem Küchenmesser, und er erledigte zwei Fliegen auf einen Schlag: Die ungeliebte Ehefrau war er los, ihr Erbe nahm er im Vorübergehen mit.

Maxi ließ einen weiteren Keks, den Henks Oma ihr aufgedrängt hatte, in einem unbeobachteten Moment in der Besteckschublade verschwinden. Blieb nur die Frage, was Jeroen van der Eijk mit Lisanne de Steeghius verbunden hatte. Oder mit ihrem Verlobten. Und wie hatte sich ein Waschlappen wie er zu einer derart aggressiven Tat aufraffen können?

»Ihr Sohn muss am Boden zerstört sein. Zum Glück sind er und Henk nach Annikas Tod finanziell abgesichert«, sagte Maxi ins Blaue hinein.

»Das sind sie«, murmelte Henks Oma und schaute wieder zum Apfelbaum. »Das sind sie zum Glück.«

Maxi folgte ihrem Blick und entdeckte Jeroen, der an dem Baumstamm lehnte und telefonierte. Er trug Stöpsel im Ohr und schien mit den gelben Tulpen vor ihm zu sprechen. Dabei gestikulierte er wild. Kurz darauf sah er sich um und hielt die Linke so vor den Mund, als müsse er eventuelle Beobachter der Szene vom Lippenlesen abhalten. Er wirkte alles andere als traurig oder gar am Boden zerstört. Eher so, als habe er wichtige Geschäfte zu erledigen und sei nervös, ob sie gelingen würden.

»Er kümmert sich um das Begräbnis«, erklärte die Oma.

Maxi hob die Brauen. Sie lächelte. *Wenn Jeroens Gesprächspartner Blumenhändler oder Bestattungsunternehmer ist, dann werde ich Diktatorin von Nordkorea,* dachte sie.

Sie kehrte der Küche und der Oma den Rücken und betrat Henks Zimmer, aus dem Bach träufelte. Das Präludium in der blaugrünen Tonart. Zum siebzehnten Mal spielte er dieses Präludium, ohne Unterbrechung, inzwischen konnte er es auswendig. Er spielte es emotionslos, als würde er meditieren. Wie ein Automat, der die Tasten drückte, indem er den durchnummerierten Noten folgte.

Kaum hatte Henk den siebzehnten Durchgang beendet, ließ er seine Hände von der Klaviatur gleiten und sagte ansatzlos: »Montags war immer der Mann da.« Es klang beiläufig, und doch schien es ihm immens wichtig zu sein, diese Botschaft loszuwerden. Maxi sah er dabei nicht an.

Montags – also gestern. Gestern – also am Tag von Annikas Ermordung, kombinierte sie. Aufregung legte sich als pelziger Belag auf ihre Zunge. Sie zwang sich, normal zu atmen. »Welcher Mann?«

»Der ›Hunde würden Criq-Croq kaufen‹-Mann.«

»Wer?«

»Na der aus dem Fernsehen.«

»Meinst du die Hundefutterwerbung? Mit diesem langhaarigen Hund, der von hinten wie eine Frau aussieht und dem ein kaffeebrauner Typ den Arm um die Schultern legt? Und dabei singt der Typ den Werbeslogan?« Der Spot, den die TV-Verweigerin Maxi nur aus dem Kino kannte, war banal wie Waschmittelwerbung aus den Siebzigern, aber Hund und Mann gehörten bestimmt zu den attraktivsten Exemplaren ihrer Spezies. »Dieser Mann ist also an den Montagen zu euch gekommen? Der Werbefritze?«

»Ja«, sagte Henk und schüttelte den Kopf. »Nein, der war Installateur.«

»Was jetzt, Hundefutterreklame oder Abflussproblem? Denk nach, Henk!«

»Einmal war er Arzt. Mit weißem Mantel und Lederkoffer und so. Und einmal Bofrost-Fahrer.«

Maxi begriff nicht, worauf der Junge hinauswollte. Aber es wunderte sie nicht, dass er verwirrt war, nach allem, was er mitgemacht hatte. Sie musste behutsam vorgehen. Es regelrecht aus ihm herauskitzeln. »Kann es sein, dass du verschiedene Männer gesehen hast?«

»Nein, nein, nein!« Ungeduldig sprang Henk auf. Er schmiss den Klavierhocker um, ließ sich mit Karacho auf sein Bett fallen und drosch die Fäuste ins Kissen. »Du verstehst mich nicht! Der hat sich doch bloß verkleidet!«, schrie er.

Allmählich ging ihr ein Licht auf. Henk hatte den Mann aus der Hundefutterwerbung erkannt, aber immer in einer anderen Rolle. Dafür konnte es nur eine Erklärung geben. Der Mann war Annikas Liebhaber und rückte jedes Mal in anderer Verkleidung an, damit die Nachbarn keinen Verdacht schöpften. »Ich glaub, ich hab's. Dieser Criq-Croq-Typ ist also jeden Montag gekommen, um deine Mama zu besuchen.«

»Besuchen heißt das nicht, das heißt ficken!« Henk schrie so laut, dass man ihn bestimmt noch in der Küche hören konnte.

»Psst«, zischte Maxi. Sie hoffte, seine Oma hatte genügend nervenberuhigende Erdnusskekse gegessen, um das unschöne Wort auszublenden.

»Ficken, ficken, ficken! Mamas Lover war der! Montags von halb elf bis halb zwölf.«

»Ach so. Ihr Lover also.« Wieder einmal staunte Maxi, wie abgebrüht Elfjährige in Lebensfragen sein konnten, bloß wenn es ums Klavierüben ging, konnten sie nicht bis drei zählen. »Woher weißt du das eigentlich? Warst du zu der Zeit nicht in der Schule?«

»Du glaubst mir nicht! Der war aber jeden Montag da. Punkt halb elf ist er gekommen. Dann hat er Mama gefickt, und gestern hat er sie …« Rote Flecken überzogen das Kindergesicht. Die Augen schimmerten nass, sie drohten überzugehen, aber Henk kämpfte wie ein Löwe gegen die Tränen an.

»Ich glaube dir jedes Wort, okay? Aber du musst versuchen, dich ein bisschen zu beruhigen. Atme einmal tief durch. Gut so.« Maxi senkte die Stimme. »Und jetzt sag mir, ob du den Mann gesehen hast. Gestern, meine ich. Als du nach Hause gekommen bist.« Wenn Henk Zeuge des Mordes geworden war, schwebte er in höchster Gefahr. Dann musste so schnell wie möglich die Kripo davon erfahren.

Plötzlich begann der Junge zu heulen. »Eben nicht!« Er drückte sein Gesicht in die Bettdecke und schluchzte jämmerlich. Maxi verstand nur die Worte »Petersen« und »Schuld«. Sie wusste, dass sie ihm Zeit lassen musste. Sachte legte sie ihre Hand auf seine Schulter und strich mit der anderen über seinen Kopf, so lange, bis der Weinkrampf nachließ und er wieder gleichmäßig atmete. Später verschwand sie in die Küche und kam mit zwei Bechern heißer Schokolade zurück. Und während sie gemeinsam warteten, bis die dampfende Flüssigkeit abkühlte, erzählte er ihr alles. Das Geheimnis seiner Mutter, das er zuerst durch Zufall, dann durch regelmäßiges Schwänzen der Mathematikstunde mühsam ausspioniert hatte. Aber ausgerechnet gestern hatte der blöde Petersen einen Test angesetzt, und den hatte Henk nicht verpassen dürfen, da er in Mathe auf Vier stand und durchrasseln würde, wenn er sich nicht mindestens auf eine Sechs verbessern konnte. Nur deshalb hatte er den Mörder verpasst.

Es war bereits dunkel, als Maxi sich auf den Heimweg machte. Dank Jans Einsatz funktionierte ihr Rad perfekt. Trotzdem schob sie es, denn beim Gehen konnte sie besser nachdenken. Sie rekapitulierte, was sie bisher herausgefunden hatte, und versuchte, die Fakten nach Wichtigkeit zu sortieren.

Gestern am späten Vormittag war Annika van der Eijk ermordet worden. Als Henk mittags nach Hause gekommen war, war sie schon tot gewesen. Henk hatte niemanden gesehen. Weder im Haus noch vor dem Haus. Kein verdächtiges Auto und keinen Menschen. Er war etwas später als sonst dran gewesen, wegen des blöden Petersen und seines blöden Mathetests und weil er die blöden Testaufgaben noch mit seinem Freund Nico hatte besprechen müssen.

Vor fast drei Monaten war Henks Lehrer plötzlich erkrankt, die Grippe hatte ihn ans Bett gefesselt. Mathe war ausgefallen und Henk anderthalb Stunden früher zurückgekehrt, weil die Mathestunden in der schnieken Privatschule, die er besuchte, achtzig Minuten dauerten. Damals hatte er den Mann aus der Hundefutterwerbung zum ersten Mal im Garten gesehen. Obwohl er einen blauen Overall trug und einen Werkzeugkoffer, hatte Henk ihn sofort erkannt.

»Hunde würden Criq-Croq kaufen!«, hatte er dem Mann zugerufen und überlegt, ob er ihn um ein Autogramm bitten sollte. Erstens, weil er die Hundefutterwerbung mochte, und zweitens, weil er es vielleicht gegen einen Fußballsticker tauschen konnte.

Der Mann hatte gelacht und den Kopf geschüttelt. Er sei hier bloß der Installateur und habe den tropfenden Wasserhahn in der Küche repariert. Henk wunderte sich darüber, denn der Hahn in der Küche hatte am Morgen noch eins a funktioniert. Außerdem lag seine Mutter im Bett, als er ihr Zimmer betrat, war sichtlich überrascht und behauptete, ihr sei schlecht. Später aß sie aber einen Teller Erbsensuppe und wirkte fit wie ein Turnschuh.

Als eine Woche später wieder Mathe ausfiel, weil der Petersen immer noch krank war, traf Henk den Criq-Croq-Mann zum zweiten Mal. Diesmal trug er Jeans und ein kariertes Hemd, und er bestieg den Lieferwagen einer Tiefkühlkostfirma.

»Criq-Croq, tick-tock«, sang Henk vor sich hin, wie um zu zeigen, dass man ihn nicht an der Nase herumführen konnte. Der Mann zwinkerte ihm zu und legte verschwörerisch seinen Zeigefinger an die Lippen.

Als Henk das Haus betrat, kam seine Mutter tropfnass aus der Dusche. Bei Henks Anblick begann sie zu schimpfen, dass es Unfug sei, wenn die Schule die Kinder einfach früher gehen lasse, ohne die Eltern darüber zu informieren. Wie gefährlich das sei. Was da alles passieren könne. Ob es denn heutzutage keine Vertretungslehrer mehr gebe. Henk wunderte sich noch mehr, und in ihm wuchs ein Verdacht. Schließlich war er schon elf und nicht von gestern.

Da der Petersen leider wieder vollständig gesund wurde, musste Henk an den folgenden Montagen die Mathestunde schwänzen, um seinem Verdacht nachzugehen. Von der Garage des Nachbarhauses aus konnte er den Criq-Croq-Mann beobachten, ohne selbst gesehen zu werden. Er kam immer zur selben Zeit, aber immer in anderen Verkleidungen. Einmal trug er sogar eine lächerliche blonde Perücke und eine Hornbrille und sah wie ein Versicherungsvertreter aus. Einige Wochen später ging Henk gar nicht erst zur Schule, sondern versteckte sich im Garten, in seinem Baumhaus. Von dort hatte man einen guten Überblick über das ganze obere Stockwerk der Villa. Mit dem Fernglas konnte er bis in Mamas Bett spähen. An diesem Montag sah er alles, was der Mann mit seiner Mutter machte. Nicht dass er solche Dinge noch nie gesehen hätte. Schließlich guckte er mit seinem Freund Nico ab und zu die Pornofilme von Nicos großem Bruder. Aber dass seine Mama auch solche Dinge mit sich machen ließ, das fand Henk doch schockierend. Seither ging er ihren Gute-Nacht-Küssen aus dem Weg, und den Criq-Croq-Fritzen, den er bisher lustig gefunden hatte, mochte er auch nicht mehr. Die Idee mit dem Autogramm war natürlich gestorben.

»Hast du jemandem davon erzählt?«, fragte Maxi ihn.

»Natürlich nicht!«

»Der Oma vielleicht?

Henk zeigte ihr einen Vogel. Klar, mit der netten alten Keksbäckerin hätte sie diese Information auch zuletzt geteilt.

»Oder deinem Freund Nico?«

Wieder tippte Henk mit dem Zeigefinger gegen die Stirn. Maxi verstand. Obwohl die beiden Jungs vermutlich einige pubertäre Erlebnisse miteinander teilten, hätte Henk sich zu sehr geschämt, seinen Freund in die mütterlichen Sex-Eskapaden einzuweihen.

»Und was ist mit deinem Vater?«

»Nein, nein und nochmals nein!« Henk stampfte mit dem Fuß auf. »Ich hab es keinem gesagt! Keinem, hörst du?« Er packte den nächstbesten Gegenstand, eine Schachtel mit Farbstiften, und schleuderte sie gegen die Wand.

»Schon gut, komm wieder runter!«

Henk beruhigte sich. Aber er sagte kein einziges Wort mehr, und den letzten Schluck seiner inzwischen mundwarmen Schokolade wollte er auch nicht austrinken.

Maxi war gegangen, hatte sich aber vorgenommen, morgen wieder nach dem Jungen zu sehen.

Je näher sie ihrem schwimmenden Heim kam, umso klarer wurde ihr, dass Henk sich in großer Gefahr befand. Wenn seine Angaben stimmten – und daran zweifelte sie keine Sekunde –, wenn dieser Mann aus dem Werbespot also Annikas Liebhaber gewesen war, dann lag die Vermutung nahe, dass er mit dem Mord zu tun hatte. Maxi schüttelte den Kopf. Dass er der Mörder war, präzisierte sie. Denn genau in der Zeit ihrer wöchentlichen Schäferstunde war Annika umgebracht worden. Montags, zwischen halb elf und halb zwölf. Und Henk hatte den Kerl zwar nicht gesehen, ausgerechnet diesmal nicht, aber er wusste von seiner Existenz. Und der Kerl wusste, dass Henk von ihm wusste.

Maxi musste die Kripo informieren. Jetzt sofort. Bontekoes Leute hatten ja keine Ahnung! Wie Marijke ihr erzählt hatte, hatte der Hoofdinspecteur es ausschließlich darauf abgesehen, einen Zusammenhang zwischen Jeroen van der Eijk und dem Verlobten der ermordeten Finanzministerin herzustellen. Darin verbiss er sich und ließ alle anderen Hinweise links liegen. Und der Profiler Dr. Jonker, in dessen Manschettenknöpfe Marijke so verliebt war, suchte nach einem über fünfzigjährigen weißen Akademiker mit Mutterkomplex. Einen milchkaffeefarbenen Akteur in Werbespots, der höchstens knackige fünfunddreißig war, würde er gar nicht erst ins Visier nehmen.

Maxi zückte ihr Smartphone. Mist, es war viel zu spät. Um diese Zeit saßen die Kripobeamten längst zu Hause vor ihrem Feierabendbier. Da fiel ihr die Visitenkarte ein, die Bontekoe ihr in die Hand gedrückt hatte. Sie kramte sie aus ihrer Hosentasche und stellte zufrieden fest, dass seine Handynummer draufstand. Sofort tippte sie die Ziffern ein, ohne stehen zu bleiben und ohne auf die Umgebung zu achten. Ihre Konzentration beschränkte sich auf das Tuten in ihrem Handy. Prompt stieß sie mit jemandem zusammen. Mit Getöse fiel ihr Rad um, und eine Ladung deftiger niederländischer Schimpfwörter ergoss sich über sie. »Pleeborstel« war noch das netteste. Es bedeutete Klobürste und enthielt einen wahren Kern, denn Maxis Haarstoppeln standen wirklich oft ab wie die Kunststoffborsten einer solchen.

»Oma Griet!«, rief Maxi aus, bückte sich und hob den Stock der alten Dame auf, die sie beinahe umgerannt hätte.

Huldvoll wippten die blauen Löckchen der Alten, als sie ihre Gehhilfe entgegennahm.

Anstatt sich zu entschuldigen, warf Maxi ihr ein gezischtes »Karbonkelneus« an den Kopf, dabei fiel der Gewürzprüfer von Oma Griet eher zierlich aus und war von keinerlei Eiterbeulen entstellt. Die Geschmähte lachte kehlig, zielte mit der Spitze ihres Stocks auf Maxis Brustbein und flüsterte beinahe zärtlich: »Stomme trut!«

Maxi nahm ihr die »dumme Zicke« nicht übel, natürlich nicht.

Oma Griet war eine nette Nachbarin, die in einem der ehemaligen Lagerhäuser in der Brouwersgracht wohnte, gegenüber von Maxis Hausboot. Der Achtzigjährigen gehörte Ginger, die regelmäßig Rudels Dachgarten düngte. Und wenn die alte Dame nicht aus dem Fenster sah und die Passanten beobachtete, trieb sie sich gern im Grachtengürtel herum und ging ihrem Hobby nach: Sie warf sprachunkundigen Touristen derbe Flüche an den Kopf und lächelte sie dabei freundlich an. Zum Dank wurde sie höflich gegrüßt und immer öfter in Bild und Ton festgehalten. Maxi hätte es nicht gewundert, wenn der Tipp »Selfie mit Oma Griet« bereits Eingang in die gängigen Amsterdam-Reiseführer gefunden hätte.

Als sie vor vielen Jahren die »Waterlelie« gekauft hatte und in die Brouwersgracht gezogen war, hatte Oma Griet sie ebenfalls für eine Touristin gehalten und war erschrocken, als Maxi nicht gelächelt, sondern ebenbürtig zurückgeflucht hatte. Inzwischen wechselten sie bei jedem Treffen einige Schimpfwörter, wie andere Nachbarn sich übers Wetter austauschten oder über die Lebensmittel, die immer teurer wurden.

Maxi rief ihrer Lieblingsnachbarin ein letztes »achterlijke gladiool« hinterher und bemerkte zu spät, dass das Tuten in ihrem Handy aufgehört und ihr Gesprächspartner sich soeben mit »Hoofdinspecteur Cornelius Bontekoe« gemeldet hatte.

Die folgende Stille war eisig, und Maxi geriet gehörig ins Stottern, als sie versuchte, eine Erklärung für den Ausdruck »zurückgebliebene Gladiole« zu finden. Nach einigem Stolpern gelang es ihr endlich, ihr Anliegen vorzubringen. Allerdings schaffte sie es während des folgenden, mindestens zehnminütigen Gesprächs nicht, die Abneigung abzubauen, die ihr aus dem Handylautsprecher entgegenwehte wie kalter Abendhauch.

Er sah auf die Uhr und erschrak. Schon nach acht, und er saß immer noch im Büro! Er musste schleunigst nach Hause. Karin vermisste ihn bestimmt, außerdem war er hundemüde und hungrig. Die restlichen Ergebnisse der Spurensicherung würde er sich morgen vornehmen. Immerhin, er war ein großes Stück weitergekommen. Diesem Jonker und seinem Psychologengedöns würde er es schon zeigen! Der sah mit seinem Kükenflaum, den Schlitzaugen und Aknenarben ja selbst wie ein Psychopath aus. Aber er würde bald einsehen müssen, dass man mit einem windigen Täterprofil keine vertrackten Mordfälle löste. Schließlich wusste jeder erfahrene Kriminalist: kein Aufklärungserfolg ohne akribische Ermittlungsarbeit! Nicht anders verhielt es sich auch diesmal. Den Durchbruch verdankte er einzig und allein seiner peniblen Recherche. Dass er, Marijke, Ivo und vor allem der junge Luuk, der sich ausgesprochen geschickt anstellte, stundenlang das Leben von Lisanne de Steeghius, ihren engsten Freunden und ihrer Familie durchleuchtet hatten, war zielführend gewesen. Denn sie hatten es tatsächlich geschafft, einen Zusammenhang zwischen den beiden Morden herzustellen.

Zunächst hatte es so ausgesehen, als gäbe es keine Gemeinsamkeit zwischen den Opfern: Zwar waren Annika und Lisanne attraktive, erfolgreiche und wohlhabende Frauen gewesen, doch grundverschieden, was ihre Herkunft, ihren Charakter und ihre Lebensart betraf. Die beiden hatten einander nicht gekannt, auch bei Betrachtung ihres jeweiligen Freundes- und Bekanntenkreises stieß man auf keinen gemeinsamen Nenner. Bis Bontekoe und Luuk sich Lisannes Langzeitverlobten vorgeknöpft hatten: Paul Soeterbeeck lebte in Leiden und hatte seine Werbeagentur in den Konkurs geführt, bevor er Lisannes Medienberater geworden war. Er erwies sich als eitler, aalglatter Typ, der den trauernden Verlobten mimte. Die Frage, ob Lisanne mit ihm Schluss gemacht habe, verneinte er vehement. Als Bontekoe ihn mit der Aussage seiner eigenen Mutter konfrontierte, der Junge habe sich nach der Trennung bei ihr ausgeweint, versuchte er, sich herauszuwinden. Er behauptete, Lisanne habe sich nur eine vorübergehende Auszeit erbeten. Eine Auszeit, die auf beruflichen Stress zurückzuführen sei und nichts über die Qualität ihrer Beziehung aussage.

Da der Gute trotz reichlichen Gebrauchs von Parfüm nach Angstschweiß gestunken hatte wie ein Iltis, zerpflückten Bontekoe und Luuk seine Gewohnheiten bis ins Kleinste. Nach Stunden stieß Luuk ein tarzankompatibles Freudengeheul aus. Er hatte entdeckt, dass Soeterbeeck seit zwei Jahren dreimal wöchentlich im LK in der Albert Cuypstraat trainierte. LK stand für

»Lichaamkwelling«, Annika van der Eijks Fitnessstudiokette. Das Studio in der Albert Cuypstraat aber leitete Jeroen van der Eijk, und der war auch Soeterbeecks persönlicher Trainer.

»Die beiden kennen sich also!«, hatte Bontekoe gejubelt und Luuk voll Anerkennung auf die Schulter geklopft. Jetzt mussten sie nur noch beweisen, dass die Männer sich in ihrem Frust zusammengetan hatten, um ihre aufmüpfigen Frauen umzubringen. Die Motive lagen auf der Hand: Existenzangst, vermischt mit Eifersucht und gekränkter Eitelkeit. Entweder die beiden hatten sich abgesprochen und die Frauen nach demselben Muster ermordet, als ob ein Serienkiller am Werk gewesen wäre. Oder sie hatten einen Profi engagiert.

Bontekoe rieb sich die Hände, als er sich seinen Triumph ausmalte und das lange Gesicht von Jonker. Bilder von einem prächtigen Festakt inklusive Beförderung, Gehaltserhöhung und Ordensverleihung schillerten vor seinem inneren Auge. Sie zerplatzten wie Seifenblasen, als Mozarts »Alla Turca« durch die abendliche Stille des Büros schrillte. Sein Handy!

Gut gelaunt meldete er sich, einen Augenblick später blieb ihm vor Zorn die Spucke weg. Die Tatsache, dass ausgerechnet Maximiliane Mikulicz, die unerträgliche Klavierlehrerin, seinen Feierabend störte, wäre allein schon schlimm genug gewesen. Aber dieses ausgefeimte Frauenzimmer wagte es, ihn eine »zurückgebliebene Gladiole« zu nennen, anstelle einer Begrüßung! Vermutlich war sie betrunken. Oder bekifft. Nach einer fadenscheinigen Ausrede wollte sie ihm weismachen, der kleine Henk van der Eijk habe seine Mutter bei Dingen beobachtet, bei denen ihm, einem abgebrühten Hoofdinspecteur, die Schamesröte ins Gesicht stieg. Noch dazu zu einer Zeit, zu der Elfjährige normalerweise die Schulbank drückten. Dann behauptete sie noch, der Mörder sei ein verkleideter Schauspieler, und der Junge schwebe in Lebensgefahr. Also bitte!

»Haben Sie mir nicht versprochen, sich nicht mehr in unsere Arbeit einzumischen?«

»Wollen Sie mir verbieten, Henk zu unterrichten? Er ist mein Schüler!«

»Der Junge steht unter Schock! Eine Klavierlehrerin, die ihn psychisch unter Druck setzt, ihn anschreit, ohrfeigt und ihm ihr Lineal auf die Finger knallt, kann er da am wenigsten brauchen!«

»Was fällt Ihnen ein? Ich würde niemals …«

Ein Keuchen kam aus dem Hörer, danach blieb es still. Bontekoe schlug sich vor Freude aufs Knie. Mit der Schilderung seines persönlichen Alptraums war es ihm gelungen, Maximiliane Mikulicz mundtot zu machen. Wer weiß? Vielleicht hatte er ja ins Schwarze getroffen? Die Stille hörte sich jedenfalls verdammt nach schlechtem Gewissen an.

Sekundenlang kostete er seinen Triumph aus, dann sagte er ihr ohne Umschweife, dass sie den kleinen Henk ab sofort in Ruhe lassen und um etwaige Tatorte einen großen Bogen machen solle, dass die Polizei ihre Arbeit bestens erledige, dass es sogar schon eine heiße Spur gebe – ein Rekord, nach so kurzer Zeit, dass die naiven und dilettantischen Mordtheorien von Laien lächerlich, überflüssig und absolut unerwünscht seien.

»Muss die Polizei nicht jede Zeugenaussage ernst nehmen?«, fragte sie entrüstet.

»Wenn der Zeuge ein pubertärer Junge ist und seine Phantasien von einer hysterischen Klavierlehrerin missinterpretiert werden? Einer Klavierlehrerin, die vermutlich zu viele schlechte Kriminalromane gelesen hat?« Er lachte. »Wissen Sie, wie viele Leute täglich anrufen und uns Abstruses auftischen? Von Wahrsagern bis zu gewöhnlichen Verrückten ist alles dabei. Nein, danke, Frau Mikulicz. Konzentrieren Sie sich lieber darauf, wie Sie Ihre Schüler gewaltfrei motivieren können.«

Und wieder Stille. Er sog sie ein wie eine Droge, dann beendete er das Gespräch und stieß einen Jubellaut aus. Er versuchte, Luuks Tarzanschrei vom Nachmittag zu imitieren, brachte aber nur ein heiseres Grölen zustande. Egal, er hatte einen Sieg errungen, mit Schlagfertigkeit und stichhaltigen Argumenten. Einen Sieg über eine Frau, die ihm verhasst war. Nein, korrigierte er sich, falsch, nicht sie als Person war ihm verhasst, sondern sie als Teil einer bestimmten Spezies. Einer Berufsgruppe, die ihm regelmäßig Alpträume bescherte.

Platzend vor Zufriedenheit machte er sich auf den Heimweg. Ohne sich auszuziehen, fütterte er Karin und entschuldigte sich bei ihr. Er würde sich gern zu ihr setzen, ihr Gesellschaft leisten wie üblich, aber er könne nicht, heute nicht, heute müsse er noch einmal fortgehen.

Diesen Tag, der so bescheiden begonnen und so triumphal geendet hatte, konnte er nicht einfach in Hausschuhen ausklingen lassen, mit Tiefkühlpizza und leiser Klaviermusik. Nein, ihm war nach Gesellschaft. Nach Borrelhapjes. Und nach zwei, drei gut gezapften Bieren in seinem Stammlokal.

So weit, so gut. Gerard strahlte, als er ihm das vierte Glas und die zweite Portion Leberwurst servierte. »War's das mit deiner Hungerkur? Oder bist du von FdH auf Bierdiät umgeschwenkt?«

»Nein, mein Freund, ich habe den Hausarzt gewechselt.«

Der Kellner des »'t Papeneiland« wieherte los, und Bontekoe, den nicht einmal der Anflug eines schlechten Gewissens plagte, fiel ein und lachte, bis seine Augen tränten.

Es waren vergnügliche, unbeschwerte Stunden, die er in vollen Zügen genoss und dann die ganze Nacht lang bereute, als ihn Sodbrennen und Magengrimmen plagten und er sich von einer Bettseite auf die andere wälzte. Erst in den Morgenstunden fiel er in einen unruhigen, von blutigen Bildern gequälter Klavierlehrerinnen durchsetzten Schlaf.

10

Rastlos wie eine Raubkatze in einem unterdimensionierten Käfig tigerte Maxi zwischen Herd und Küchentisch auf und ab. Sie war müde, weil sie so gut wie nicht geschlafen hatte, und zugleich aufgedreht, weil immer noch wütend. Die halbe Nacht lang hatte sie sich über den unverschämten Hoofdinspecteur und seine telefonischen Frechheiten geärgert. Nicht einmal dem restlichen Jenever war es gelungen, das Adrenalin in ihrem Körper zu neutralisieren. Im Gegenteil, die Alkoholmoleküle schienen sich prächtig mit den Stresshormonen zu amüsieren und spielten in Maxis Blutbahnen Fangen. Also lag sie wach und grübelte, wie es Bontekoe gelungen sein mochte, ihren Traum der vorigen Nacht zu erraten. Den Alptraum, in dem sie den kleinen Cornelius mit einem Lineal traktiert hatte. Natürlich hatte sie niemandem davon erzählt! Sollte es tatsächlich Menschen mit hellseherischen Fähigkeiten geben?

Erst gegen Morgen fiel sie in einen unruhigen, von wüsten Traumbildern durchsetzten Schlaf. Wieder einmal träumte sie, dass sie unterrichtete, verschiedene Schüler diesmal, Kinder und Erwachsene, und alle spielten dasselbe: Beethovens »Für Elise«, ihr persönliches Alptraumstück. Pausenlos musste Maxi es sich anhören, entweder zu laut und mit schwankenden Tempi oder mit falschen Tönen gespickt und im Pedalsumpf ertränkt. Auf dem Höhepunkt ihres Traumes spielten alle Schüler gleichzeitig. Ihre »Für Elise«-Versionen vermischten sich zu einer Wolke schwefelgelber Kakophonie, die wie Giftgas durch Maxis Poren sickerte. Ihr Schädel drohte zu bersten, und plötzlich sickerte eine lauwarme Flüssigkeit aus ihren Ohren: Blut! Ihre Trommelfelle waren geplatzt. Sie erschrak so sehr darüber, dass sie schreiend aufwachte.

Zu ihrer Beruhigung war sie vollkommen unverletzt. Ihre Ohren hatten keine Flüssigkeit abgesondert, sondern bloß die wächsernen Ohrstöpsel, die sie um drei Uhr früh eingesetzt hatte, um das Liebesgestöhn von Tess auszublenden. Lediglich die Kopfschmerzen waren echt gewesen, aber sie besserten sich nach dem zweiten schwarz und zuckerlos genossenen Espresso.

»Du siehst erschöpft aus«, meinte Tess, die ihren One-Night-Gespielen, einen pickeligen Studenten, bereits vor die Tür gesetzt hatte und sich mit einer Schale Müsli stärkte. »Solltest auch was essen. Cerealien sind gut für die Nerven.« Sie lachte silbern.

»Meine Nerven sind eins a«, knurrte Maxi.

»Ich meine ja nur. Falls heute ein paar Supertalente auf dich warten.«

Im Kopf ging Maxi die Liste ihrer Schüler durch. Benno, ein Pensionist, fleißig, mit einer Vorliebe für kitschige Musicals, stellte sich normalerweise recht geschickt an. Auch Miep, die Sozialarbeiterin in Elternzeit, die sich mit dem Klavierspiel ihren Kindheitstraum erfüllte, machte gute Fortschritte. Sie spielte am liebsten Klassik light. Und letzte Woche hatte sie sich ein neues Stück gewünscht, und zwar …

»Für Elise«, schoss es Maxi durch den Kopf. *Nein!* Prompt verschüttete sie den Kaffee und verbrühte sich die Hand.

»Was ist denn mit dir los?«, fragte Rudel. »Freust du dich, dass ich den Kühlschrank gefüllt habe?«

Maxi war schlecht. Sie zog sich in ihr Zimmer zurück, rief alle Schüler der nächsten fünf Tage an und sagte die Stunden ab. Sie brauchte eine pädagogische Auszeit. Nur Henk, Henk van der Eijk würde sie natürlich weiterhin betreuen, das war sie dem armen Kerl schuldig.

Dann nahm sie einen Notizblock zur Hand und schrieb in Großbuchstaben MORDFALL ANNIKA VAN DER EIJK in die oberste Zeile. Sie würde diesem Bontekoe schon zeigen, dass er Henks Aussage ernst nehmen musste, Pubertät hin oder her. Dass er *sie* ernst nehmen musste. *Und verdammt noch mal, ich bin nicht hysterisch!*

Zwei Punkte umfasste ihre To-do-Liste: Erstens musste sie die Identität von Annika van der Eijks Liebhaber klären.

Zweitens musste sie sich den Kerl vorknöpfen. Leider erwies sich Punkt eins bereits als komplizierter als gedacht. Der junge Mann konnte alles sein: ein Model mit filmischen Ambitionen, ein erfolgloser Schauspieler, der sich mit Werbespots über Wasser hielt, ein verbummelter Student, der sich damit sein Studium finanzierte, oder einer von vielen jungen Amsterdamern, die sich die teuren Mieten nur leisten konnten, indem sie mehrere Jobs kombinierten. Ihr einziger Anhaltspunkt war das Werbefilmchen – eine Reklame für Hundefutter aus dem Jahr 2010.

Über eine Stunde lang telefonierte Maxi mit verschiedenen Angestellten der Firma Sirius Incorporated, die neben den berühmten Schokoriegeln auch Hundefutter der Marke Criq-Croq herstellte. Es gelang ihr jedoch nicht, herauszufinden, bei welcher Produktionsfirma der betreffende Werbefilm in Auftrag gegeben worden war. Die Leute, die sie erreichte, waren entweder nicht in der Lage oder nicht befugt, ihre Frage zu beantworten. Sie überlegte, ob sie Jan in ihre Recherchen einbeziehen sollte. Er kannte so viele Menschen, bestimmt war auch der eine oder andere aus der Filmbranche dabei. Aber dann hätte sie sich erklären müssen, und sie wollte lieber nicht wissen, was Jan von ihrem Engagement in Sachen Mordermittlung hielt.

Zum Glück fiel ihr nach einigem Grübeln Jill Weinlaub ein, eine ihrer allerersten Schülerinnen in Amsterdam. Vor zwölf Jahren hatte Maxi sie für die Aufnahmeprüfung ans Konservatorium vorbereitet, inzwischen war Jill ausgebildete Jazzpianistin, spielte in angesagten Clubs und komponierte Filmmusik. Maxi erinnerte sich, dass Jill bereits während des Studiums Jingles geschrieben hatte, um sich ein Taschengeld zu verdienen.

Sie rief Jill an. Und tatsächlich kannte die junge Frau jemanden aus der Werbebranche, der Maxi an die bekannte Casting-Agentur Miranda verwies. Stunden später hatte Maxi sich auf der Homepage der Agentur über hundert Gesichter angesehen und wollte schon aufgeben, als ihr die schokoladigen Augen des Criq-Croq-Manns entgegenstarrten. Der Kerl hieß Wim Bakkum. Miranda hatte ihn an die PropPic vermittelt, eine auf Werbung und Imagefilme spezialisierte Filmproduktionsgesellschaft, für die Wim einige Spots gedreht hatte, unter anderem für Müsli, Schuhe, Klopapier und den Spitzenkandidaten der sozialdemokratischen »Partij van de Arbeid«.

Maxi überlegte nicht lang. Sie rief Wims Agentin an und gab sich als Hermien Heister aus, Juniorchefin von Goeiekaas, dem größten Käsehersteller der Niederlande. Anlässlich des Neunzigsten ihrer Großmutter suche sie einen attraktiven Schauspieler für einen humorvollen Kurzfilm, eine rein private Angelegenheit zur Unterhaltung der Jubilarin und ihrer Partygäste.

»Klingt gut«, sagte die Agentin. »Da kämen mehrere meiner Schützlinge in Frage. Welches Alter schwebt ihnen denn vor? Blond oder dunkel? Athletisch oder …«

»Da Oma früher zwei Hunde hatte und diesen Criq-Croq-Spot so liebte, habe ich an Wim Bakkum gedacht«, sagte Maxi.

»Das wird leider nicht gehen.« Die Agentin seufzte. »Aber ich kann Ihnen einen ähnlichen Typ Mann anbieten. Haben Sie die Kartei schon durchgesehen? Wie wär's mit Carlo? Oder Jean-Jacques. Frans Klein kann ich Ihnen auch sehr ans Herz legen.«

»Die Herren sind alle durchaus schnuckelig. Aber es müsste unbedingt Wim Bakkum sein. Wim oder keiner.« Maxi senkte die Stimme. »Geld spielt keine Rolle.« Sie kam sich selbst wie eine Schauspielerin vor, als sie diesen Satz von sich gab, in einem routinierten Tonfall, als benutzte sie ihn täglich.

Und sieh mal einer an, der Satz wirkte Wunder. Schlagartig wurde die Agentin um eine Terz freundlicher und sehr gesprächig. Mit echtem Bedauern in der Stimme und ganz im Vertrauen erzählte sie, sie könne Wim kaum noch vermitteln. Was ihn interessiere, seien tragende Rollen in seriösen Fernsehserien oder Kinofilmen. Doch dafür fehle es ihm an Talent. Und Kleinkram wie Komparsenjobs oder Werbespots nehme er nicht mehr an, weil er es finanziell nicht nötig habe. »Eigentlich sollte ich ihn längst aus meiner Kartei löschen, ich hab es bloß noch nicht übers Herz gebracht.«

»Schade«, sagte Maxi. »Dann hat der junge Mann wohl geerbt, wenn ihn mein Angebot nicht locken kann.«

»Nein, nein. Er hat sich selbstständig gemacht und ist ausgesprochen erfolgreich.«

»Was macht er denn, wenn ich fragen darf?«

Bereitwillig breitete die Agentin Wim Bakkums Laufbahn vor Maxi aus: Nach einem abgebrochenen Philosophiestudium habe Wim zunächst als Dessous-Model, dann als Callboy gearbeitet. Unter dem Künstlernamen Ramón habe er sich in die oberste

Riege der Luxuscallboys emporgeschlafen und schließlich mit einigen Kollegen einen Escortservice gegründet, die »Gigolo-Gilde«. Maxi staunte und schrieb stichwortartig mit.

»Wenn Sie Interesse haben, schauen Sie sich die Homepage der Gigolos an«, sagte die Agentin. Und als Maxi nicht antwortete, weil sie mit dem Schreiben nicht mitkam, fügte sie hinzu: »Ich bekomme zwar keine Tantiemen dafür, aber glauben Sie mir eins: Ramón versteht sein Handwerk.« Sie gluckste. Dann sank ihre Stimme um eine Oktave, in Bereiche, die unter der Schamhaargrenze lagen. »Man muss ihn sich allerdings leisten können. Er hat sich auf ausgefallene Wünsche und eine betuchte weibliche Klientel spezialisiert.«

»Klingt phantastisch.« Maxi versuchte ebenfalls, eine Zarah-Leander-Note in ihre Stimme zu legen. »Da wird der Gute wohl ziemlich ausgebucht sein?«

»Rechnen Sie mit mehreren Wochen Wartezeit.«

Sie bedankte sich und beendete das Gespräch. *Teufel*, dachte sie. *Die schöne Annika hat sich nicht in einen anderen verliebt, sie ist Stammkundin eines Callboys gewesen.* Wer hätte der ehemaligen Eiskönigin das zugetraut?

Dann druckte sie zwei Fotos von Wim Bakkum aus und radelte damit zu Henk.

»Das ist er! Der hat meine Ma …«

Bevor der Junge wieder »gefickt« schreien konnte, steckte Maxi ihm schnell einen Erdnusskeks in den Mund. »Wenn er deine Mutter getötet hat, kommt er hinter Gitter, das verspreche ich dir.«

Seine Oma hatte ihren Backanfall beendet und war dabei, die Küche zu putzen, obwohl die van der Eijks zwei Raumpflegerinnen beschäftigten. »Arbeit hilft«, erklärte sie.

»Bei der Trauerbewältigung?«, fragte Maxi.

Die alte Frau van der Eijk steckte eine Haarsträhne fest, die ihrem Dutt entkommen war. »Wer schrubbt, hat keine Zeit, nachzudenken. Warum das alles gerade uns passiert ist, warum ausgerechnet Annika sterben musste, warum mein Enkel traumatisiert und mein armer Jeroen nicht mehr wiederzuerkennen ist.« Sie unterdrückte ein Schluchzen, packte das Scheuertuch fester und widmete sich dem Innersten des Backrohrs, das ohnehin wie neu aussah. Dabei erzählte sie Maxi, dass es Henk schon besser gehe, weil er mindestens zwanzig Erdnusskekse gegessen habe, dass morgen anstelle von Professor Stienstra eine junge Psychologin vorbeikommen werde und dass Henk sich schon auf seine erste Therapiestunde freue.

Maxi freute sich auch. Nur ein winziger Teil ihrer Klavierlehrerinnenseele bedauerte Henks therapeutische Fortschritte, weil sie in einem völligen Niedergang seiner pianistischen Ambitionen enden würden. Das Präludium in der blaugrünen Tonart war heute schon von einigen schlammfarbenen Einschlüssen verunreinigt gewesen. Vorbei die Zeiten makelloser Bach-Interpretationen – wie schade!

Als sie später an diesem Abend zu Hause am Küchentisch saß, Bier schlürfte und mit griffbereitem Handy über Wim Bakkums Fotos meditierte, platzte Tess herein. »Du hast ermittelt, ich seh es dir an!«, schimpfte sie und verströmte Formalinduft. »Dabei hast du versprochen, die Finger davon zu lassen. Dem Kripochef, Rudel, mir … Das ist doch verrückt, Maxi, verrückt und viel zu gefährlich!« Sie nahm sich einen halb vollen Becher Joghurt aus dem Kühlschrank und begann, ihn in Rekordtempo auszulöffeln.

Maxi schwieg. Sie sorgte aber dafür, dass Tess einen Blick auf die Fotos werfen konnte. Wie in Zeitlupe klappte der Unterkiefer ihrer männerverschleißenden Mitbewohnerin nach unten und blieb sekundenlang in dieser Position. Dann stieß Tess einen scharfen Pfiff aus. »Wer ist das? Ein neuer Schüler von dir? Kommt er hierher?«

»Heiß, nicht? Aber hör auf zu sabbern, er wird nicht herkommen. Ich überlege gerade, ob ich ihn anrufen und eine Stunde in seiner Wohnung vereinbaren soll. Oder zwei.« Maxi grinste. »Was meinst du, soll ich?«

»Das fragst du noch?« Tess schüttelte ihren blonden Bob in echter Entrüstung. »Ich sag dir was, Maxi. Wenn *du* ihn nicht anrufst, tu ich's. Bevor du ihm Klavierspielen beibringst, könnte ich ihm einiges über die Anatomie der Hände erzählen.«

»Ich glaube nicht, dass ihn das interessiert. Er ist kein Klavierschüler, sondern Callboy. Und ein Verdächtiger im Mordfall van der Eijk.« Mit Genugtuung beobachtete Maxi, wie das Entsetzen Tess' Gesicht entfärbte. Als hätte ein unsichtbarer Egel das ganze Blut aus ihren Wangen gesaugt. »Vielleicht ist er auch bloß ein wichtiger Zeuge.«

Tess hatte es die Sprache verschlagen. Rudel kam herein und begann, den proppevollen Kühlschrank auszuräumen.

»Auf jeden Fall werde ich einen Termin mit ihm vereinbaren«, fuhr Maxi fort. »Und danke für dein Verständnis, dass man so einen Schnuckel nicht von der Bettkante stoßen darf.«

Rudel hielt inne und warf einen Blick auf die Fotos. »Was soll denn an dem Besonderes sein? Hä?« Er schüttelte den Kopf und betrachtete sein Spiegelbild in der glänzenden Metalloberfläche des Kaffeevollautomaten, strich seine paar Härchen zurück, bis sie an der Kopfhaut klebten, lächelte zufrieden. »Wüsst ich echt gern!« Da Rudel weder von Tess noch von Maxi eine Antwort bekam, sinnierte er weiter. »Na gut, die Farbe vielleicht. Kaffeebraun. Das macht euch Mädels an, oder?« Er kratzte sich am Kinn. »Meine Chancen müssten also steigen, wenn ich dreimal die Woche ins Solarium …«

»Lass mal, Rudel«, sagte Maxi. »Du bist schon in Ordnung, wie du bist. Lohnt sich nicht, unseretwegen das Hautkrebsrisiko zu erhöhen.«

»Ich hab auch gar nicht an dich gedacht, Maxi. Eher an Tess oder ihre Kollegin, die neulich da war. Die Rothaarige mit den Sommersprossen.« Er feixte und versuchte, seinen nicht vorhandenen Bizeps durch eine theatralische Pose in Szene zu setzen.

»Vergiss es«, sagte Maxi. »Deine Chancen bei den Frauen steigen höchstens, wenn du an deinem Charme arbeitest.« Sie hob erstaunt die Brauen. »Sag mal, was ist das? Da auf deiner Stirn?«

Rudel fuhr mit dem Handrücken darüber und betrachtete das zerdrückte Etwas. »Das? Eine Marienkäferlarve. Ich meine, es war eine.« Er wischte die Reste in ein Stück Küchenrolle. »Als ich vorhin den Käse aus dem Kühlschrank nehmen wollte, ist mir der Becher mit den Larven umgefallen. Ein paar sind im Joghurt ertrunken, fürchte ich.«

Tess presste die Hand vor den Mund und stürmte in Richtung

Badezimmer, aus dem kurz darauf würgende Geräusche zu hören waren.

»Ach so, bloß ein paar Würmchen im Joghurt.« Maxi stand auf und schlug einen großen Bogen um den Kühlschrank. »Kein Problem.« Im Vorbeigehen packte sie Rudel an der Schulter. »Aber ich warne dich: Eins von den Viechern in meiner Erdnussbutter, und du fliegst raus!«

Sie verschwand in ihrem Zimmer. Schluckte. Atmete ein paarmal tief durch. Sollte sie? Oder lieber nicht?

Memme, dachte sie. *Denk an Aravind Bhaduri, den tapferen Inder, der niemals kneift.*

Sie griff zum Handy und tippte die Nummer ein, die auf der Website der Gigolo-Gilde unter dem Foto des nackten Ramón angegeben war. Eine Festnetznummer.

Es klingelte ein paarmal ins Leere, dann schaltete sich der Anrufbeantworter ein. Maxi hinterließ eine Nachricht. »Guten Abend, Herr Bakkum. Oder darf ich Sie Ramón nennen? Ich möchte Sie gern buchen. Wenn möglich, gleich morgen und für die ganze Nacht. Ich zahle gern das Doppelte Ihres üblichen Tarifs.«

Sie überlegte kurz, ob die sechs Monatsmieten, die sie von Rudel bar bekommen hatte, dafür ausreichen würden, und kam zu dem Schluss, dass ja.

»Mein Name ist übrigens James, E. L. James. Ich bin Autorin, und in meinem neuen Buch geht es um das Leben eines Callboys. Der Arbeitstitel lautet: ›Fifty Shades of Gigolo‹. Ich möchte Ihr Leben beleuchten, Ramón, sofern Sie einverstanden sind. Und natürlich ein wenig davon am eigenen Leib spüren. Recherche sozusagen. Bevor Sie ablehnen, sollten Sie bedenken, dass ich schon ein paar Millionen Bücher verkauft habe. Der Werbeeffekt für Sie und Ihre Gigolos wäre also nicht zu unterschätzen.« *Wie lacht man gurrend*, überlegte sie, lachte dann ein wenig gekünstelt, nannte ihre Telefonnummer und beendete das Gespräch.

Da sie – müde und zufrieden – sofort einschlief, bekam sie dreierlei nicht mehr mit:

Erstens, wie Tess versuchte, Hoofdinspecteur Bontekoe zu erreichen, um ihm zu verraten, dass die Klavierlehrerin Maximiliane Mikulicz vorhabe, eine Nacht mit dem Callboy Wim Bakkum vulgo Ramón zu verbringen, mit dem Mann, der wahrscheinlich Annika van der Eijk und womöglich auch Lisanne de Steeghius ermordet hatte. Tess scheiterte. Auch beim siebten Versuch klingelte es ins Leere, und die Nachricht war zu brisant, um sie Bontekoes Mailbox anzuvertrauen. Wütend wünschte Tess dem vermeintlich schlafenden Beamten einen Furunkel an eine hochempfindliche Stelle. Wenn sie gewusst hätte, dass der arme Hoofdinspecteur nicht telefonieren konnte, weil er äußerst beschäftigt war, hätte sie den Wunsch zurückgenommen.

Zweitens, wie Rudel den Kühlschrank wieder einräumte und seine nicht mehr ganz vollständige Marienkäferlarvensammlung auf das Dach der »Waterlelie« verfrachtete. In der Blechbadewanne mit den Kaukasischen Vergissmeinnicht, oder besser gesagt mit den Leichen der Kaukasischen Vergissmeinnicht, setzte er die armen Würmchen aus.

Drittens, wie eine der hungrigen Larven infolge akuten Blattlausmangels in ein verwelktes Vergissmeinnichtblatt biss, das nach Haarspray schmeckte. »Zapadong!«, rief das Tier und verschied.

***

Aus dem Buch »Buddhistische Weisheiten
für Hobbygärtner« von Döndrup Rangjung Rinpoche
(deutsche Übersetzung: Adelbert Hinrichs):

Die Zeit ist eine gute Gärtnerin.
Ihr Unglück: Sie tötet ihre Zöglinge.

11

Das Piepen des Handys war's, das sie aus den Untiefen eines traumlosen und erholsamen Schlafes riss.

»Hm?«

»Maxi, hab ich dich geweckt?«

»Mmh.«

»Hör zu, es ist wichtig. Ich bin in der Gerichtsmedizin. Rate mal, wen sie mitten in der Nacht hier eingeliefert haben.«

»Hm?«

»Genau, die Nummer eins. Gleich wird sie obduziert, ich wollte dich nur warnen. Maxi, es …«

»Was?«

»Es ist absolut grauenhaft! Du darfst dich nicht mit diesem Ramón treffen.«

»Was für eine Nummer? Und wieso flüsterst du?«

»Jetzt werd endlich wach! Die Nummer eins von Jaap, dem Schlitzer, natürlich. Und natürlich ist alles streng geheim.«

»Welcher Jaap?«

»So nennen die Bullen den Frauenmörder. Ich kann leider keine Fotos machen, aber ich schwöre dir, wenn du das sehen könntest, würdest du nicht im Traum dran denken, diesen Callboy …«

Maxi klatschte ihre Handfläche gegen beide Wangen. »Wer ist es, Tess? Wer ist die Nummer eins, sag schon!«

»Manou Boerhave.«

»Die Brauereichefin? Von t'Zuiplap?«

»Die und keine andere. Sie muss schon eine ganze Weile tot in ihrer Wohnung gelegen haben. Über eine Woche, nach dem Madenbefall und der Grünfäulnis im rechten Unterbauch zu urteilen. Keine Ahnung, warum niemand sie vermisst hat. Die war doch stinkreich! Hab erst kürzlich in einer Illustrierten gelesen, dass sie die reichste Niederländerin war, noch vor Beatrix.«

»Zaster schützt nicht vor Einsamkeit. Ist dir sonst irgendwas aufgefallen? Wie ist sie gestorben?«

»Also ohne Garantie, weil wir sie ja erst aufschneiden. Aber nach meinem ersten Eindruck exakt wie die anderen zwei. Durchtrennte Halsschlagader. Zahlreiche postmortale Verletzungen.«

»Peitschenhiebe auch, wie bei Annika?«

»Nein, nur Stiche und Schnitte. Muss ein ziemlich scharfes Messer gewesen sein.«

»Gibt es andere Unterschiede?«

»Na ja, die Boerhave war älter und molliger als die beiden anderen. Und brünett.«

»Wie sieht ihr Gesicht aus? Lächelt sie?«

»Schwer zu sagen, die Lippen sind schwarz, vertrocknete Schleimhaut … Mist, ich glaube, da kommt jemand.«

»Kannst du nicht mehr reden?«

»Versprich mir, dass du zu Hause bleibst, okay? Ich muss aufhören. Versprichst du's?«

»Ich verspreche …« Aus. Tess hatte die Verbindung unterbrochen. »… dir gar nichts, meine liebe Tess van Swieten. Aber vielen Dank für die hochinteressanten Infos.«

Bontekoe stand im großzügig dimensionierten Ankleidezimmer des dritten oder besser gesagt ersten Mordopfers und starrte in einen Standspiegel, dessen Kirschholzrahmen mit edlen Ornamenten bestückt war – vermutlich ein Designerstück. Leider trug der Spiegel auf, und er kam sich noch dicker vor als sonst. Dick und müde.

»Schade, dass du nicht reden kannst«, murmelte er, »du hättest bestimmt einiges zu erzählen.«

»Was hast du gesagt, Cornelius?«, fragte Marijke.

»Nichts. Ich meine … hast du den Fußboden gesehen?«

Marijke lächelte verzückt. »Schön, nicht? Ein geölter Parkettboden. Walnuss, wenn mich nicht alles täuscht. Das wäre mein Traum! Wie aus einem Woonstijl-Magazin.«

»Reiß dich zusammen! Ich meine natürlich den Blutfleck.« Er klatschte in die Hände. »Los, Beeilung, schick zwei Spusileute her. Die sollen auch gleich den Spiegel auf Fingerabdrücke untersuchen, wenn sie im Schlafzimmer fertig sind. Und dann machst du dich mit Ivo an die Befragung der Nachbarn.«

Marijke hob den Kopf und schien erst jetzt den Spiegel zu bemerken. »Was für ein Prachtstück! Wahnsinn! Echt Jugendstil. Der würde total gut in meine …«

»Marijke!«

»'tschuldigung, Chef. Bin schon unterwegs. Obwohl ich glaube, dass wir uns die Befragung der Nachbarn sparen können.«

»Was fällt dir ein?«

»Wir sind hier in der Gouden Bocht. Außer Manou Boerhave kann sich niemand eine Wohnung in diesem Abschnitt der Herengracht leisten. Ihre Nachbarn sind ausschließlich Banken und Versicherungsgesellschaften. Kaum vorstellbar, dass es da Zeugen gibt.«

»Ich habe nicht gesagt, dass es einfach wird. Trotzdem versucht ihr euer Glück. Dass sie in der Nacht zum 28. April ermordet wurde, ist bisher bloß eine Vermutung, weil sie am Abend des 27. zum letzten Mal telefoniert hat. Genauso gut kann es später passiert sein, tagsüber. Während der Bürozeiten.«

»Wenn du meinst. Ich geh ja schon.«

Marijke schlurfte hinaus, und Bontekoe schüttelte den Kopf. Seine Mitarbeiter wurden immer aufsässiger, es kostete ihn immer mehr Kraft, sie zu leiten. Dass es Auseinandersetzungen mit Ivo gab, war er ja gewohnt. Bisher hatte ihm wenigstens Marijke aus der Hand gefressen, aber jetzt … Er schnaubte.

Immerhin schien Luuk schwer in Ordnung zu sein. Freundlich, engagiert und sogar dankbar, dass er von den Routiniers etwas lernen durfte, so kam es Bontekoe zumindest vor, als der Jungspund mit vor Eifer rotfleckigen Wangen antanzte.

»Habt ihr einen PC gefunden?«

»Einen?« Luuk lachte. »Ein funkelnigelnagelneues Tablet, zwei Notebooks und einen wassergekühlten Gaming-Computer vom Feinsten. Ich habe alle eingepackt und Anke mitgegeben. Vermutlich sitzt sie schon dran.«

»Gut so, Luuk. Bin gespannt, ob Anke etwas Brauchbares entdeckt.«

»Ich habe noch was gefunden, Chef.« Luuk reichte ihm eine Plastiktüte, in der sich ein in Leder gebundenes Buch befand. »Das Adressbuch der Boerhave.«

»Weißt du was? Fahr ins Büro und schau es dir an.« Es war eine verantwortungsvolle Aufgabe, hoffentlich überforderte er Luuk nicht damit. »Du musst jeden Eintrag einzeln auf einen möglichen Zusammenhang mit den anderen beiden Mordfällen prüfen. Anke soll sich die digitalen Adressbücher vornehmen. Und dann vergleicht ihr.«

»Geht klar, Chef!« Es hätte nicht viel gefehlt, und Luuk hätte die Hand salutierend an die Basecap gelegt. Seine Mundwinkel strebten zu den Ohrläppchen – so sah Stolz aus.

Bontekoe blickte ihm nach. Er blieb allein im Ankleidegemach der toten Brauereibesitzerin zurück. Er musste sich zusammenreißen, um nicht einen der riesigen Parfümflakons von der Kommode zu nehmen und damit das Spiegelglas zu zerschmettern. Warum? Er wusste es nicht. Vielleicht, weil sein Nacken zu prickeln begann und dieses gewisse Nackengefühl ihm sagte, dass der Spiegel die Lösung kannte und sie alle auslachte. Vielleicht auch nur, weil er den Anblick seines Wanstes nicht mehr ertragen konnte. Jugendstil hin oder her, der Spiegel trug auf. Außerdem zeigte er gnadenlos, wie furchtbar Bontekoe mit seinen rot geäderten Augen und den dunklen Ringen darunter aussah.

Gestern hatte er den ganzen Tag damit verbracht, Jeroen van der Eijk und Paul Soeterbeeck zu einem Geständnis zu bewegen. Vergeblich! Aus Frust hatte er am Abend eindeutig zu tief ins Glas geschaut. Und als er gegen halb elf endlich ins Bett gehen wollte, war der Anruf gekommen: Ein Cousin von Manou Boerhave hatte die Polizei verständigt, weil er sie den ganzen Nachmittag nicht erreichen konnte – trotz einer Verabredung zum Tee.

Bontekoe vollführte eine Vierteldrehung und betrachtete sich im Profil. *Um eine Diät werde ich wohl nicht herumkommen*, dachte er missmutig, während er versuchte, den Bauch einzuziehen.

»Sieht so aus, als bräuchtest du eine größere Jacke, Cornelius«, sagte Ivo trocken.

»Werd nicht unverschämt! Wieso lungerst du überhaupt noch hier herum? Du sollst doch mit Marijke die Nachbarn ...«

»Wir sind ja dran. Wollte dir bloß einen Zwischenbericht zukommen lassen. Die bisherige Befragung ist unseren Erwartungen entsprechend verlaufen.«

»Was habt ihr?«

»Nichts.«

»Dann hopp, hopp, mach weiter. Und wenn du fertig bist, geht's ans Recherchieren. Klappere Freunde und Verwandte ab. Hatte die Boerhave Feinde? Neider? Wer erbt den ganzen Kram? Was geschieht nach ihrem Tod mit der Firma? Hat sie in letzter Zeit ihr Testament geändert? War sie anders als sonst? Wirkte sie ängstlich? Und – das Wichtigste: Gab es einen Mann in ihrem Leben? Wenn ja, lässt sich eine Verbindung von ihm zu Jeroen van der Eijk oder Paul Soeterbeeck herstellen?«

»Viel zu viele Fragen für einen allein.«

Das Leben ist grausam, besonders an Werktagen. »Na gut, lass die beiden letzten Fragen beiseite. Darum kümmere ich mich selbst. Aber sieh zu, dass du in die Gänge kommst.«

Ivo zog murrend ab.

Bontekoe blickte auf seine Armbanduhr. Fünf Minuten nach neun. Er hätte dringend Schlaf gebraucht, aber vorerst war nicht dran zu denken. Er musste direkt ins Büro fahren. Vielleicht konnte er heute dafür früher Schluss machen.

Mit viel Kaffee, süßen Blätterteigteilchen und haufenweise Lakritz würde er den Tag schon überstehen.

Ein letztes Mal drehte er sich zum Spiegel um, sah ein letztes Mal die Lederjacke auseinanderklaffen und seinen Bauch hervorplatzen, zu einer grotesken Kugel gedehnt. »Na warte, du Verräter«, knurrte er. »Ich fresse einen Besen, wenn du nicht schneller auf dem Sperrmüll landest, als man das Wort ›Zerrspiegel‹ denken kann.« Dann straffte er die Schultern, drückte das Kreuz durch und stakte hinaus.

12

Muffiger Geruch schlägt ihm entgegen, als er die Wohnung betritt. Er reißt alle Fenster auf, fährt mit dem Finger über die Kirschholzkommode. Staub, so viel Staub, dabei war er doch gar nicht so lange weg; weniger lang als geplant.

Der Kühlschrank ist leer, bis auf eine Flasche Dom Pérignon. Er wird einkaufen gehen müssen.

Dann fasst er sich an den Hosenbund. Zu eng. Einkaufen gestrichen. Schließlich will er nicht verfetten wie Elvis oder Diego Maradona. Stattdessen beschließt er, die Wohnung zu putzen. Lieber eine saubere Umgebung als ein voller Magen.

Beim Abstauben fällt sein Blick auf den Anrufbeantworter. Er blinkt. Vier Nachrichten, behaupten die Leuchtziffern. Es ist verlockend, den Anrufbeantworter einfach zu ignorieren. Nicht auf die blinkenden Ziffern zu achten. Eigentlich hat er noch drei Tage frei. Niemand weiß, dass er früher zurückgekommen ist.

Verlockend ist es, aber die Neugier ist ein Luder.

Nachricht eins stammt von einer potenziellen Neukundin. Ihre Stimme klingt nach Kreissäge. Eine mindestens fünfundsechzigjährige Kreissäge noch dazu. Es fällt ihm leicht, nicht zurückzurufen.

Nachricht zwei ist nur ein kurzes Schnaufen, vermutlich von jemandem, der sich verwählt oder den während des Anrufs der Mut verlassen hat.

Eine sympathische, junge Stimme hat die dritte Nachricht hinterlassen. Auch eine Neue. Vor seinem inneren Auge sieht er eine gepflegte, attraktive Frau um die fünfundzwanzig – und seine Menschenkenntnis lässt ihn selten im Stich. Als die freundliche Stimme sich erkundigt, ob er auch Analfisting mache, löscht er die Nachricht. Was für ein Glück, dass er längst nicht mehr alle Aufträge annehmen muss.

Bleibt Nachricht vier, die neutrale Stimme einer mittelalten Kundin, deren Gesicht er sich seltsamerweise so gar nicht vorstellen kann. Sie spricht perfekt Niederländisch, aber mit deutschem

Akzent. Keine perversen Vorlieben, bloß besondere Eile. Heute Abend? Die muss es ja bitter nötig haben! Schon zuckt sein Finger zur Delete-Taste. Da hört er, dass sie das Doppelte zahlen will, und etwas in ihm springt an.

Als er ihren Namen vernimmt, muss er lachen. E. L. James? *Die* E. L. James? Die Autorin des bestverkauften Softpornos aller Zeiten? Er lacht und lacht, kann gar nicht mehr aufhören zu lachen, bis sich seine Bauchmuskulatur verkrampft und er nach Luft schnappt. Dass Kundinnen beim ersten Kontakt nicht ihren richtigen Namen nennen wollen, ist nichts Neues. Aber wie kommt man denn auf so eine hanebüchene Lüge?

Wie eingefroren steht er da, seine Linke hält den schmerzenden Bauch, die Rechte den Hörer, und er überlegt. Die vernünftige Stimme in ihm sagt: Finger weg. Lass es. Denk gar nicht dran.

Aber da gibt es noch die leichtsinnige, sorglose, vorwitzige Stimme, die unbedingt wissen möchte, wer diese Frau ist und was sie wirklich will. Und die Vernunft ist leicht zu übertönen.

Wenn ich schon meinen Urlaub vorzeitig beende, will ich wenigstens ein bisschen Spaß haben, denkt er sich. *Eine Frau, die so eine Lüge auftischt, muss dumm wie Brot sein. Und mit dummen Frauen kann man sich bekanntlich am besten amüsieren.*

Er ruft zurück. Sie meldet sich nach dem dritten Klingeln.

»Maximiliane Mikulicz?«

»Oje, da hab ich mich wohl verwählt. Ich dachte, das ist die Nummer von E. L. James.«

»Das ist mein Pseudonym, Sie haben richtig gewählt. Wie kann ich Ihnen helfen?«

»Ich bin Ramón. Ich werde dir helfen, Maximiliane. Ich darf dich doch so nennen? Oder soll ich Erika sagen?«

Er hört ihren Atem, sonst nichts. Scheinbar hat es ihr die Sprache verschlagen. Typisch Frau. Erst große Klappe, dann noch größere Skrupel. »Eigentlich bin ich ausgebucht, Wartezeit Minimum drei Wochen. Aber – oh Wunder – heute Abend hat eine Kundin abgesagt, da könnte ich dich ausnahmsweise einschieben.«

»Das ist ja groß… äh … prima.« Ihre Stimme klingt rau. Die Frau mit der großen Klappe ist also in Wahrheit ziemlich unsicher. Wieder eine, der die gesellschaftlichen Moralvorstellungen im

Weg stehen. Oder hat sie Angst vor der eigenen Courage bekommen? Er lächelt in sich hinein. Vielleicht hat sie mit dieser Angst ja nicht ganz unrecht.

»Fein. Dann trinken wir einen guten Tropfen, sprechen über deine Buchpläne, und anschließend verwöhne ich dich, dass dir Hören und Sehen vergeht. Sagen wir um acht?«

»Einverstanden. Wie lautet deine Adresse?«

Er gibt ihr zu verstehen, dass er entweder Hausbesuche macht oder sich mit seinen Kundinnen in einem Hotel trifft, niemals in den eigenen vier Wänden. Aus Prinzip nicht.

Aber das will sie nicht. Dezidiert nicht. Ihre Unsicherheit ist auf einmal wie weggeblasen. Bei ihr zu Hause sei es unmöglich, und ein Hotel sei ihr zu unpersönlich, das mache keinen Spaß. In einem Hotel könne sie nicht, sagt sie und lacht. »Bei dir, Ramón, oder wir vergessen das Ganze, und ich suche mir einen anderen Callboy.«

Absurd. Als ob Weiber nicht immer und überall könnten!

Er ist fest entschlossen, ihr eine Abfuhr zu verpassen. Doch dann fällt der magische Satz: »Der Preis spielt keine Rolle.« Sie bietet eine Summe, die er nicht ablehnen kann. Zu groß ist die Verlockung, so leicht so viel Geld zu verdienen. Wenn er sich noch Ende des Jahres zur Ruhe setzen will, sollte er vorher alles zusammenraffen, was er kriegen kann.

»Also gut. Ausnahmsweise.« Er nennt seine Adresse. Beendet das Gespräch und verspürt gleichzeitig den Drang, sich zu ohrfeigen. Er hat das ungute Gefühl, dass dieser Abend aus dem Ruder laufen wird.

Und wenn schon, denkt er. *Was kann mir schon passieren?* Er wird diesem unverschämten Weib zeigen, wo Gott wohnt. Wird sie anleinen, sie nackt auf den Balkon sperren, ihr ins Gesicht pissen und sie die Pisse anschließend auflecken lassen.

Er geht ins Schlafzimmer, öffnet den Schrank und begutachtet seine Peitschensammlung. Streicht über die weichen Lederbänder der Flogger und lässt sie links liegen. Greift stattdessen zur neunschwänzigen Katze. Wer sich als E. L. James ausgibt, soll spüren, wie lustvoll Schläge sein können – besonders für den Schlagenden.

Er begutachtet auch sein übriges Handwerkszeug: das Halsband mit der Hundeleine, die Hand- und Daumenschellen und sein Lieblingsinstrument, das gute alte Nadelrad nach Wartenberg.

Dann öffnet er die Champagnerflasche, trinkt in kleinen Schlucken und beginnt, sich auf einen prickelnden Abend zu freuen.

13

In welchem Band hatte Aravind Bhaduri den Fotografen Lal Patils als Serienkiller entlarvt? Maxi stand vor ihrem Bücherregal, nahm Band zwei ihrer Lieblings-Krimiserie heraus und blätterte. Genau, jetzt erinnerte sie sich wieder an diesen spannenden Fall: Von Mumbais großem Waschplatz, dem Dhobi Ghat, waren immer wieder junge, attraktive Wäscher verschwunden und schließlich missbraucht und mit abgeschlagenen Köpfen aufgefunden worden. Jungpolizist Aravind Bhaduri ließ sich ins Dhobi Ghat einschleusen und ging wochenlang der harten Arbeit eines Wäschers nach. Barfuß stand er in einem der achthundertsechsundzwanzig Betonbecken bis zu den Knien in Seifenlauge und wusch Hotelhandtücher und Krankenhausbettwäsche, indem er die Wäschestücke immer wieder gegen einen Stein schlug. Vierzehn Stunden am Tag, sieben Tage in der Woche. Es war die härteste Arbeit seines Lebens. Seine Fußsohlen wurden rissig, die Chemikalien verätzten seine Haut. Aravind war kurz davor, aufzugeben, als er schließlich von einem älteren Herrn angesprochen wurde. So, wie er aussehe, habe er das Zeug, ein Bollywoodstar zu werden, sagte der Mann mit der Gandhi-Brille. Ob er nicht am Abend zu einer Fotosession kommen wolle. Natürlich hatte Aravind zugesagt und zu seiner eigenen Sicherheit die Dienstwaffe, eine Glock, zu dem Treffen mitgenommen. Mit der hatte er dem mörderischen Fotografen gerade noch rechtzeitig in den Arm geschossen, bevor dessen kunstvoll geschliffener Katar sich in Aravinds Herz bohren konnte.

Maxi hielt inne. Sie besaß keine Pistole und konnte auch nicht schießen, womit sich das Thema erübrigte. Du könntest ein Messer mitnehmen, dachte sie. Am besten das Schweizermesser, das konnte man unauffällig einstecken, müsste es in der Not nur zücken, aufklappen und zustechen. Sie holte das gute Stück und probierte den Notfall aus. Das Aufklappen allein dauerte ganze zwei Minuten, eine Ewigkeit, wenn es um Leben um Tod ging. Außerdem riss bei der Aktion ihr Daumennagel ein, und sie hatte

Hemmungen, zuzustechen, obwohl es sich bei ihrem Opfer bloß um einen schrumpeligen Apfel handelte.

Also lieber kein Messer, dachte sie. Sonst würde Ramón es ihr im Fall der Fälle abnehmen und sie mit ihrer eigenen Waffe niedermetzeln.

Sie überlegte, wie sie sich sonst schützen konnte, wenn sie sich schon in die Höhle des Löwen wagte. Pfefferspray hatte sie nicht, aber vielleicht ließe sich Tess' Haarspray ähnlich einsetzen? Wenn es sich auf die Sehkraft eines Mörders nur halb so verheerend auswirken würde wie auf Rudels Kaukasische Vergissmeinnicht, dann konnte man von einer äußerst potenten Waffe sprechen. Das Problem war nur die Größe der Spraydose. Maxi müsste sie in ihrem Rucksack verstecken. Und alles, was sie dessen geräumigem Inneren anvertraute, musste unter minutenlangem Wühlen wieder ausgegraben werden. Im Falle eines Angriffs wäre sie also längst tot, bis sie die Waffe zu fassen bekäme.

Ein Anruf riss sie aus ihren Grübeleien. Es war Jan. Er wollte sie für den Abend ins »Café Alto« einladen.

»Candy Dulfer spielt mit ihrem Vater. Hast du Lust?«

Lust schon, aber keine Zeit, wollte sie sagen und hatte für den Satz schon Luft geholt. In dem Moment flog ihr wie ein verschrecktes Vögelchen eine glänzende, nein, eine geradezu brillante Idee zu. »Weißt du was, ich komme bei dir vorbei. Muss dich dringend was fragen.«

Bevor Jan nachhaken konnte, beendete sie das Gespräch. Ihre Frage war viel zu heikel, um sie am Telefon zu stellen.

Wenig später erreichte sie keuchend die Nieuwe Uilenburgerstraat und kettete ihr Rad an die Straßenlaterne vor dem ehemaligen Lagerhaus mit den riesigen dunkelgrünen Holzjalousien, in dem Jan wohnte und seine kleine, aber feine Weinprobierstube betrieb.

Seine Freude, sie zu sehen, hielt sich in Grenzen.

»Muss noch meinen Kurs …«

Vorbereiten? Halten? Maxi fiel ein, dass er jeden Donnerstag ein Seminar mit dem Titel »Das ABC der Weinverkostung« leitete. »Ich halte dich nicht lange auf. Aber ich habe eine Bitte.«

Jan fuhr sich durch seinen grau melierten Vollbart und strahlte sie an. Seine Freude, ihr wieder einmal helfen zu können, versetzte Maxi einen Stich. Sie mochte ihn wirklich sehr. Vielleicht liebte sie ihn sogar, ja, vermutlich tat sie das, obwohl Liebe ein so großes Wort und so pathetisch war, dass sie es nicht einmal denken wollte. Aber eins war klar: Auf keinen Fall wollte sie ihn ausnutzen. Und schon gar nicht belügen. Doch diesmal würde ihr nichts anderes übrig bleiben.

»Schieß los!«

»Du hast mir mal erzählt, dass du einem Gast bei einer Verkostung ein Fläschchen mit K.-o.-Tropfen abgenommen hast, erinnerst du dich?«

Jan hob eine seiner buschigen Brauen. »Ah, du meinst den Knilch, der seiner Begleiterin GHB verabreichen wollte, um sie …«

Ins Bett zu kriegen, vermutlich. »Genau. Was hast du eigentlich damit gemacht?«

»Nichts. Wieso?«

»Heißt das, du hast es aufbewahrt?«

Jan nickte.

»Kann ich es haben?«

»Aber Maxi! Das hast du doch bei mir nicht nötig. Oder willst du etwa …«

»Blödsinn!« Maxi schüttelte vehement den Kopf. Das schlechte Gewissen pochte in ihrem linken Ohrläppchen. »Nein, ich brauche es natürlich nicht für mich.«

»Für wen denn? Das musst du mir jetzt aber erklären.« Die Erklärung musste ihm wirklich wichtig sein, wenn er dafür sogar in ganzen Sätzen sprach.

»Es ist für Tess«, log sie. »Für ihr Chemiepraktikum.« Maxi hatte keine Ahnung, ob Tess im Zuge ihres Medizinstudiums überhaupt ein Chemiepraktikum absolvieren musste oder ob sie es womöglich längst absolviert hatte, aber sie war sich sicher, dass Jan diese Information nicht hinterfragen würde. »Der Chemieprof hat ihr ein Reagenzglas mit GHB ausgehändigt, das sie bis morgen chemisch analysieren sollte. Schusselig, wie sie ist, hat sie es leider zerbrochen. Übrigens nicht zum ersten Mal, deshalb ist es ihr auch zu peinlich, um eine neue Probe zu bitten.«

»Und da hast du dir gedacht …«

»... dass du ihr bestimmt gern mit deinem Fläschchen aushelfen würdest, damit sie morgen nicht so dumm dasteht. Ihr Prof kann ziemlich unangenehm werden.«

Für einen Sekundenbruchteil runzelte Jan die Stirn, als würde er an der Geschichte zweifeln. Dann grinste er. »Aber nur, wenn du mir hoch und heilig versprichst, dass du die Tropfen von Rudel fernhältst.«

Maxi sah ihn fragend an. »Du meinst, er ist in Sachen Aufriss schon so verzweifelt, dass er zu solchen Mitteln greifen würde?«

»Ich fürchte eher, er würde die verwelkten Reste deines Dachgartens damit düngen.«

Sie lachten beide, und das schlechte Gewissen schnürte Maxis Hals zu und begann auch noch in ihrem rechten Ohrläppchen zu pochen. Sie war unglaublich froh, als Jan in den Tiefen seines Lagers verschwand, kurz darauf mit dem Objekt ihrer Begierde zurückkam und es ihr wortlos aushändigte. Es war ein dunkelbraunes Glasfläschchen mit einem weißen Schraubverschluss und ohne Beschriftung. »Bist du sicher, dass GHB drin ist?«

»Todsicher.«

»Aber es steht nichts drauf. Genauso gut könnte es reines Wasser sein. Oder irgendein Gift.« Nicht auszudenken, wenn sie Ramón töten würde, anstatt ihn zu betäuben. Auch wenn er tatsächlich schuldig wäre, dieses Risiko wollte sie keinesfalls eingehen. »Hast du es etwa ausprobiert?«

»Hältst du mich für blöd? Ich habe den Kunden gezwungen, das Glas seiner Freundin auszutrinken, in das er ein paar Tropfen ...«

»Wie raffiniert!« Das konnte auch nur Jan einfallen.

»Die Symptome waren eindeutig. Was ist jetzt eigentlich mit unserem Jazzkonzert? Die Dulfers im ›Alto‹?«

Maxi bedauerte. An jedem anderen Abend gern, nur heute habe sie keine Zeit. Sie packte das Fläschchen in Watte, steckte es in die Satteltasche ihres Rades und fuhr nach Hause, langsam und vorsichtig, als transportiere sie ein rohes Ei.

Was sie nicht mehr mitbekam: Wie Jan ihr nachsah und grübelnd den Kopf schüttelte, während Zweifel sich zwischen den Querfalten seiner Stirn niederließ.

Was zieht man an, wenn man ein Date mit einer männlichen Luxus-Nutte hat?, überlegte Maxi zu Hause. *Was würde E. L. James anziehen? Lingerie mit Spitze? Ein wallendes Abendkleid, schwarz und bis zum Bauchnabel ausgeschnitten?*

Von ihren bequemen Baumwollslips und Sport-BHs war jedenfalls keiner anlasstauglich, und auch die Ausgehversion ihres üblichen Jeans-Outfits, eine Röhrenjeans in Schwarz, kam nicht in Frage. Es half alles nichts, sie musste investieren. Sie überwand ihre Abneigung gegen Shoppingcenter im Allgemeinen und gegen wimmelnde Menschenmengen in postamtgotischen Monstergebäuden im Besonderen und quälte sich durchs Magna Plaza am Nieuwezijds Voorburgwal.

Zwei Stunden später war sie durchgeschwitzt und besaß Dessous, die ebenso schick wie unbequem waren und nicht mit Diamanten besetzt, obwohl ihr Quadratzentimeterpreis das vermuten ließ, außerdem einen Minirock aus Nappaleder und einen federleichten Kaschmirpullover. Dieses Ensemble konnte sie hoffentlich auch später einmal anziehen, zu einem neutralen Anlass – sofern sie den kommenden Abend überlebte. Auch eine Abendtasche in Metallic hatte sie gekauft und dazu passende High Heels, die zum Laufen und Radfahren vollkommen ungeeignet waren und auch dann drückten, wenn man sich überhaupt nicht bewegte. Aber Maxi hegte die Hoffnung, dass sie die Schuhe nicht lange würde anbehalten müssen.

Zur Sicherheit verbrachte sie den Rest des Tages mit Gehübungen und damit, den Minutenzeiger der Küchenuhr beim Vorrücken zu beobachten. Obwohl sie keinen Kaffee trank und auch sonst kaum Flüssigkeit zu sich nahm, musste sie in den verbleibenden zwei Stunden sieben Mal auf die Toilette. Dann, endlich, war es so weit: Sie zog ihre neuen Sachen an. Packte ihre Lebensversicherung, das braune Fläschchen, und ihr Smartphone in die Abendtasche. Außer dem unanständig dicken Umschlag mit dem vereinbarten Honorar fand gerade noch der Hausschlüssel Platz und ein einzelnes Taschentuch. Im Badezimmer verlieh sie ihrem Gesicht den letzten Schliff, indem sie sich großzügig an Tess' Schminkutensilien bediente. Die Gute hatte es ihr schließlich oft genug angeboten. Make-up, Puder, Rouge, Konturenstifte,

Lipgloss in allen Varianten, Eyeliner, verschiedenfarbige Lidschatten und Wimperntusche, alles war da, und obwohl es Maxi an Übung fehlte, bekam sie sogar einigermaßen akzeptable Smokey Eyes hin. Als sie das Resultat im Spiegel betrachtete, war sie ziemlich zufrieden. Nur eines fehlte: Nagellack. Aber auch nach mehrmaligem Durchsuchen von Tess' diversen Kosmetiktäschchen fand sie keinen.

Da Tess gerade in der Küche rumorte, beschloss Maxi, sie darum zu bitten.

»Willst du dir etwa deine kurzen Klavierlehrerinnenfingernägel lackieren?« Tess drehte sich um, erblickte Maxi und stieß einen Schrei aus.

»So schlimm?«

»Du wirst es also tatsächlich tun«, krächzte Tess. »Du wirst dich mit diesem Killer treffen. Und morgen …«

»Morgen erzähl ich dir, was du alles versäumt hast. Einverstanden?«

»Morgen darf ich dann die Knochensäge halten, wenn sie dich aufschneiden«, flüsterte Tess. Der letzte Tropfen Blut schien aus ihren Wangen gewichen zu sein, so bleich war sie. Beinahe grünlich. Plötzlich sprang sie auf und umarmte Maxi. An ihren langen Seidenwimpern hingen Tränen. »Du darfst da nicht hin! Bitte, Maxi, lass es. Was sollen wir denn tun, wenn du stirbst?«

»Ach so, es geht dir gar nicht um mich. Du machst dir bloß Sorgen um dein Zimmer«, sagte Maxi beleidigt, schnappte sich Tess' Papierserviette und faltete sie auseinander. »Musst du aber nicht.« Sie nahm einen der zahlreichen Bleistiftstummel, die überall herumlagen, und kritzelte:

Testament

Ich, Maximiliane Mikulicz, im Vollbesitz meiner geistigen Kräfte, vermache mein Hausboot »De Waterlelie« zu gleichen Teilen meinen Mitbewohnern Tess van Swieten und Rudel Semmelweis.

Amsterdam, 8. Mai 2014

Sie unterschrieb und befestigte die Serviette mit einem Magneten an der Kühlschranktür.

Jetzt heulte Tess erst recht und klammerte sich an Maxis Arm.

»Schätzchen, hör auf. Die Dramaqueen steht dir nicht. Sag mir lieber, wo ich Nagellack finde, dann wird der Abend bestimmt ein Erfolg.«

»In meinem Zimmer.«

Maxi bedankte sich. Als sie die Tür zu Tess' Reich öffnete, passierten drei Dinge zugleich:

Erstens, ein auffallend stechender, süßer und gleichzeitig säuerlicher Geruch eroberte ihre Nase.

Zweitens, ihr Blick fiel auf den Schreibtisch. Darauf lag – neben dreizehn Nagellackfläschchen in allen Regenbogenfarben – eine Hand. Eine menschliche Hand, von Haut, Fettgewebe und einem Teil der Muskeln befreit. Nur Knochen und seltsame Gummischnüre waren übrig, die vielleicht Nerven, vielleicht Blutgefäße darstellen sollten.

Drittens, ein Schrei verließ Maxis Lippen, ein Schrei in schrillem Gelb mit neonpinken Punkten, lang und spitz wie ein Speer.

14

Sie bewegte ihre malträtierten Zehen, ließ sich tiefer in den Fauteuil fallen und bemerkte, dass sie sich endlich etwas entspannte. Noch ein Schluck Champagner, und sie musste innerlich den Kopf schütteln, dass sie so überirdisch nervös gewesen war. Vorhin, als sie vor dem Haus in der Emmastraat gestanden hatte, in dem Wim Bakkum wohnte.

Es war ein altehrwürdiges Haus, dreistöckig, mit bogenförmigen Fenstern, Balkonen, die zu filigran und schmal wirkten, um sie zu betreten, und einem Treppengiebel. Maxi hatte lange überlegt, den Zeigefinger am Klingelknopf, die Flasche Champagner unter dem Arm. Ihr Herz legte ein paar Extraschläge ein, und wie auf Kommando brach die Panik hervor, bildete ein feines Schweißtröpfchen-Gespinst auf ihrer Stirn, unter den Achseln und zwischen den Brüsten. Nach einigen Augenblicken, in denen sie fürchtete, die Kontrolle über ihren Körper zu verlieren, wusste sie nicht mehr, wovor sie mehr Angst haben sollte: vor der Begegnung mit dem vermeintlichen Mörder oder davor, den schönen Kaschmirpulli mit hässlichen Schweißflecken zu versauen. Sie war ganz kurz davor, umzudrehen und davonzulaufen.

In diesem Augenblick entwickelte ihr Finger ein Eigenleben. Er schnellte vor, die Klingel surrte, wenige Augenblicke später sprang mit einem Klacken die Tür auf, von einem Seilzug geöffnet.

»Dritter Stock«, rief eine sonore Männerstimme durchs Treppenhaus. *Weitergehen oder lieber umdrehen?*, fragte Maxi sich, während sie die aberwitzig steile Wendeltreppe erklomm. Doch eine Umkehr war rein technisch unmöglich.

Im dritten Stock erwartete sie ein athletischer junger Mann, dessen Hautfarbe irgendwo zwischen Olive und Milchkaffee angesiedelt war. Seine Augen schienen aus Bitterschokolade mit neunzig Prozent Kakaogehalt zu bestehen, das Haar war schwarz und fein gekräuselt: Ramón.

Maxi musste plötzlich an das schwarze krause Haar auf dem

Eisbärenfell in Annikas Schlafzimmer denken und fragte sich, ob …

Dann schenkte er ihr ein Lächeln, und der Gedanke zerfiel zu Staub. Es war kein zuckersüßes und auch kein zynisches Lächeln, sondern ein bisschen unsicher, ein bisschen lausbubenhaft, kurz: sympathisch.

Statt einer Begrüßung sagte er: »Komm, lass uns ins Bett gehen. Ich schulde dir einen Orgasmus«, nein, er deklamierte es mit rauchiger Stimme, nahm ihr die Flasche ab und bat sie herein. Und obwohl sie nicht zu den Millionen Menschen gehörte, die das Buch gelesen hatten, ahnte sie, woher das Zitat stammte.

»Deine Lieblingsstelle?«

»›Fifty Shades of Grey‹ verrät viel über die sexuellen Phantasien meiner Kundinnen, ich habe es natürlich verschlungen.« Er führte sie ins Wohnzimmer, einen großen, schlicht und geschmackvoll eingerichteten Raum. »Hab's als Recherchelektüre von der Steuer abgesetzt«, fügte er mit einem Augenzwinkern hinzu. »Aber wer hätte gedacht, dass es mir je vergönnt sein würde, die Autorin selbst verwöhnen zu dürfen?«

Maxi lachte und sah ihrem Vis-à-vis lange in die Augen. Kluge Augen, in denen ein Funken Humor flackerte. Dieser Mann sollte ein Mörder sein? Ein brutaler Serienkiller noch dazu? Unglaublich. Unvorstellbar! Henk musste sich geirrt haben. Das Bauchgefühl zeigte Maxi einen Vogel und wollte einen Besen fressen, wenn der Adonis nicht unschuldig sei. Die Stimme der Vernunft hob mahnend den Zeigefinger und flüsterte ihr zu, dass der schöne Schein oft trog. Sehr oft sogar.

»Ich glaube, es ist Zeit für eine Entschuldigung«, sagte sie und beschloss, auf der Hut zu bleiben. »Mir war natürlich klar, dass du mir die Geschichte mit E. L. James nicht abkaufen würdest. Aber ich habe gehofft, dass sie dich neugierig macht. Oder hättest du mir deine wertvolle Zeit geschenkt, wenn ich zugegeben hätte, dass ich eine völlig unbedeutende Klavierlehrerin bin, die auf die vierzig zugeht und sich vorgenommen hat, ein Buch zu schreiben?«

»Ein Buchprojekt. Also doch.«

»Eine Doku über das Leben von männlichen Sexarbeitern

der Oberliga, in der du und deine Gigolo-Gilde die Hauptrolle spielen sollen.« Sie sah auf ihre Zehen, die nun doch unlackiert geblieben waren und unglücklich aus dem zu knappen Schuhwerk herauslugten. »Mein erstes Buch. Es ist nicht einmal sicher, dass es je einen Verlag finden wird. Wenn du jetzt sauer bist und möchtest, dass ich gehe, dann brauchst du es nur zu sagen.« Tess würde sich freuen, Maxis Zehen würden sich freuen, vielleicht wäre es für alle Beteiligten das Beste.

Aber Ramón lachte und bat sie, es sich bequem zu machen. »Das mit der Neugier hast du ganz richtig eingeschätzt«, sagte er anerkennend und stellte zwei Sektflöten auf den Tisch. »Du scheinst ziemlich schlau zu sein. Eigentlich mag ich keine übermäßig schlauen Frauen, sie machen mir Angst«, gab er zu. »Aber du hast so etwas Erfrischendes an dir. Und jetzt bin ich gespannt auf diese Doku. Wie bist du ausgerechnet auf mich gekommen? Amsterdam ist nicht gerade arm an Kollegen.«

»Die Mutter eines Klavierschülers hat dich wärmstens empfohlen«, sagte Maxi, ging aber nicht weiter ins Detail, auch nicht, als Ramón neugierig die Brauen hob.

Mit einem sanften Plopp befreite er den Veuve Clicquot von seinem Korken und schenkte ein. »Wie sieht's aus? Willst du mir deine Fragen vor oder nach dem Sex stellen?«

»Jetzt gleich«, antwortete Maxi wie aus der Pistole geschossen. Sie streifte die Schuhe ab und bat ihn, seine Antworten aufzeichnen zu dürfen. Mit ihrem Smartphone.

Ramón stimmte zu. Unter der Voraussetzung, dass er natürlich keine Namen von Kundinnen nennen würde. Diskretion sei schließlich das Wichtigste in seinem Beruf – neben der Beherrschung des Handwerks und einer gewissen Grundausstattung. Bei der letzten Bemerkung war Maxis Blick unwillkürlich unter die Gürtellinie gewandert, sie hatten einander angesehen und gelacht. Von diesem Moment an war die Stimmung entspannter geworden.

Trotzdem achtete Maxi darauf, langsam und nur in winzigen Schlucken zu trinken. Als Ramón sein Glas bereits zum zweiten Mal füllte, war ihr erstes noch halb voll.

Von seiner Kindheit erzählte er wenig und zögerlich. Der

Vater, Professor für Theologie in Rotterdam, war ein kluger, stiller Mensch, der wenig Zeit für seine Familie hatte. Die Mutter, ein Kind surinamischer Eltern, aber bereits in den Niederlanden geboren, war in jungen Jahren eine Schönheit gewesen, die ihr Leben dem ihres Mannes unterordnete, den fünf Kindern und dem katholischen Glauben. Sie kochte hervorragend, ging Jahr für Jahr mehr aus dem Leim und öfter in die Kirche. Nichts wünschte sie sich inniger, als dass Wim, ihr Jüngster, Pfarrer werden sollte. Er aber setzte sich in den Kopf, Philosophie zu studieren, obwohl er das Abitur nur mit Ach und Krach geschafft hatte und Lernen nicht zu seinen Lieblingsbeschäftigungen gehörte. Und dann kam, was kommen musste: Er sauste durch zwei große Prüfungen, bummelte, seine Eltern strichen die finanziellen Zuwendungen, er musste sich seinen Unterhalt selbst verdienen. Zunächst mit kleinen Komparsenjobs und Werbespots. Er leckte Blut. Fand Gefallen daran, vor einer Kamera zu stehen, und träumte von einer Karriere als Schauspieler. Leider hatte er bei Castings immer Pech, und der Versuch, sich hochzuschlafen, scheiterte. Wims Talente im Bett blieben jedoch nicht unentdeckt. Bald wurde er weitergereicht. Er wurde gut bezahlt. Mundpropaganda steigerte die Nachfrage, seine Preise stiegen ebenfalls, und die Freude am gehobenen Lebensstandard verlieh ihm schließlich den Mut, ganz auf diese Karte zu setzen: Ramón, der Callboy für die weibliche Oberliga, war geboren. Und nach wenigen Jahren war er so erfolgreich, dass er zunächst einen, schließlich drei Boys anstellte: die Gigolo-Gilde.

Maxi kontrollierte, ob ihr Smartphone alles aufzeichnete, und lehnte sich zufrieden zurück.

»Wie sind deine Kundinnen denn so?«, fragte sie.

»Wundervoll«, antwortete Ramón. Er schwärmte davon, wie gebildet sie waren, wie gepflegt und wie wohlriechend, wie respektvoll sie mit ihm umgingen, wie großzügig sie ihn entlohnten.

Ob er nie von oben herab behandelt wurde, wollte Maxi wissen, ob unter seinen Kundinnen keine arroganten oder perversen Frauen seien, Frauen, vor denen ihm ekle.

Er verneinte. Und weil sie ihre Ungläubigkeit nicht verbarg, räumte er ein, dass es ganz am Anfang vielleicht ab und zu so gewesen sei. Aber nur ganz selten. Und heutzutage könne er sich seine Kundinnen zum Glück aussuchen.

Maxi nickte. Zwischen seinen Worten las sie jedoch einen gewissen Überdruss heraus, der sich mit den Jahren aufgestaut haben musste, eine Berufsmüdigkeit, die sich auch in der Art manifestierte, wie er das Champagnerglas zwischen seinen Fingern drehte. Der Gute stand kurz vor einem Burn-out, und als Maxi ihn direkt darauf ansprach, gab er zu, dass er tatsächlich ganz konkret daran dachte, aufzuhören.

»Ich habe genug finanzielle Rücklagen gebildet. Es muss nur noch einiges geregelt werden – nennen wir es ›aufräumen‹ –, dann werde ich mich aus dem aktiven Dienst zurückziehen. Ich werde allerdings weiterhin die Buchhaltung machen und das Geschäft aus dem Off leiten.«

»Wie spannend. Aber wie werden deine Stammkundinnen das aufnehmen?«

»Die sind bei meinen Gigolos in den besten Händen. Letztes Jahr war ich nach einem Beinbruch einige Wochen außer Gefecht und wurde von Pierre würdig vertreten.«

»Bist du als Chef an den Einnahmen der anderen beteiligt?

»Natürlich. *Meine* Kontakte, *meine* Kundenkartei, *meine* Verantwortung. Da steckt die Arbeit vieler Jahre drin. Ich habe aber vor, Dorian als Geschäftsführer zu etablieren, und denke, in zwei, drei Jahren wird er so weit sein.«

Ramón entschuldigte sich für einen Augenblick, um eine Flasche Mineralwasser und ein paar Erdnüsse zu holen. Als er wiederkam, hätte Maxi sich ohrfeigen können, dass sie diese einmalige Chance nicht genutzt hatte. Eine bessere Gelegenheit, um ihm die K.-o.-Tropfen ins Champagnerglas zu kippen, würde sich wohl kaum bieten. Aber irgendwie schien es ihr nicht mehr wichtig zu sein.

Vor allem als er erzählte, er sei nach einem zweiwöchigen Urlaub erst seit gestern wieder in der Stadt, war Maxi nahe daran, den letzten Schimmer eines Verdachts über Bord zu werfen. Entweder war Ramón der unverfrorenste Lügner aller Zeiten oder unschuldig. Dann musste es Zufall gewesen sein, dass Annika van der Eijk genau zu der Zeit ermordet worden war, in der sie sich normalerweise mit ihm vergnügte.

Nein, dachte Maxi, *es war kein Zufall.* Wahrscheinlich hatte ihr Mann von dem Treiben gewusst und Annika absichtlich zu diesem Zeitpunkt ermordet beziehungsweise ermorden lassen – um den Verdacht auf Ramón zu lenken. Vermutlich hatte Henk es ihm verraten oder sich bloß irgendwie verplappert. *Ja, so muss es gewesen sein*, dachte sie.

Bontekoe hatte recht und sie, sie war auf dem Holzweg.

»Wo warst du denn auf Urlaub?«, fragte sie, um harmlose Konversation bemüht, während ihre Gehirnzellen auf Volldampf arbeiteten.

»In Ballum, einem Kaff auf Ameland. Da ist in der Vorsaison absolut nichts los. Ich habe auf einem ehemaligen Bauernhof gewohnt, ohne Fernseher, Radio und Internet. Bin mir vorgekommen wie auf einem anderen Stern. Sehr erholsam!«

»Das glaube ich. Dann ist das große Geschrei um die Mordserie wohl an dir vorbeigegangen.«

»Was für eine Mordserie?«

»Das weißt du nicht?« Maxi beobachtete seine Brauen, die fragend nach oben zuckten. Entweder war Ramón die personifizierte Unschuld, oder sein Schauspieltalent überstieg die Einschätzung seiner Agentin bei Weitem.

»Drei tote Amsterdamerinnen. Abgeschlachtet. Alle schön, reich und berühmt. Hätten vom Einkommen her gut in dein Kundinnenprofil gepasst.« Sie lächelte unschuldig. So unschuldig man als neununddreißigjährige Klavierlehrerin eben lächeln konnte.

»Was? Aber … das ist ja grauenhaft!« Sein Unterkiefer klappte nach unten. »Wer sind die Opfer?« Er musterte sie aufmerksam. Dann schüttelte er sich. Streckte ihr seine Rechte entgegen wie ein Stoppschild. »Nein, warte. Bitte sag es mir nicht! Wenn tatsächlich eine Kundin unter den Ermordeten sein sollte, dann …« Seine Stimme war nur noch ein Flüstern. »Das wäre furchtbar. Das will ich lieber nicht wissen.«

»Hast du wirklich nichts davon gehört? Es stand doch zuletzt in allen Zeitungen! Und Zeitungen gibt es überall, auch in einem Bauerndorf.«

Ramón erklärte, dass er nun mal kein Zeitungsleser sei. Aus Prinzip nicht. Auch Nachrichtensendungen meide er. Er wisse ohnehin, dass täglich Katastrophen und Massaker geschehen, Kriege, Hungersnöte, Erdbeben. Wenn er sich verstörende Bilder davon anschaue, dann ändere das nichts, außer dass sie ihm schlaflose Nächte einbrächten. Die Situation der Erdbebenopfer, Kriegswaisen, Ebola-Infizierten und Terrorgeschädigten würde sich dadurch nicht verbessern.

Ob diese Vogel-Strauß-Haltung sinnvoll war oder nicht, wollte Maxi nicht beurteilen. Für sie zählte nur, dass man Ahnungslosigkeit nicht so gut spielen konnte, nicht als drittklassiger Schauspieler von Werbespots. *Nein*, dachte sie und leerte ihr Champagnerglas mit einem Schluck. *Wim Bakkum alias Ramón hat mit den Morden nichts zu tun. Er ist unschuldig.*

Sie stellte das Glas ab. *Oder?*

Vorsicht! Er darf nicht so viel trinken. Er spricht schon viel zu schnell, warum, weiß er selbst nicht, vielleicht weil ihn diese seltsame Person irgendwie rührt. Ihre unprofessionell und viel zu dick aufgetragene Schminke, die zu großen Hände mit den zu kurzen Fingernägeln, die stoppeligen Haare und last but not least die fürchterlichen Schuhe, die ihr nicht passen, die sie sich vermutlich von einer Freundin ausgeborgt hat, um diese Nummer hier abzuziehen. Maximiliane Mikulicz ist eine Frau, mit der irgendetwas nicht stimmt, absolut nicht stimmt, und die ihm trotzdem unerklärlicherweise sympathisch ist. Vielleicht weil sie so gar nicht in sein Kundinnenprofil passt?

Dabei könnte er schwören, dass sie lügt. Der geht es doch nicht um ein Buch! Und – was ihm noch mehr zu denken gibt – um Sex geht es ihr auch nicht. Das liest er in ihren Augen. Er bereut, dass er sich nicht auf seine Intuition verlassen hat, auf den ersten Impuls beim Abhören ihrer Nachricht, der da lautete: Finger weg!

Jetzt sitzt sie ihm im Genick, stellt seltsame Fragen und zeichnet alles auf, was er von sich gibt. Und er hat schon viel zu viel erzählt. Gut, es war nichts Verfängliches dabei, nichts, was sie gegen ihn verwenden könnte. Natürlich nicht. Wozu ist er ein

Profi? Er hat in den höchsten Tönen von seinen Kundinnen gesprochen. Wie gebildet sie seien, wie gepflegt, wie respektvoll im Umgang, wie generös und wie wohlriechend.

Lächerlich! Als ob die erfolgreichsten und finanzkräftigsten Damen des Landes besser röchen als irgendein gewöhnlicher Bauerntrampel! Im Schritt mieft doch eine jede gleich: nach einer Mischung aus saurem Käse und vergammeltem Fisch, egal, mit wie viel Chanel Nummer soundso sie es zu übertünchen versucht. Und wenn sich ein Schamhaar im Schlund verkeilt, dann macht es auch keinen Unterschied, ob es dem Busch einer Lady aus der High Society entstammt oder dem einer Prolo-Tussi. So oder so verursacht es Brechreiz. Zur olfaktorischen Komponente kommt, dass viele seiner elitären Kundinnen Zicken sind. Arrogante Zicken mit überzogenen Erwartungen und perversen Extrawünschen. Und alle hegen sie nur den einen Wunsch: ihn zu demütigen.

Das ist doch der wahre Grund, warum er das alles bis obenhin satthat. Warum er – obwohl die Ladys ihn bestens bezahlen – nicht mehr so weitermachen kann und will. Warum er diesen gottverdammten Beruf nur aushält, wenn er sich seine Arbeit mit Champagner schön säuft und nach jedem seiner »Einsätze« auf www.wezijndebaas.nl, seinem Anti-Gutmensch-Blog, eine frauenfeindliche Meldung postet.

Natürlich hat er nichts davon erwähnt, weder seinen chronischen Brechreiz noch seine unterdrückte Wut, da kann er noch so viel Veuve Clicquot in sich hineinschütten, etwas Derartiges kommt ihm nicht über die Lippen. Trotzdem hat diese Möchtegern-E.-L.-James anscheinend erraten, dass er ans Aufhören denkt. Sogar das Wort Burn-out hat sie in den Mund genommen!

Und dann diese seltsame Bemerkung über die Mordserie. Und die Anspielung, die Opfer könnten Kundinnen sein. Damit ist sie eindeutig zu weit gegangen! Wer ist diese Frau? Und was will sie von ihm?

Er muss in Ruhe nachdenken, wie er sich weiter verhalten soll.

»Was hast du?«, fragt sie, als hätte sie ein inneres Sensorium für Stimmungsumschwünge ihrer Gesprächspartner.

»Entschuldige mich einen Augenblick. Ich muss mal für kleine Jungs«, sagt er und lächelt sein Lausbubenlächeln.

Im Badezimmer spritzt er sich eiskaltes Wasser ins Gesicht und trifft in Sekunden eine Entscheidung. Diese Frau führt etwas im Schilde. Aber er wird ihr einen Strich durch die Rechnung machen. Die Wahrheit wird er aus ihr herauskitzeln. Liebevoll liebkost er seinen extravaganten Gürtel. Den Schneid wird er ihr abkaufen. Zeigen wird er ihr, wo Barthel den Most holt.

Zum Glück ist er vorbereitet. Er öffnet den Spiegelschrank. Steckt die Handschellen in die linke, das Halsband in die rechte Gesäßtasche, die Hundeleine versteckt er unter seinem Hosenbund. Dann betätigt er die Spülung und kehrt gemächlich ins Wohnzimmer zurück.

»Was hältst du davon, wenn wir zum praktischen Teil übergehen?« Jetzt lässt er sein Lausbubenlächeln beiseite und setzt den strengen Blick auf. »Zieh dich aus!«, sagt er mit der befehlsgewohnten Stimme des Dominus.

»Oh ja, sehr gern!« Es soll wohl fröhlich und unbeschwert klingen, aber er hört das Gekünstelte heraus. Und wenn ihn nicht alles täuscht, ist sie unter der Schminkschicht ganz blass geworden. »Wollen wir nicht zuerst den Schampus vernichten?« Sie nimmt ihre Champagnerflöte, prostet ihm zu.

»Musst du dir Mut antrinken?«

Sie lacht. »Gut möglich. Ist ja auch mein erstes Mal mit einem Gigolo.«

Er sieht ihr tief in die Augen, während er sein Glas auf einen Zug leert. Dann knüpft er den Gürtel auf und zieht ihn aus den Schlaufen. Sie bekommt nicht mit, wie der geflochtene Lederriemen sich zur neunschwänzigen Katze entfaltet, weil sie sich gerade den Pulli über den Kopf zieht. Dabei verhakt sich ein Wollfaden an ihrem Ohrring. Sie flucht, vom Kinn aufwärts ist sie in ihrem eigenen Kleidungsstück gefangen.

Wunderbar, denkt er, die Situation kommt seinen Absichten entgegen. Er hat die Handschellen schon aus der Gesäßtasche genommen. Leider muss er feststellen, dass ihre Arme bis übers Handgelenk vom Pulli verhüllt sind. Es hilft nichts, er muss sie zuerst aus dem Kaschmirteil befreien, bevor er sie fesseln, ihr die Leine anlegen und sie wie eine Hündin ins Bad führen und auspeitschen kann.

Ungeduldig zerrt er am Pullover. Ihr Ohrläppchen dehnt sich, sie schreit auf. Der verhakte Faden lässt sich nicht abreißen. Unter dem Stoff tastet er nach dem Verschluss des Ohrrings, versucht, ihn zu öffnen.

Da wird ihm schlecht. Ganz plötzlich und ohne Vorwarnung.

Der Boden schwankt.

Er taumelt.

Das Zimmer dreht sich. Mit ihm dreht sich die Frau, deren Kopf im Pullover feststeckt. Sie verwandelt sich in einen Derwisch, einen kopfstehenden tanzenden Derwisch. Immer unschärfer werden ihre Konturen, immer schneller tanzt sie im Kreis.

Dann füllt Schwärze sein ganzes Gesichtsfeld aus. Er spürt, wie er fällt. Verliert das Bewusstsein, noch bevor sein Oberkörper auf den Tisch prallt und von dort mitsamt seinem Champagnerglas zu Boden rutscht.

Das Glas zerbricht, die scharfzackigen Scherben bohren sich durch sein Hemd, in seinen Arm.

Den Schmerz und das Blut spürt er schon nicht mehr.

15

Was für ein Tag! Schon am frühen Morgen hat ihn eine Fliege geärgert, hat ihn umschwirrt, sich auf ihn gesetzt, immer wieder. Mit ihren dreckigen Fliegenbeinen, die zuvor vermutlich mehrere Hundehaufen und diverse Küchenabfälle erklommen hatten. Bei ihrem Abflug hat sie ihm ein gelbliches Geschenk hinterlassen. Seither fühlt er sich krank. Natürlich ist ausgerechnet heute die sonst so zuverlässige Putzfrau ausgeblieben, und seine Hoffnung auf gründliches Reinemachen hat sich zerschlagen.

Als gegen Mittag das Dienstmädchen auftauchte und die große Bodenvase aus Bleikristall mit einem üppigen Blumenstrauß füllte, fiel ihm ein Sprichwort ein: *Ein Unglück kommt selten allein.*

Denn sie brachte keine weißen Rosen, die er über alles liebt, keine Orchideen, keine einzelne Calla, keine Tulpen, Maiglöckchen oder wenigstens Margeriten, nein, Freesien! Seit Stunden muss er den Anblick eines lächerlich bunten Freesienstraußes ertragen, der in keiner Weise zum Einrichtungsstil passt und außerdem einen penetranten Geruch verströmt.

Doch damit nicht genug. Das Schlimmste kommt erst. Mit Schaudern fällt ihm ein, dass heute Donnerstag ist, der zweite Donnerstag im Mai. Und wie an jedem zweiten Donnerstag erwartet ihn ein unwürdiges Schauspiel. Ein widerliches und abendfüllendes Spektakel, dem er hilflos ausgeliefert ist.

In wenigen Minuten wird es so weit sein. Schon nähern sich Schritte, Stilettoabsätze klappern die Treppe hoch. Er vernimmt ihr Lachen, das sonst selten zu hören ist und niemals so gurrend wie an den zweiten Donnerstagabenden jedes Monats.

Und dann geht's los. Er fühlt sich wie ein unfreiwilliger Kinobesucher, den man gefesselt und dazu verurteilt hat, einen drittklassigen Pornofilm anzuschauen. Er sieht zwei nackte Körper, die das Laken des achteckigen Bettes zerwühlen, ineinander verschlungene Gliedmaßen, deren Entknotung unmöglich erscheint, seltsame Verrenkungen, die eher an missglückte Skulpturen oder Tiere mit Gendefekt erinnern als an irgendetwas Menschliches, frivole Bewegungen, die ihn an ein Ballett stampfender Maschinen denken lassen.

Er wünscht sich, er könnte sich abwenden. Sogar das Erblinden, das er sonst so fürchtet, erscheint ihm allen Ernstes als erstrebenswert, obwohl er weiß, dass ein Nicht-mit-ansehen-Müssen keine Lösung ist. Denn da gibt es noch die Geräuschkulisse: das heftige Atmen, das Seufzen und Hecheln und Stöhnlaute in den verschiedensten Schattierungen, außerdem das Saugen von allerlei Lippen, das Schmatzen von Gliedern, die in feuchte, enge Körperhöhlen getrieben werden, und das Klatschen von aufeinanderschlagenden Schenkeln.

Der Schall der gesammelten Geräusche wogt durch das Schlafzimmer, das ist ein Anschwellen und Abflauen, ein erneutes Aufflackern und Aufbäumen, das schließlich im Crescendo und Accelerando in einen gewaltigen Lustschrei mündet. Frühestens nach achtunddreißig, spätestens nach neunundvierzig Minuten und dreißig Sekunden.

Auf diesen Schrei freut er sich. Denn erstens fällt er jedes Mal ein wenig anders aus – Roos ist eine äußerst variantenreiche Lustschreierin, das muss man ihr lassen. Mal verhalten, fast zärtlich, mal kehlig und satt, mal schrill und beinahe schmerzvoll. Der zweite und hauptsächliche Grund für seine Freude liegt jedoch in der Stille, die auf den Lustschrei folgt wie Donner auf Blitz. Diese »Stille danach« gerät – so seine Beobachtungen – umso tiefgründiger und beglückender, je großmächtiger der Schrei ausgefallen ist.

Auch heute kann er es kaum erwarten. Endlich schreit Roos, und wie herrlich sie schreit! Lang gezogen, lustvoll, ekstatisch und entfesselt. Wie es ihrem Charakter entspricht.

So, denkt er, *Bühne frei für die heilige Stille, das Luftanhalten der Welt, heute muss es besonders eindringlich sein.* Aber da kommt nichts. Kaum ist der Schrei in der Luft zerplatzt wie eine übergroße Seifenblase, kaum sind die letzten Ausläufer der Schallwellen in der Atmosphäre verzittert, folgt ein zweiter Schrei. Er besitzt nicht die barocke Üppigkeit seines Vorgängers, er ist scharf, kurz, schrill. Mit einem verzweifelten Gurgeln im Abgang. Und wie Echos, die immer schwächer werden, gehen aus dem zweiten ein dritter, ein vierter, ein sechster – vor Aufregung verzählt er sich – und nach einer gefühlten Ewigkeit ein letzter Schrei hervor, halb erstickt und verröchelt.

Gleichzeitig bekommt er ein Nachspiel zu sehen, das er nicht versteht: kein sanftes Streicheln, sondern das Zucken einer Peitsche, die rote Ornamente auf Roos' Haut zeichnet, kein Küssen, sondern blitzendes Metall, das sich wie eine Schlange bewegt: schnell und unberechenbar. Und dann beißt die Schlange in Roos' Hals, das letzte Röcheln stirbt, und plötzlich sieht er nur noch rot, weil irgendein Verrückter eine warme, klebrige Flüssigkeit verspritzt hat, die ihn auf der Stelle erblinden lässt. Die rote Soße riecht so intensiv nach Metall, dass sie sogar den Freesiengestank übertüncht. *Pfui Teufel!*

Ihm ist sterbensübel. Er bereut, dass er sich an seinem letzten Tag über Kleinigkeiten wie einen Fliegenschiss und einen müffelnden Blumenstrauß beklagt hat. Und bevor er seine Seele aushaucht – ob aus Scham, Ekel oder vor Aufregung, sei dahingestellt und wird auch in den folgenden Tagen und Wochen nicht mehr zu klären sein –, fällt ihm, dem großen achteckigen Deckenspiegel, den Roos Verhoeve sich vor fünf Jahren eigens nach den Maßen ihres Bettes hat anfertigen lassen, ein letztes Sprichwort ein:

Das Leben ist kein Wunschkonzert.

Danach: Stille, die klirrende Stille der Endgültigkeit.

16

Wie sie erschrak, als sie sich endlich aus dem Pullover befreit hatte und sah, dass er leblos am Boden lag! Und dann das Blut!

Was, wenn er tot war? Tot, weil sie die Tropfen überdosiert hatte oder weil er unglücklich mit dem Kopf aufgeschlagen war?

Sie drehte ihn auf den Rücken und stellte erleichtert fest, dass sich sein Brustkorb regelmäßig hob und senkte. Er war also bloß bewusstlos. Und bei der Verletzung handelte es sich zum Glück auch nur um einige oberflächliche Schnitte. Sie entfernte die Glassplitter, durchsuchte sein Badezimmer nach Verbandszeug, fand welches im Badezimmerschrank und versorgte die Wunden.

Und sie dachte nach. Wenn ein Ohnmächtiger sich erbrach, konnte er daran ersticken. Sie erinnerte sich nur dunkel an ihren letzten Erste-Hilfe-Kurs. Wie ging das noch mal mit der stabilen Seitenlage? Zum Glück wusste ihr Smartphone Rat. Maxi betrachtete die Abbildungen genau, dann winkelte sie sein rechtes Bein und den rechten Arm an und rollte Ramón nach links. Außerdem überstreckte sie seinen Kopf und drehte ihn so, dass Erbrochenes fallweise abfließen konnte.

Als ihr Blick auf die Peitsche mit den neun geflochtenen Lederstreifen fiel, erschrak sie. Was zum Teufel hatte dieser Mistkerl mit ihr vorgehabt? Wie gut, dass sie seinem charmanten Lächeln nicht getraut und doch noch auf die Stimme der Vernunft gehört hatte!

Die Handschellen erwiesen sich jedenfalls als praktisch und der Wohnzimmertisch wie dafür gemacht, an ihn gefesselt zu werden. Die Tischbeine bestanden aus Edelstahl und waren schlank genug, um eine Schelle daran zu befestigen. Da sie an der Unterseite zu einem U verbunden waren, war ein Ausfädeln unmöglich. Maxi zog den Tisch so weit heran, dass sie die zweite Schelle um Ramóns rechtes Handgelenk zuschnappen lassen konnte. Den Schlüssel steckte sie in ihre Handtasche. *Sicher ist sicher.* Wenn er aufwachte, konnte er den Tisch zwar mit sich schleppen, würde damit aber nicht durch die Wohnzimmertür kommen.

Aber so schnell wacht er nicht auf. Ihren ausführlichen Recherchen zufolge hatte sie ihn für mindestens vier Stunden außer Gefecht gesetzt, wahrscheinlich länger. Und bis dahin war sie mit ihren Durchsuchungen längst fertig und schon wieder zu Hause.

Ein Blick auf ihr Handy zeigte: dreiundzwanzig Uhr dreißig. Maxi überlegte, ob sie Tess anrufen sollte. Die Gute saß bestimmt auf Nadeln. Sie entschied sich dann aber doch dagegen. Lieber wollte sie ihr Vorhaben so schnell wie möglich hinter sich bringen. Außerdem hatte Tess eine kleine Strafe verdient, für den Schreck, den sie ihr mit der präparierten Hand eingejagt hatte.

»Was ist das?«, hatte Maxi entsetzt gefragt. »Ein Stück von einem Mordopfer?«

»Bist du verrückt? Die Hand ist von einer anonymen Spenderin. Ich nenne sie Charlotte, nach einer alten Schulfreundin von mir. So kann ich viel mehr Emotionen in meine Arbeit legen.«

Na bravo, dachte Maxi und überlegte, wie sie sich fühlen würde, wenn Tess die Hand Maximiliane genannt hätte. *Wie gut, dass ich nicht mehr in Österreich lebe*, dachte sie. Dort durften jedem Menschen Organe und Gliedmaßen entnommen werden, sofern er als gehirntot deklariert wurde und zu Lebzeiten nicht aktiv dagegen Widerspruch eingelegt hatte. In den Niederlanden war das zum Glück anders.

»Und was passiert mit Charlotte, wenn du mit ihr fertig bist?«, fragte Maxi.

Tess breitete die Arme aus, als wollte sie die präparierte Hand mitsamt der ganzen Welt umarmen. »Anstatt begraben zu werden und zu Staub zu zerfallen, wird sie in die Sammlung des anatomischen Instituts eingehen.« Allerdings nur, wenn sie zum besten Präparat gekürt würde. Und das wiederum würde sie, Tess, ihrem Berufswunsch einen großen Schritt näher bringen.

»Einer Stelle als Präparatorin in Gunther von Hagens' ›Körperwelten‹?«

»Genau.« Ein Leuchten stahl sich in ihre Augen. »Sieh dir mal Charlottes Blutgefäße an. Sind die nicht wunderschön?«

Maxi unterdrückte ein Würgen. »Ist es nicht verboten, so ein Leichenteil einfach mit nach Hause zu nehmen?«

»Ist nicht immer alles verboten, was Spaß macht? Aber keine

Angst, ich bringe Charlotte heute noch zurück. Wollte ihr nur noch die Fingernägel machen, für den letzten Schliff. Und weil es einfacher war, die Hand herzubringen, anstatt meine Nagellacksammlung ins Institut zu schleppen, kommst du in den Genuss dieses Anblicks.«

Maxi nickte und dachte bei sich: *Ein Glück, dass ich nicht in Tess' Gehirn sehen kann. Vermutlich sind ihre grauen Zellen von grinsenden, zähnefletschenden Monstern mit Skalpellen besetzt, und anstatt in Gehirnflüssigkeit schwimmen sie in Formalin.* Dann hatte sie der Batterie von Lacken zugelächelt und darauf verzichtet, ihre Zehennägel anzumalen.

Ihr Blick fiel auf ihre bloßen Füße, die sich zu freuen schienen, dass sie dieses Abenteuer lack- und schuhlos bestehen durften. *Nein, meine liebe Tess*, beschloss Maxi. *Ich rufe dich nicht an. Zuerst werde ich mich hier gründlich umschauen.*

Sie begann mit dem Wohnzimmer. In der gut gefüllten Bar lagerten ausgesprochen edle Whiskysorten, im Schrank darunter befanden sich einige Gesellschaftsspiele und ein Album mit teilweise vergilbten Schwarz-Weiß-Fotos von dunkelhäutigen Menschen. »Paramaribo, 1953«, lautete eine Unterschrift. Maxi legte das Album weg. So gern sie es durchgeblättert hätte, es würde sie nicht weiterbringen.

Das Buchregal war ziemlich gut bestückt, vor allem mit Klassikern der erotischen Literatur. Neben »Die Memoiren der Fanny Hill«, »Justine oder die Leiden der Tugend«, »Lolita« und »Das Delta der Venus« fand sich tatsächlich auch die Trilogie von E. L. James. Im Übrigen entdeckte Maxi fast nur philosophische Bücher, Werke von und über Spinoza, Rousseau, Schopenhauer, Nietzsche, Heidegger und sogar den weniger bekannten Wiener Philosophen Otto Weininger. Maxi zog einige der dicksten Schwarten heraus und blätterte sie durch, in der Hoffnung, geheimnisvolle Notizen zu entdecken. Aber da war nichts. Also stellte sie die Bände wieder zurück und nahm sich das Schlafzimmer vor.

Das Nachtkästchen links neben dem luxuriösen Doppelbett enthielt eine Sammlung von verschiedensten Kondomen in allen Farben, Geschmacksrichtungen und Riffelungen sowie diverse

Penisringe. Im rechten Gegenstück befanden sich ein Vibrator, Gleitmittel und sogar eine Schachtel mit Tampons. Maxi fragte sich, ob Ramón neben all seinen Kundinnen eine feste Freundin hatte. *Oder er macht es wie Rudel und steckt sich bei Nasenbluten einen Tampon in die Nase.*

Interessanteres bot sich im Kleiderschrank, der die ganze Breite des Zimmers ausfüllte. Zwischen den Schubladen mit Socken und Unterhosen gab es eine mit ausgefallenem Spielzeug. Lederpeitschen aller Art, ein Paddel aus Holz, ein Teppichklopfer, Metallklammern und ein mit Dornen bewehrtes metallenes Rad, das mehr einem mittelalterlichen Folterinstrument glich als einem Sextoy.

Maxi zückte ihr Smartphone und fotografierte die Sammlung. Sie dachte an die roten Striemen auf Annika van der Eijks Rücken und nahm alle Peitschen unter die Lupe, konnte aber nirgends getrocknete Blutreste entdecken.

Das Badezimmer hatte nichts Spannendes zu bieten. Bloß einige bunte Pillen im Badezimmerschrank neben dem Verbandszeug, die Maxi nicht ganz koscher erschienen. Nichts, was sie in ihren Recherchen weiterbrachte.

Zum Schluss durchsuchte sie die Küche. Auf der blitzblanken Arbeitsplatte thronte ein Notebook. Gespannt fuhr sie es hoch, scheiterte jedoch am Passwort und gab nach zehn Fehlversuchen auf.

Mist. Sie beschloss, es mitzunehmen. Ein Freund von Jan war Hacker, der konnte dem Teil gewiss auch die verborgensten Geheimnisse entlocken, sofern es welche enthielt.

Das wäre Diebstahl, das kommt nicht in Frage!

Jetzt meldete sich auch noch ihr schlechtes Gewissen. Aber sie würde sich das Notebook bloß für einige Zeit ausleihen, Diebstahl war das nicht. Außerdem kam es darauf auch nicht mehr an, nachdem sie den Besitzer gegen seinen Willen mit K.-o.-Tropfen betäubt und an seinen eigenen Wohnzimmertisch gefesselt hatte.

Da es nicht mehr viele Möglichkeiten gab, etwas Wichtiges zu entdecken, nahm sie sich die Zeit, alle Schubladen zu durchwühlen, sogar die Gemüselade und das Eisfach des Kühlschranks. Nichts.

Auf einem kleinen Bord über dem Spülbecken waren Kochbücher aneinandergereiht. Jamie Oliver stand neben den niederländischen Sterneköchen Sergio Herman und Jonnie Boer, weiters gab es eine surinamische Rezeptesammlung, ein Buch über Cocktails und eines über Molekularküche. Inmitten der nagelneu wirkenden Kochbücher steckte eine dicke schwarze Kladde, die alt und abgegriffen aussah und vermutlich Omas handgeschriebene Rezepte enthielt. Ohne große Erwartungen zog Maxi sie heraus und klappte sie auf. Winzige Buchstaben einer vollkommen regelmäßigen, nach rechts geneigten Handschrift sprangen ihr ins Auge, eine Schrift, die gut zu einer Großmutter gepasst hätte.

Als sie den Inhalt überflog, stockte ihr der Atem. Ihr Herz galoppierte los, und sie musste die Seite ein zweites Mal lesen. Keine Frage, was sie da in der Hand hielt, war Ramóns Kundenkartei. Sie blätterte, überflog die Einträge, zählte. Die Namen von achtundvierzig Stammkundinnen waren alphabetisch angeführt. Außer ihren Adressen und Telefonnummern hatte Ramón auch eine kurze Charakterisierung der Damen hineingeschrieben, er hatte ihre besonderen Wünsche aufgelistet und notiert, wann er sie beglückt und wie viel er dabei eingenommen hatte.

Maxi musste nicht lange suchen, bis sie unter dem Buchstaben B fündig wurde:

Boerhave, Manou:
Besitzerin der Brauerei t'Zuiplap, reichste Frau der Niederlande, elftreichste Frau der Welt (Wirtschaftsmagazin, 2014); 53 Jahre, sieht nach mehreren Schönheits-OPs aber keinen Tag älter als 40 aus. Mittelgroß und mollig, kaschiert ihren Bauchansatz mit einer Miederhose; ihr üppiges brünettes Haar trägt sie meist hochgesteckt. Leider ist ihr Busch auch üppig, und das bei ihrer Vorliebe für OV! Trinkt Cognac, niemals ihr eigenes Bier; liebt elendslange Vorspiele mit Kerzen, Federn, Seidentüchern und geschraubten Dialogen. Positiv: Zigarette statt Nachspiel!
Kundin: seit Dezember 2009 wöchentlich, montags um 20:30, außer im Februar, den sie auf Ko Samui verbringt, angeblich mit nächtlich wechselnden Thai-Boys. Äußerst positiv: zahlt per Überweisung, auch für Termine, die sie absagen muss.

Hilfreich im Fall von Brechreiz beim OV: die Vorstellung, jedes Haar ihrer Muschi einzeln auszureißen, ihr den ganzen Pelz in den Schlund zu stopfen und sie mit Natursekt zu überschütten, während sie erstickt.

Maxi schauderte. Ihre Finger zitterten so stark, dass sie Mühe hatte, weiterzublättern. Unter E fand sie einen ausführlichen Eintrag zu Annika van der Eijk. Und Lisanne de Steeghius war sogar eine Doppelseite der Kladde gewidmet. Unter dem Punkt »hilfreich« hatte Ramón detailliert beschrieben, wie der starke Schweißgeruch der Ministerin sein bestes Stück erweiche und wie er es nur durch ausgiebigen Champagnerkonsum und die Vorstellung, flüssiges Wachs in jede von Lisannes Poren zu träufeln, während er ihr die Seele aus dem Leib ficke, zum Hartbleiben überreden könne.

Als Maxi die Kladde schief hielt, fiel ein Foto heraus. Es zeigte Ramón neben drei jungen Männern, deren Namen auf der Rückseite mit Dorian, Pierre und Guy angegeben waren. Sie steckte das Bild in ihre Tasche. Dann zückte sie das Smartphone. Ein grün-gelb gestreiftes »Düdeldüt« wies sie auf das Schlappwerden ihres Handy-Akkus hin. *Teufel!* Warum hatte sie das Ladegerät nicht mitgenommen? Jetzt blieb ihr nichts anderes übrig, als fieberhaft zu fotografieren und zu hoffen, dass der Akku hielt. Seite für Seite lichtete sie ab. Sieben oder acht Düdeldüts später hatte sie alle Kundinneneinträge sowie die Realnamen der Gigolos, ihre Adressen und Telefonnummern festgehalten. Sie steckte das Smartphone ein. Bevor sie die Kladde an ihren Platz zurückstellen konnte, spürte sie einen kalten Hauch. Die Andeutung eines Luftzugs im Nacken. Irgendein Sensor in ihrem Kopf schrie: »Alarm!«

Sie fuhr herum.

Instinktiv ließ sie die Kundenkartei fallen und duckte sich weg. Konnte im letzten Moment dem Baseballschläger ausweichen, der eine Bahn beschrieb, die auf ihrem Hinterkopf geendet hätte.

Der Schlag ging ins Leere, der Schwung des Armes riss Ramón nach vorn. Er strauchelte und musste sich mit beiden Händen abstützen. Der Schläger entglitt ihm und rollte unter den Küchentisch. Maxi wollte an ihm vorbeirennen, aber er packte ihr Bein und hielt es fest. Sie fiel vornüber.

Mit hartem Zangengriff umklammerte er ihr Fußgelenk. Versuchte, sich über sie zu wälzen.

Ihr freier Fuß trat nach ihm, erwischte eine weiche Stelle am Hals. Ramón schrie auf, sein Griff lockerte sich, Maxi strampelte sich frei. Die Panik verlieh ihr ungeahnte Energie. Sie rappelte sich hoch, stürzte hinaus. Nur fort, weg vom Frauenmörder.

Sie griff weit aus. Keuchte. Spürte, dass er ihr auf den Fersen war. Überlegte einen Sekundenbruchteil, ob sie es bis zur Wohnungstür schaffen könnte.

Das schaffst du, sagte ihr Kopf. Aber der Korridor war lang und die Tür womöglich versperrt.

Tu's nicht, sagte ihr Bauch.

Also schlug sie einen Haken nach rechts und stürmte ins Bad. Warf die Tür ins Schloss und drehte den Schlüssel.

Keinen Augenblick zu früh, denn schon wurde von außen an der Klinke gerüttelt.

»Was soll das? Mach sofort auf!« Seine Fäuste hämmerten gegen die Tür.

Maxi ließ sich zu Boden sinken. Ihr Herz zitterte vor Panik und Erschöpfung wie ein gehetzter Hase, der noch nicht begriffen hatte, dass Gevatter Fuchs ihm nicht in den engen Bau folgen konnte und er also in Sicherheit war. Vorerst jedenfalls.

Gevatter Fuchs dagegen begriff. Das Hämmern verstummte, Maxi hörte seinen Atem durch das Türblatt. »Na komm schon! Wenn du aufsperrst, können wir über alles reden. Oder hast du etwa Angst vor mir?« Offensichtlich versuchte er es jetzt mit einem lockenden Tonfall. Redete auf sie ein, als wäre sie ein Kind.

Sie hörte nicht hin. Zwang sich, langsam ein- und durch die Nase auszuatmen. Und ein. Und aus. *Wieso, verdammt, ist er schon wach?* Sie hatte sich genau an die Dosierung gehalten, die im Internet angegeben war. Eine Erklärung lieferte die Wanduhr mit den türkisfarbenen Zeigern. Zwanzig Minuten nach drei. *Mist.* Hatte sie wirklich so viel Zeit mit der Sucherei und dem Fotografieren vertrödelt?

Während Ramón weiter auf sie einsülzte, beruhigte sich ihr

Herzschlag so weit, dass sie aufstehen und nachdenken konnte. *Los, Maxi, reiß dich zusammen und hol Hilfe!* Zum Glück hatte sie bei dem Kampf ihre Tasche nicht verloren. Einem verkümmerten Flügel gleich hing das metallglänzende Teil immer noch diagonal über ihrer Schulter, als wäre es angewachsen. Sie fischte das Smartphone heraus. Wollte einen Notruf absetzen. Aber das Display war schwarz, es blieb schwarz, der Akku endgültig leer.

Himmel, Arsch und Zwirn.

»Ich würde dir doch nie was tun, Ehrenwort«, schmeichelte Ramón. »Sicher, vorhin war ich stinksauer. Es war aber auch nicht gerade die feine Art, mir dieses widerliche Zeug in den Drink zu kippen und mich mit meinen eigenen Handschellen an den Tisch zu fesseln. Mir ist immer noch schlecht.«

Die Handschellen fielen ihr wieder ein. Wie hatte er sich bloß davon befreien können, obwohl der Schlüssel in ihrer Handtasche steckte?

Er plapperte weiter, als hätte er ihre Gedanken gelesen. »Hast leider übersehen, dass das ein Sextoy ist, keine Polizei-Ausführung. Es gibt einen Sicherheitshebel, mit dem man sie ganz leicht öffnen kann. Ohne Schlüssel.« Er lachte. »Na? Wollen wir Frieden schließen und vergessen, was für ein böses, böses Mädchen du gewesen bist?«

Sie antwortete nicht. Öffnete das Badezimmerfenster und scannte die Gegend. Keine Nachtschwärmer weit und breit, nicht einmal ein Betrunkener oder ein armseliger Fahrraddieb. Die Straße lag ausgestorben da, gelb gefleckt vom funzeligen Licht der Straßenlampen. Nur der Wind spielte mit einem zerknüllten Papier, trieb es über den Gehsteig, bis es sich in einem Hauseingang verfing. Die Nachbarhäuser starrten still und stumm zu Maxi herüber. Keines der Fenster war beleuchtet, keines geöffnet oder wenigstens gekippt.

Wie lange müsste sie schreien, bis jemand die Polizei holen würde? Würde überhaupt jemand reagieren, oder wäre sie vorher heiser?

»Maxi-mili-ane!« Er sang ihren Namen, dehnte die Silben, als würde er eine Katze locken. »Komm doch ra-haus! Du kannst nicht ewig da drinbleiben.« Sie erschrak, als er Sekunden später wie irr gegen die Tür hämmerte. »Mach jetzt auf, oder ich werde dich holen! Du mieses Stück Dreck!«

Was, wenn sie hinunterspringen würde? Sie beugte sich vor und versuchte, die Höhe zu schätzen. Unmöglich. Nicht aus dem dritten Stock. Sie würde auf dem asphaltierten Gehsteig landen. Wenn sie den Sprung überleben würde, dann höchstens schwer verletzt, womöglich querschnittgelähmt.

Resigniert wollte sie ihren Kopf zurückziehen, als sie aus dem Augenwinkel eine Bewegung wahrnahm. Seitlich von ihr schaukelte etwas ganz leicht im Wind. Sie schloss die Lider, öffnete sie wieder und sah noch einmal hin. Nein, sie täuschte sich nicht. Da hing ein Seil! Es war grau und in der Dunkelheit schwer zu erkennen, aber so real wie ihre aufkeimende Hoffnung. Das Seil baumelte friedlich von dem vorstehenden Balken am Giebel des Hauses hinunter, es lief an dem Fenster zu ihrer Rechten vorbei und reichte bis ganz nach unten. Ein Flaschenzug. Jetzt erinnerte sie sich, dass sie ihn schon bei ihrer Ankunft gesehen, aber wieder vergessen hatte. Vermutlich zog im Stockwerk unter Ramón jemand ein oder aus, oder die Wohnung wurde renoviert, jedenfalls hing das Seil da, bereit zum Transport von Lasten, die für das enge, steile Treppenhaus zu sperrig waren.

Das Fenster zu ihrer Rechten war Ramóns Schlafzimmerfenster, und Maxi ärgerte sich, dass sie nicht dorthinein geflüchtet war. Aber nachher war man immer klüger, und den Luxus, ihre Situation zu bedauern, konnte sie sich nicht leisten. Lieber überlegte sie, wie sie das Blatt zu ihren Gunsten wenden konnte.

Von draußen wurde jetzt heftiger auf die Tür eingedroschen. Es klang nicht mehr dumpf wie Faustschläge, sondern metallisch. Vermutlich verwendete Ramón ein Werkzeug, um sich Zutritt zu verschaffen.

Maxi wurde wütend. Ihr Zorn war größer als ihre Angst und gebar eine Idee. Sie würde nicht abwarten, bis er die Tür zertrümmert hatte. Energisch packte sie den Duschvorhang und riss ihn ab. Sie kletterte auf den Badewannenrand und zerrte an der Vorhangstange, die wie ein U über der Wanne angebracht war. Ein zweiter Ruck, und die Stange brach aus der Verankerung. Zum Glück bestand sie aus billigem Kunststoff, der sich verbiegen ließ. Mit ziemlichem Kraftaufwand gelang es Maxi, das U halbwegs zu begradigen. Das eine Ende der Stange formte sie zu einem Haken. Der Haken, an dem ab sofort ihre ganze Hoffnung hing.

Als sie fertig war, stieg sie mit dem provisorischen Werkzeug aufs Fensterbrett, bemühte sich, nicht in die Tiefe zu sehen, und lehnte sich so weit wie möglich nach rechts. Sie angelte nach dem Seil. Das eine, näher zu ihr hängende Seilstück erwischte sie sofort, zog es heran und schlang es einstweilen um den Fenstergriff. Es war ein geflochtenes Hanfseil, das ihr Gewicht locker tragen würde. Aber um sich abzuseilen, brauchte sie unbedingt auch die andere Hälfte, die eine Handbreit von der ersten entfernt lose nach unten baumelte. Sonst würde sie das Seil ausfädeln und mit vollem Karacho wie ein Sack Zement in die Tiefe sausen.

Maxi streckte sich, sie angelte nach dem Seil, fluchte leise und streckte sich noch mehr. Beim dreizehnten Versuch brach die Vorhangstange, aber sie hatte das Seil im letzten Moment erwischt.

Inzwischen begann das Holz der Badezimmertür unter Ramóns Schlägen zu splittern. *Beeilung!* Maxi überprüfte, ob ihr Handy mit dem wichtigen Beweismaterial gut im Täschchen verstaut war, und kontrollierte dessen Sitz. Bevor sie sich abseilte, fiel ihr noch etwas ein. Sie nahm zwei Handtücher aus dem Regal und schlang sie um ihre Hände, dann packte sie beide Seilenden, setzte sich aufs Fensterbrett und ließ beide Beine nach draußen baumeln.

Nur nicht nach unten sehen. Nur nicht das Seil loslassen.

Mit einem unterdrückten Schrei stieß sie sich ab.

Sie wurde nach rechts gezogen, wie ein Pendel, versuchte, sich mit den Fußsohlen von der Hauswand fernzuhalten, erhielt trotzdem einen Schlag auf die rechte Hüfte, der ihr einen Moment den Atem raubte.

Nicht loslassen, nur nicht loslassen. Sie klammerte ihre Beine um die beiden Seilenden, fasste erst das rechte Seil ein Stück unterhalb, dann das linke und versuchte so, sich Stück für Stück nach unten zu hangeln, ohne die beiden Handtücher zu verlieren. Zum Glück war sie ein Leichtgewicht.

Trotzdem schmerzten nach kürzester Zeit ihre Armmuskeln.

Sie klammerte sich an das Seil, als wäre es die Nabelschnur, die sie mit dem Leben verband. Quälend langsam verringerte sich der Abstand zum rettenden Boden. Sie plagte sich. In einem unbedachten Moment verlor sie das Handtuch, das ihre linke Hand schützen sollte. Mist, aber nicht zu ändern. Sie kletterte weiter.

Als sie das zweite Stockwerk erreichte, stellte sie ihre Füße auf das Fensterbrett und rastete. Für einen linken wattierten Lederhandschuh hätte sie ihr Hausboot verschenkt, vielleicht sogar ihre Großmutter verkauft, wenn sie noch gelebt hätte.

Ein Windstoß fuhr rüpelhaft unter ihren Rock, sie seufzte und nahm die letzte Etappe auf sich. Ihre Armmuskeln jaulten auf, als sie wieder ihr Gewicht tragen mussten. Nach wenigen Minuten, die sich wie eine ganze Nacht anfühlten, hatte sie ungefähr die halbe Höhe geschafft. Die Muskulatur verhärtete sich, die linke Handfläche brannte. Maxi biss sich auf die Lippen. Schmeckte Blut. Kurz darauf verließen sie ihre Kräfte. Die Muskeln versagten den Dienst, ihr Körper – ein schlaffer Sandsack – sauste nach unten, gebremst nur von ihren Händen, die noch immer das Seil umklammert hielten.

Nicht loslassen. Nur nicht loslassen!

Die Reibungshitze verbrannte das Leder des Minirocks und zerriss es, sie verbrannte die Haut der linken Handfläche und zerfetzte sie. Wie ein gleißender Blitz schlug der Schmerz in Maxis Körper ein.

Sie musste loslassen. Fiel aus den verbliebenen zwei Metern Höhe auf den Gehsteig und prallte mit dem Hinterteil auf. Ein zweiter, kleinerer Blitz fuhr in ihr Steißbein, konnte aber nicht vom Feuer in der Linken ablenken.

Der Schmerz drückte Tränen in ihre Augen. Übelkeit überrollte sie. Sie wäre so gern liegen geblieben. *Reiß dich zusammen!* Sie durfte keine Zeit verlieren. Musste hier weg, bevor Ramón sie aufhalten konnte. *Steh auf und lauf*, dachte sie.

Dann passierten drei Dinge zugleich:

Erstens, Maxi winkelte einen Fuß an, um aufzustehen.

Zweitens, sie hörte einen Schrei: ein wütendes eingestrichenes E aus Ramóns Kehle, das in Form magentafarbener Tropfen aus dem Badezimmerfenster im dritten Stock auf sie herabprasselte.

Drittens, die magentafarbenen Tropfen wurden von karmesinroten Speeren durchbohrt, die von einem grausamen Quietschen herrührten. Dem Quietschen einer Fahrradbremse.

Danach ging alles sehr schnell. Das Vorderrad des scheinbar aus dem Nichts und verbotenerweise auf dem Gehsteig heranbrausenden Radfahrers blockierte. Der Radfahrer schrie auf und flog in hohem Bogen über den Lenker, während sein Rad mit einem Scheppern umstürzte. Der ungefähr achtzig Kilo schwere Radfahrerkörper folgte ebenfalls der Schwerkraft und landete auf Maxi, genauer gesagt auf ihrem Kopf.

Danach: Schwärze.

Als hätte jemand einen Schalter umgelegt.

Und genauso war es ja auch.

17

»Irgendetwas ist anders«, sagte er zu seinem Gegenüber, einer grünen Plastikhaube. Die Plastikhaube drehte sich, wurde zum Gesicht des alten Verhagen. Professor Dr. S. Verhagen, wobei niemand wusste, wofür das S stehen mochte, vermutlich war es überflüssig, denn zum alten Verhagen passte kein Vorname. »Aber ich komme nicht drauf.« Bontekoe rieb sich den Schlaf aus den Augen und sah den Professor hilfesuchend an.

Verhagen grinste hinterhältig. »Ich vermute, du meinst nicht die Nummer auf ihrem Handrücken, Bontekoe. Oder dass der Tatort diesmal außerhalb von Amsterdam liegt.«

»Natürlich nicht!«, blaffte der Hoofdinspecteur. Der arrogante alte Rechtsmediziner schaffte es immer wieder, ihn auf die Palme zu bringen, mit seinem penetranten Du und dieser flapsigen Art. »Es ist … los, jetzt helfen Sie mir schon, Verhagen.« Er starrte ins Gesicht der Toten. Die Augen, vor Entsetzen geweitet, die Lippen blutig gebissen, vermutlich vor Schmerz, der Mund wie zu einem stummen Schrei geöffnet. Er schlug sich mit der flachen Hand gegen die Stirn. »Nein, sagen Sie nichts, ich hab's!« Er klatschte in die Hände. »Das Lächeln. Es fehlt.«

Verhagen hob anerkennend die Brauen. »Bravo, Bontekoe. Für einen Bullen bist du gar nicht schlecht. Aber …« Verschwörerisch senkte er die Stimme. »… weißt du auch, warum?«

Bontekoe grübelte. Er konnte nur raten. »Die ersten drei Opfer wurden während des Geschlechtsverkehrs getötet, also vermutlich gleich nach dem Höhepunkt.« Er ärgerte sich, dass er »Geschlechtsverkehr« und »Höhepunkt« nicht aussprechen konnte, ohne heiße Wangen zu bekommen. Bestimmt war sein Gesicht rot wie ein Radieschen. *Bist du wirklich so prüde?*, fragte er sich und tat, als betrachte er die Kristallvase mit den Freesien, die einen seltsam bunten und fröhlichen Kontrapunkt zu der grausigen Szenerie bildeten.

»Richtig«, sagte Verhagen. »Zuerst das Vergnügen, dann Schnitt durch die Kehle und aus. In einem Moment des Glücks und der absoluten Entspannung. Die hatten nicht mal Zeit, Angst zu haben. Die Peitschenhiebe, Stiche und Schnitte und das Abschneiden der Mamillen haben sie nicht mehr gespürt. Fast könnte man versucht sein, das für einen schönen Tod zu halten.«

Bontekoe antwortete nicht. Für ihn war ein Tod niemals schön, sondern immer eine Niederlage.

»Und was schließt du daraus?«

»Dass das vierte Opfer zu früh getötet wurde, also quasi bevor sie …« Bontekoe wand sich, aber Verhagen ließ ihn zappeln. »Bevor sie – äh – zum Orgasmus gekommen ist.«

»Blödsinn«, knurrte der Rechtsmediziner und räumte sein Instrumentarium in einen abgewetzten Lederkoffer. »Ganz falsch.« Er wandte sich zum Gehen.

»Halt! Warten Sie. Was ist dann der Grund?«

»Meinen Bericht hast du bis heute Nachmittag auf dem Tisch.« Verhagen überschritt die Schwelle.

Bontekoe war außer sich vor Wut. Er packte den alten Mann am Ärmel und hielt ihn zurück. »Sie altes Scheusal können jetzt nicht einfach gehen. Sie werden mir sofort sagen, was Sie wissen, oder ich verklage Sie wegen Behinderung der Ermittlungen.« Erschrocken über seinen Vorstoß, fügte er leiser hinzu: »Ich habe eine Mordserie aufzuklären.«

Verhagen lachte, zumindest hatte er Humor, wenn auch eine bizarre Unterart davon. »Zu spät«, sagte er. Und als Bontekoe seinen Ärmel immer noch nicht freigab, weil er nichts begriff, fügte Verhagen hinzu: »Sie ist zu spät ermordet worden. Erst nachdem der Täter sie ausgepeitscht, ihr zweiunddreißig Messerstiche zugefügt und ihre Brust verstümmelt hat.«

»Sie wurde also gefoltert. Woran erkennt man das?«

Der Rechtsmediziner zeigte auf die zerschnittenen Hände der Toten. »Siehst du die typischen Abwehrverletzungen? Sie wollte sich vor dem Messer schützen. Und dann schau dir die Wundränder an. Jeder einzelne Stich, jeder Schnitt hat heftig geblutet. Die anderen drei Frauen sind zuerst verblutet, bevor er sie so zugerichtet hat. Bei denen sind die Wundränder hell.«

»Wieso reden Sie eigentlich ständig von einem Er? Schließlich wissen wir das nicht.«

Verhagen zeigte auf ein zerknülltes Stück Plastik am Boden. Eine Kondomverpackung. »Gebumst worden ist sie wohl von einem Er. Anzunehmen, dass der auch den Rest erledigt hat, wenn es nicht mehrere waren. Vielleicht findet die Spusi ja ausnahmsweise ein bisschen DNA?«

Als Verhagen weg war und die Leute von der Spurensicherung das Feld übernahmen, zog Bontekoe sich in den hinteren Teil des Schlafzimmers zurück und betrachtete nachdenklich das Bett. *Warum achteckig?*, fragte er sich. *Um an einen Diamanten zu erinnern?* War Roos Verhoeve, Alleinerbin von Seliger Diamonds, der größten Amsterdamer Diamantschleiferei, so auf die kleinen Steinchen gepolt, dass sie nicht einmal im Schlaf davon lassen mochte? Aus drei Meter Entfernung wirkte das Bett wie ein Thron. Nein, wie eine Bühne. Eine erhöhte Bühne für ein Schauspiel, das an Grausamkeit nicht zu überbieten war.

Sein Blick wanderte nach oben. Bis an die Decke war das Blut gespritzt. Genau über dem Bett befand sich ein achteckiger Rahmen mit einem – tja, was mochte das sein? Ein Spiegel? Aber er war blind! Wozu sollte jemand einen blinden Deckenspiegel anbringen lassen?

Bontekoe unterbrach seine eigenen Betrachtungen. Nicht die Einrichtungsmarotten anderer Leute hatten ihn zu interessieren, sondern dieser neuerliche Mordfall. War Roos Verhoeve das vierte Opfer ein und desselben Serientäters, wie es die blutige Zahl auf ihrem Handrücken suggerierte? Und wenn ja, wie konnte er die Fälle auf den kleinsten gemeinsamen Nenner bringen? Oder hatte hier ein Trittbrettfahrer die Gelegenheit genutzt, um eine unliebsame Person aus dem Weg zu räumen und die Schuld auf einen irren Killer abzuwälzen? Möglich wär's, dachte er. Die Zeitungen hatten zwar ausführlich über die ersten drei Morde berichtet, sowohl über die blutige Nummer am Handrücken und die durchschnittenen Kehlen als auch über die Verstümmelungen und zahlreichen Messerstiche. Über die Reihenfolge dieser Verletzungen hatte es dagegen keine Informationen gegeben.

Bontekoe stellte sich vor, wie Jonker, der begnadete Manschettenknopf-Profiler, auf den neuen Fall reagieren würde: Dass es sich selbstredend um denselben Täter handle, würde er sagen, dass dieser aber quasi in ein neues Stadium seines Wahnsinns eingetreten sei, ein Stadium, in dem ihm das schnelle Töten nicht mehr genüge, weil es ihm nicht den nötigen Kick verschaffe, dass er deshalb dazu übergegangen sei, vor dem Töten zu quälen, zu foltern, zu massakrieren, eine Steigerung, würde Jonker sagen – Bontekoe sah den Seidenkrawattenfuzzi regelrecht vor seinem inneren Auge, wie er das Wort »Steigerung« mit einem genüsslichen Schmatzen und mehreren Spucketröpfchen aussprach, nein, wie er es zelebrierte und sich dabei mit der manikürten Hand über den Kükenflaum strich. Eine Steigerung also, die sich vermutlich in weiteren Taten fortsetzen würde, ja, fortsetzen musste.

Bontekoe schnaubte verächtlich und war beinahe froh, als das Gepiepe seines Handys ihn aus diesen unerquicklichen Gedanken riss. »Ja?«, sagte er erwartungsvoll und rechnete damit, dass Ivo oder Luuk, die die Bewohner der Nachbarvillen aus ihren Betten geklingelt und befragt hatten, sich mit guten Nachrichten melden würden.

»Spreche ich mit Cornelius Bontekoe?« Die hohe Frauenstimme erinnerte ihn an das Glöckchen, mit dem Tante Inge aus Gelsenkirchen immer den Weihnachtsabend eingeläutet hatte. Nur aufgeregter.

»Hoofdinspecteur Cornelius Bontekoe«, ergänzte er. »Und wer sind Sie?«

»Tess van Swieten. Meine Freundin ist nicht nach Hause gekommen, obwohl sie spätestens um halb drei zurück sein wollte. Jetzt ist es schon nach sechs.« Er vernahm ein unterdrücktes Schluchzen. »Bestimmt ist ihr was passiert. Sie müssen zu diesem Callboy fahren, bitte!«

Bontekoe brauchte einige Sekunden, um aus den wirren Worten einen Sinn herauszuhören. »Ihre Freundin hat also die Nacht mit einem Callboy verbracht und ist nicht pünktlich zum Frühstück erschienen.«

»Hab ich doch gesagt!«

»Dann wird sie vermutlich noch dort sein.«

»Das ist ja das Furchtbare! Bitte, Sie müssen etwas tun!«

Das Weihnachtsglöckchen legte an Verzweiflung zu.

»Was erwarten Sie von mir? Dass ich sie aus seinem Bett zerre?

Glauben Sie, die Polizei hat nichts anderes zu tun? Wie kommen Sie übrigens an diese Nummer? Für Vermisstenfälle ist eine ganz andere Abteilung zuständig. Und für Freundinnen, die sich erotisch umorientieren, sowieso.«

»Die Nummer stand auf der Visitenkarte, die aus Maxis Hosentasche gefallen ist.«

»Maxi? Reden wir von einem Jungen?«

»Maximiliane Mikulicz. Sie ist bei diesem Ramón, weil sie ihn verdächtigt und …«

Er stöhnte auf. *Die Mikulicz, das darf ja nicht wahr sein*, dachte er. Wieso musste er ständig über diese verrückte Klavierlehrerin stolpern? Die hatte ihm an einem Tag wie heute, an dem er aus dem Tiefschlaf geklingelt worden war, um ein weiteres Opfer von Jaap, dem Schlitzer, zu begutachten, gerade noch gefehlt! Aber die sexuellen Gelüste dieser Schülerquälerin interessierten ihn nicht die Bohne. »Ihre Freundin ist bestimmt in den besten Händen«, blaffte er und beendete das Gespräch.

Potverdorie! Was manchen Leuten so einfiel, einfach unglaublich. Als ob er nichts Besseres zu tun hätte!

Er fuhr zusammen, als Marijke ihn am Arm rüttelte.

»Entschuldige, Cornelius. Hab ich dich erschreckt?«

»Was gibt's?«

»Die Zeitungsausträgerin ist jetzt wieder ansprechbar. Wartet im Wohnzimmer.«

»Wer?«

»Die junge Frau, die die Tote gefunden hat. Du wolltest sie befragen.«

Auf dem Weg zum Wohnzimmer informierte Marijke ihn, dass es sich um eine siebzehnjährige Schülerin handelte, die den Job erst seit wenigen Wochen machte, um sich ihr Taschengeld aufzubessern.

Er klopfte, betrat den großen, mit mehreren exquisiten Perserteppichen ausgestatteten Raum. Erschrak darüber, wie jung und zerbrechlich die junge Frau aussah. Wie ein übergroßes mageres Kind! Sie saß gekrümmt auf dem äußersten Rand eines Lederfauteuils und starrte apathisch in das Wasserglas vor ihr. Auf seine Begrüßung reagierte sie nicht.

»Wie heißt du?«

Erst als er seine Hand auf ihren Unterarm legte und die Frage wiederholte, hob sie den Kopf. Flüsterte ein »Noa«.

»Du hast also deine übliche Morgenrunde gedreht, Noa, und hast deine Zeitungen hier in der Koningin Julianastraat ausgeliefert. Wann war das?«

»So gegen drei. Es ist meine letzte Straße.« Sie verschränkte ihre Hände im Schoß und knetete die Finger.

»Und wo genau hast du die Zeitung für Roos Verhoeve hingelegt?«

»Die Haustür hat so einen altmodischen Briefschlitz. Da hinein.«

»War heute etwas anders?«

»Die Tür war offen.«

»Sperrangelweit offen?«

Noa schüttelte den Kopf. »Angelehnt. Zuerst hab ich es gar nicht bemerkt. Erst als ich die Zeitung in den Briefschlitz gesteckt habe, ist die Tür aufgegangen.«

»Und dann bist du rein. Aus Neugier? Wolltest du mal sehen, wie so eine reiche Dame wohnt?«

Wieder schüttelte sie den Kopf, heftiger diesmal. »Ich wollte nicht!« Ihre Stimme verrutschte nach oben, wurde piepsig. »Da war dieses Gefühl. Ich hab gedacht, irgendwas stimmt nicht. Hab ›Hallo‹ gerufen. Aber da war nur …« Jetzt brach die Stimme ganz weg, und Tränen liefen über das schmale Gesicht.

Bontekoe zog sein Taschentuch – weinrot mit weißen Tupfen – aus der Brusttasche und steckte es ihr zu. »Hast du was gehört? War noch jemand im Haus?«

»Da war nur diese Stille. Ganz kalt und unheimlich. Und plötzlich wusste ich, dass was Furchtbares passiert ist.« Mit tränenverschleierten Augen starrte sie durch ihn hindurch, als gäbe es einen Punkt hinter ihm, in weiter Ferne, an dem sich das Grauen abspielte. »Ich bin die Treppe hinaufgestiegen und hab sie … gefunden und dann hab ich … den Notruf …«

»Du hast alles richtig gemacht, Noa.« Am liebsten hätte er sie zum Trost in den Arm genommen, aber so was tat ein seriöser Hoofdinspecteur nicht. »Es war ziemlich mutig von dir, dass du nachgesehen hast, statt wegzulaufen.« Mutig und auch gefährlich. Er wollte sich lieber nicht vorstellen, was geschehen wäre, wenn Noa dem Mörder begegnet wäre.

Die Schülerin zuckte zusammen, als Lärm aus dem unteren Stockwerk heraufdrang – mehrstimmiges Gezeter und das Klackern von Absätzen.

»Sie dürfen nicht hinauf!«, schrie Marijke.

»Ich muss zu ihr!«, schrie eine helle Frauenstimme zurück.

Kurz darauf klapperten Absätze treppauf. Bontekoe stürzte aus dem Wohnzimmer und konnte gerade noch eine Frau am Ärmel packen und daran hindern, das Schlafzimmer zu betreten. Als sie ihm das Gesicht zuwandte, erschrak er. Er hatte das Gefühl, die Tote sei wiederauferstanden. Dieselbe hohe, schlanke Gestalt, derselbe Gesichtsschnitt mit den prominenten Wangenknochen, dieselben hellbraunen Augen, dieselbe schmale Nase. Nur die Frisur war anders, ein kupferroter Bob, der äußerst apart wirkte.

Sie nutzte seinen Schreckmoment und riss sich los. Stürzte ins Schlafzimmer. Prallte zurück. Schrie. Ein heiserer Schrei, der ihn an ein sterbendes Reh denken ließ. Und dann sank sie in seine Arme wie eine schlaffe Puppe. Er fing sie auf, hob sie hoch. Trug sie ins Wohnzimmer und versuchte, nicht unter ihrem Gewicht zu ächzen. Sie war zwar überaus schlank, aber etwas größer als er. Vorsichtig bettete er sie auf die noble Ledercouch.

»Marijke, bring Noa nach Hause«, rief er mit gedämpfter Stimme, um das sterbende Reh nicht zu wecken. »Und verständige einen Arzt.«

»Ich hab sie ja gewarnt«, murrte Marijke und zeigte verächtlich auf das Reh. »Sie heißt Mirthe Verhoeve. Angeblich die Schwester der Toten.« Sie berührte Noa am Arm und nahm sie mit nach unten.

Mirthe und Roos also, die Myrte und die Rose. Der immergrüne Strauch und die dornenreiche Blumenschönheit. Die beiden sind ohne Zweifel Zwillinge. Waren, korrigierte er sich und entfaltete ein Kaschmirplaid, das er in einem der Schränke gefunden hatte. Sorgfältig deckte er Mirthe damit zu. Während er die feinen Fältchen um ihren schön geschwungenen Mund betrachtete, wich die bleierne Müdigkeit einem neuartigen Gefühl von Kraft und Lebendigkeit. Erst kürzlich beim Rasieren hatte er in den Spiegel gesehen und gedacht, dass er ein verfetteter Beamter war, der auf die fünfzig zuging und sich wie fünfundsechzig fühlte. Jetzt kniff er sich in die Wange und revidierte sein Urteil. Er, Hoofdinspecteur Cornelius Bontekoe, war keinen Tag älter als knackige siebenundvierzig. Er sprühte vor Tatendrang und fühlte sich stark wie ein Löwe.

Und diesen verfluchten Schlitzer, dachte er und strich mit spitzen Fingern eine Haarsträhne aus Mirthes Antlitz, *werde ich auch bald dingfest machen*. Dachte es und der Anflug eines Lächelns verirrte sich auf seine Lippen.

18

Ein lang gezogener Pfiff riss Jan Ruisdael aus dem Schlaf. Er versuchte, die Bettdecke bis über die Ohren zu ziehen und wieder in seinen Traum einzutauchen. Einen Traum, an den er sich nicht erinnerte, der aber angenehm gewesen war. Äußerst angenehm. Doch der Pfiff war stärker. Es war kein Pfiff, sondern ein Schrillen, kopfschmerzerzeugend und nicht enden wollend. Als hätte jemand auf den Klingelknopf gedrückt und vergessen, den Finger wieder wegzunehmen.

Er strampelte die Decke weg und stand auf. Jemand *hatte* den Finger auf dem Klingelknopf vergessen. Erbost schlüpfte er in T-Shirt und Hose und schlurfte zur Wohnungstür. »Wer ist da?«, knurrte er. »Wie spät ist es überhaupt?« Er zog den Riegel zurück, öffnete und blickte in das verheulte Gesicht von Tess van Swieten.

»Fünf nach halb sieben«, schluchzte sie, kaum verständlich, »und Maxi ist …«

Irgendetwas legte sich um sein Herz, eine Faust aus Eis, und eine grauenhafte Vorahnung schnürte ihm die Kehle zu. »Was ist passiert?«, brach es aus ihm heraus.

Er führte Tess in die Küche, kochte Tee, eine Kräutermischung, die beruhigend wirken musste, weil sie schon so langweilig roch. Nach einer halben Tasse gelang es Tess, sich verständlich zu artikulieren.

»Sie hat die Nacht bei Ramón verbracht, der womöglich …«

»Was?« Er schluckte. »Bei wem?«

»Ramón. Ein Callboy.«

Sprachlos starrte er das Häuflein Elend an, das sich an der Teetasse festhielt.

»Ein Mordverdächtiger«, korrigierte Tess sich. »Glaubt Maxi jedenfalls.«

»Redest du von Jaap, dem Schlitzer? Von den Frauenmorden?«, fragte er und spürte, wie ihm übel wurde. Übel und schwindlig.

Tess sprudelte alles hervor, was sie wusste. Ein Prosecco Spumante war nichts dagegen. Auch von ihrem vergeblichen Anruf beim zuständigen Mordermittler und seinem beleidigenden Desinteresse erzählte sie.

»Wir fahren hin. Hast du die Adresse?«

»Hab ich auf einem Zettel in Maxis Zimmer gefunden.«

Jan angelte den Schlüssel des Maserati vom Brett, er schob Maxis Mitbewohnerin vor sich her und ließ die Wohnungstür ins Schloss fallen.

Er fuhr schneller denn je, ignorierte zwei rote Ampeln, hupte und drängelte. Trotzdem entkam er dem Frühverkehr nicht. Eine Endlos-Blechlawine wälzte sich zähflüssig durch die Stadhouderskade, da half auch nicht, dass er immer wieder wütend aufs Lenkrad klopfte.

»Und dieser Typ ist ein …«

»Callboy für die oberen Zehntausend«, ergänzte Tess. »Dunkelhäutig und sehr attraktiv«, schwärmte sie und biss sich danach auf die Lippen. »Aber Maxi ist nicht … Sie würde nie … Glaube ich jedenfalls.« Sie zuckte mit den Schultern.

Jan umklammerte das Lenkrad, bis die Knöchel weiß hervortraten. Er fluchte, als die Fahrerin vor ihm anhielt, um einen Wagen aus einer Nebenstraße einbiegen zu lassen. »Ein Callboy also«, wiederholte er. »Sie hat die ganze Nacht bei einem Callboy …?«

»Recherchiert«, sagte Tess und schnäuzte sich.

»Bei einem Kerl, der vielleicht ein Serienmörder …«

»Sie hatte ja dieses Fläschchen. Mit dem GHB.«

»Die K.-o.-Tropfen? Aber die waren doch für dein …«

In Tess' Blick spiegelte sich Verständnislosigkeit.

Von wegen Chemiepraktikum, dachte er. *Diese ausgekochte Lügnerin!* Und er hatte ihr das Zeug gegeben, obwohl er sich die ganze Zeit gedacht hatte, dass etwas faul war.

Tess, die ihre Fassung wiedergefunden hatte, erklärte ihm Maxis Plan im Detail: dass sie diesen Wim Bakkum alias Ramón betäuben wollte, um seine Wohnung nach Beweisen zu durchsuchen. »Bis halb drei wollte sie spätestens wieder zurück sein.«

»Und wieso kommst du erst jetzt?«

»Ich wollte so lange lernen, bin aber über dem Histologiebuch eingeschlafen. Und dann war es schon nach sechs, und der komische Bulle hat mich nicht ernst genommen.«

»Das tun diese Sesselfurzer nie.« Jan parkte in der Emmastraat. Er wühlte im Handschuhfach und zog seine Sig Sauer P226 heraus.

Tess piepste auf wie eine verschreckte Maus. »Aber …«

»Nur zur Sicherheit.« Er steckte die Pistole und ein volles Magazin in den Hosenbund und zog das T-Shirt darüber. Dann öffnete er den Kofferraum und holte ein Metallkästchen heraus.

»Was ist da drin?«, fragte Tess. »Noch mehr Waffen?«

»Nur ein paar Dinge aus meiner Vergangenheit, die vielleicht ganz praktisch sein könnten.«

Tess betrachtete die Häuserfront gegenüber. »Das muss es sein.« Sie zeigte auf das Eckhaus.

Niemand reagierte auf Jans Klingeln. Doch damit hatte er gerechnet. Er ließ sich nicht beirren und probierte den mittleren Klingelknopf aus. Wieder nichts.

»Ich glaube, die sind gerade ausgezogen«, sagte Tess und zeigte auf den Haufen Sperrmüll am Gehsteig.

Die unterste Klingel führte zum Erfolg.

»Wer ist da?«, fragte eine helle Kinderstimme.

»Die Post. Ein Einschreiben für Bakkum. Machst du mir bitte auf?«

Drei Minuten lang passierte gar nichts, entweder holte das Kind die Erlaubnis der Mutter ein, oder es trödelte einfach herum. Endlich öffnete sich die Haustür mit einem Klacken. Jan stürmte die steile Wendeltreppe hinauf in den dritten Stock. Er läutete, er klopfte, er hämmerte gegen die Tür. Nichts.

»Mist«, sagte Tess und machte Anstalten, umzudrehen.

Aber Jan kniete nieder und begutachtete in aller Ruhe das Schloss. »Ein Abus-Zylinder«, murmelte er, streichelte zärtlich sein Metallkästchen und ließ es aufschnappen. Aus der stattlichen Sammlung von Schlagschlüsseln wählte er den aus, der in diesen Standard-Zylindertyp passte, und steckte ihn ins Schloss. »Das wird ein Kinderspiel.« Mit dem dazugehörigen Hämmerchen klopfte er ein paarmal auf den Schlüssel. Nach dem fünften Schlag schnappte das Schloss auf.

Tess stieß zischend Luft aus. »Wow«, sagte sie. »Ein paar Dinge aus deiner Vergangenheit, ja? Ich wusste gar nicht, dass du ein

Profi bist!« In ihrer Stimme lag eine Mischung aus Staunen, Bewunderung und einer Prise Schiss.

Garantiert hielt sie ihn für einen Ex-Ganoven, aber jetzt war keine Zeit, das Missverständnis aufzuklären. »Pst.« Er legte den Finger an die Lippen. »Bleib, wo du bist, und warte, bis ich dich rufe.«

Er schob das Magazin in die Pistole, zog den Verschluss bis zum Anschlag zurück und ließ ihn vorschnellen. Atmete tief durch. Wappnete sich für alle möglichen Schauderszenarien. *Wehe, wenn ich dich in die Finger kriege, Wim Bakkum*, dachte er. *Und wehe, wenn du Maximiliane ein Haar gekrümmt hast.*

Langsam drückte er die Wohnungstür auf. Scannte den Vorraum. Sein Auge war geschult, Gefahr zu erkennen. Mit zwei schnellen Sprüngen enterte er die Wohnung, suchte Deckung hinter der Garderobe. Jahrelang hatte er so etwas nicht mehr gemacht, trotzdem funktionierten alle Abläufe wie im Schlaf. Er reagierte vielleicht um Sekundenbruchteile langsamer als in seiner besten Zeit, aber eingerostet war er noch lange nicht. Und zum ersten Mal seit Langem war er dankbar für seine soldatische Spezialausbildung.

Schematisch durchsuchte er alle Räume. Öffnete nacheinander alle Zimmertüren, die Pistole im Anschlag. Bereit, den Feind kampfunfähig zu machen. Bereit, ihn zu töten, wenn es die Situation erforderte. Aber da war niemand. Die Wohnung war leer, der Vogel ausgeflogen. Von Maximiliane fehlte jede Spur. Zumindest dachte er das, bis Tess einen spitzen Schrei ausstieß und im Wohnzimmer ein Paar Schuhe unter dem Tisch hervorholte und an ihre Brust drückte.

»Die gehören ihr!«, rief sie.

Jan schluckte. Er war entsetzt. Solche Schuhe hatte er noch nie an ihr gesehen. »Nuttentreter«, zischte er und schämte sich gleichzeitig für dieses Wort. Wenn jemand keine Vorurteile gegenüber Sexarbeiterinnen hatte, dann er. Zumal die wenigsten diese Arbeit freiwillig machten und er aus eigener Anschauung wusste, wie schwer es war, dem Milieu zu entkommen. Aber die Schuhe waren schrecklich. Und sie passten überhaupt nicht zu Maximiliane. Nicht zu der Maximiliane, die er kannte.

Was hatte sie wirklich hier gewollt? Recherchieren? In High

Heels? Für einen Augenblick flackerte Zorn auf, und er vergaß seine verrückte Angst um die Frau seines Herzens. Zwei Augenblicke später meldete sie sich umso stärker zurück. Mit Sorgenfalten begutachtete er die Scherben in der Küche und die Badezimmertür, in der ein großes Loch klaffte. Klarer Fall: Hier hatte ein Kampf stattgefunden.

»Kannst du dir einen Reim drauf machen?«, fragte er, als Tess mit dem Finger über den gezackten Rand des Lochs fuhr. Sie schloss die Augen. »Oh ja«, sagte sie und lächelte zum ersten Mal, seit sie ihn aus dem Bett geklingelt hatte.

»In der Küche haben sie sich in die Haare gekriegt. Dann hat Maxi sich im Bad eingeschlossen. Und er …«

»… hat sich Zutritt verschafft.«

Fragend betrachtete Jan den heruntergerissenen Duschvorhang und ein kleines Bruchstück der Vorhangstange.

»Der Flaschenzug«, rief Tess. »Sie hat sich abgeseilt! Wetten?«

Er blickte in die Tiefe. *Verdammt!* »Aber wo ist sie jetzt? Warum hat sie sich nicht gemeldet?«

»Das wüsste ich auch gern.« Tess starrte aus dem Badezimmerfenster und musterte die gegenüberliegende Häuserreihe. Plötzlich streckte sie ihren Arm aus und zeigte auf ein Fenster, hinter dem sich die Silhouette eines Menschen abzeichnete. »Vielleicht hat da drüben jemand was gesehen?«

Der Nachbar hieß Koos Breman, hatte ein verwittertes Eidechsengesicht, aber klare, lebendige Augen, und er schwankte zwischen Neugier und Misstrauen. Das Misstrauen hatte ihn dazu getrieben, die Sicherheitskette vorzulegen, die Neugier ließ ihn die Tür öffnen.

»Nein, Sie dürfen nicht hereinkommen. Tut mir leid, aber in Zeiten wie diesen …«

»Ich verstehe Sie ja«, sagte Jan. »Wir wollen auch gar nicht herein. Aber beantworten Sie uns bitte ein paar Fragen. Schauen Sie öfter aus dem Fenster? Heute Nacht zum Beispiel?«

»Was fällt Ihnen ein? Glauben Sie, ich habe nichts Besseres zu tun?« Koos Breman war drauf und dran, die Tür zuzuschlagen.

Tess drängte Jan weg und strahlte den alten Mann an. »Ist doch viel spannender als Fernsehen, finden Sie nicht? Also ich schaue oft hinaus«, sagte sie und lächelte.

»Stimmt. Vor allem, wenn sie wieder mal nichts anderes bringen als diese ewigen Talkshows.«

Jan musste zugeben, dass es ihm für derartige Unterhaltungen am nötigen Fingerspitzengefühl fehlte, außerdem war er nun mal kein begnadeter Redner.

»Wir suchen eine gute Freundin, Herr Breman.« Tess schluchzte auf, dabei hatte sie schon seit einer halben Stunde keine Träne mehr vergossen. »Ich hab solche Angst, dass ihr was passiert ist.«

Breman hob die Brauen. Er wusste etwas, ganz klar.

»Deshalb hoffen wir inständig, dass Sie in der vergangenen Nacht etwas beobachtet haben. Bitte, helfen Sie uns!« Tess legte eine große Portion Theatralik in ihre Stimme, sie trug viel zu dick auf. Aber Koos Breman schien darauf abzufahren. Und es war wohl für jeden Mann schwer, zu widerstehen, wenn Tränen der Verzweiflung an den langen Wimpern einer zerbrechlichen Schönen glitzerten.

»Schon möglich, dass ich was gesehen hab«, brummte der Alte. »War ja auch ordentlich was los. Blaulicht und Tatütata, das ganze Programm. Da wäre ein Toter aufgewacht.«

»Heißt das, die Polizei war da?«

»Ein Streifenwagen und gleich zwei Ambulanzwagen. Nur die Feuerwehr hat gefehlt.«

»Was ist denn passiert? Um Himmels willen, Herr Breman, spannen Sie uns nicht so auf die Folter!«

»Muss wohl ein Fahrradunfall gewesen sein. Hab leider nicht alles mitbekommen, nur dass sich ein Notarzt um die Frau gekümmert hat. Dann haben sie sie in den ersten Wagen eingeladen und sind im Karacho davongedüst. Die anderen Sanitäter haben den Mann mitgenommen. Den hat's nicht so schwer erwischt. Der hat die Frau zusammengefahren, glaub ich. Das Rad von dem war jedenfalls Schrott. Das haben sie liegen lassen.« Koos Breman rieb sich die Hände. »Keine Stunde später war es weg. Ehrenwort! Keine Stunde später.«

Jan drängte sich vor. »Was war mit der Frau? War sie schwer verletzt?«

»Weiß nicht. Hab ja nicht gefragt. Gerührt hat die sich jedenfalls nicht mehr.«

Ihm brach der Schweiß aus. Eiskalter Angstschweiß, der in großen Tropfen seinen Rücken hinunterlief. Er musste sich am Türrahmen abstützen.

»Wann hat die Ambulanz die Frau weggebracht?«, fragte Tess.

»Hab nicht auf die Uhr gesehen. Muss aber wohl so zwischen halb vier und vier gewesen sein. Um die Zeit muss ich immer raus. Die Prostata, Kindchen, die Prostata.« Breman kicherte.

Während Tess sich bedankte und die Einladung ausschlug, jetzt doch noch hereinzukommen, auf ein Tässchen Tee und ein paar Kekse, weil im Alter hatte man es nicht nur mit der Prostata, man war auch ziemlich allein, begann Jan, die Amsterdamer Krankenhäuser abzutelefonieren. Zuerst das nächstliegende, dann arbeitete er sich konzentrisch nach außen vor. Im VU Medisch Centrum hatte er Glück: Eine Maximiliane Mikulicz sei zwar nicht bekannt, aber in der Nacht habe man eine Frau ohne Ausweis und Schuhe eingeliefert, mit schweren Abschürfungen, Verbrennungen dritten Grades an der linken Hand sowie zahlreichen Prellungen und einer Gehirnerschütterung.

Erst als er wenig später vor ihrem Bett stand, lockerte sich die Faust aus Eis, die sein Herz zusammengepresst hatte. Maxi hatte starke Schmerzmittel bekommen und war erst vor Kurzem erwacht. Sie wusste, wer sie war, wie sie hieß und erkannte ihn und Tess wieder. Immerhin. Nur an die vergangene Nacht konnte sie sich nicht erinnern. Sie betrachtete den dicken Verband, der ihre Linke wie ein klobiger Boxhandschuh umgab, mit Befremden und hatte keine Ahnung, wobei sie sich verletzt haben konnte.

»Wie geht's dir?«, fragten Tess und er gleichzeitig.

»Geht schon. Was ist eigentlich passiert?«

»Du warst bei einem Callboy!«, platzte es aus Jan heraus, und er ärgerte sich darüber, dass es ihm nicht gelang, den Vorwurf aus seiner Stimme zu filtern, obwohl er sich angesichts ihrer schmalen, blassen Gestalt in dem großen Krankenhausbett wirklich darum bemühte.

»Ich?« Verwundert hob sie ihre glimpflich davongekommene

Rechte, betrachtete das Pflaster, das sich über den ganzen Handteller erstreckte und knallorange verfärbt war. »Blödsinn!« Sie rollte mit den Augen, ihren mokkabraunen Kulleraugen Marke unschuldiges Reh.

»Doch, Maxi, Jan hat recht. Du warst mit Ramón verabredet«, half Tess nach. »Ramón alias Wim Bakkum. Wolltest bei ihm rumschnüffeln, weil du ihn verdächtigt hast.«

»Verdächtigt?«

»Die Frauenmorde: Manou Boerhave, Lisanne de Steeghius und Annika van der Eijk. Sag bloß, davon weißt du auch nichts mehr.« Tess warf Jan einen besorgten Blick zu.

»Erinnerst du dich noch an das braune Fläschchen, das du dir von mir ausgeliehen hast?«, fragte er.

»Ich habe Kopfschmerzen«, sagte Maxi und sah ihn vorwurfsvoll an.

»Stell dir vor, wir haben uns solche Sorgen um dich gemacht, dass Jan sogar in die Wohnung von diesem Bakkum eingebrochen ist«, sprudelte Tess hervor. »In Nullkommanichts. Wie ein Profi. Als hätte er eine Karriere als Einbrecher hinter sich.«

»Hast du?«, fragte Maxi.

»Natürlich nicht! Ich habe einige Zeit bei einem Schlüsseldienst gearbeitet.« Nicht einmal daran erinnerte sie sich! Im selben Augenblick fiel ihm ein, dass er es ihr nie erzählt hatte. Wie als Entschuldigung legte er seine Hand auf ihren Arm.

»Sogar eine Waffe hatte er dabei, und dann ist er in die Wohnung wie Rambo …« Tess war nicht zu bremsen.

»Jan war mal Soldat. Und darüber spricht er ungern«, sagte Maxi.

Er lächelte sie dankbar an. »Brauchst du irgendetwas von zu Hause? Wie lange musst du hierbleiben?«

Maxi wusste es nicht. Sie bat um einen Pyjama, Wäsche, Schuhe und ihre Zahnputzsachen. »Und meinen Krimi, bitte. Er liegt unter dem Kopfkissen.«

Tess lachte silberhell. »Mit diesem Aladin Bin Laden, dem persischen Derrick?«

»Er heißt Aravind Bhaduri und ist Inder, Tess. Ein Inspektor der Mumbai Police. Es ist sein siebter Fall. Er hat mit Shivas Hilfe einen Leoparden besiegt und einen gestohlenen Diamanten aus dessen Verdauungstrakt gerettet.«

»Wenn du dich so detailliert an diesen Groschenroman erinnerst, besteht ja noch Hoffnung für deine grauen Zellen.«

Jan grinste. Tess' Humor konnte furztrocken daherkommen wie fränkischer Riesling mit null Gramm Restzucker.

Kurz darauf wurden Tess und er von einer Schwester hinauskomplimentiert. Die Patientin brauche Ruhe, sagte sie in einem Tonfall, der ihr Puppengesicht Lügen strafte und keinen Widerspruch duldete.

19

Sein Magen knurrt steinerweichend. Er kann sich gar nicht erinnern, wann er zuletzt so hungrig war. Zum Glück ist um diese Zeit nicht viel los im »Café Loetje«. Die Kellnerin, die er hier noch nie gesehen hat, sieht aus wie Amy Winehouse in ihren schlimmsten Jahren. Um seinen Kreislauf anzukurbeln und gleichzeitig den Magen nicht zu beleidigen, bestellt er einen »koffie verkeerd« und ein Steak, medium. Amy hebt eine Braue, wagt es aber nicht, die Kombination zu kommentieren.

Das hätte ihm nach der nächtlichen Aufregung auch gerade noch gefehlt.

Er kann immer noch nicht fassen, was ihm passiert ist. Er ist tatsächlich so blöd gewesen, sich von einer Kundin mit K.-o.-Tropfen betäuben zu lassen. Allein beim Gedanken daran wird ihm wieder übel. Wie wütend er war! So wütend, dass er sich dazu hinreißen ließ, seine eigene Badezimmertür zu zerstören! Nur um dann zuzusehen, wie sie sich abgeseilt hat und prompt von einem nächtlichen Radfahrer über den Haufen gefahren wurde. Die Genugtuung, die er empfand, als er sie leblos daliegen sah, war nur von kurzer Dauer. Jetzt macht er sich Sorgen. Vermutlich ist sie nur verletzt, und er fragt sich, was sie tun wird, wenn sie zu sich kommt. Ihn anzeigen?

Nein, denkt er. Schließlich hat *sie ihm* Drogen verabreicht, nicht umgekehrt. Und die ganze Wohnung durchwühlt. Was sie wohl gesucht hat? Um Geld ist es ihr jedenfalls nicht gegangen, denn nicht einmal das Kuvert mit dem vereinbarten Honorar hat sie wieder mitgenommen, geschweige denn seinen Notgroschen angerührt, den er immer im Gefrierfach deponiert.

Amy bringt den Milchkaffee. »Das Steak kommt in zehn Minuten«, sagt sie, lächelt schief und entblößt dabei einen abgebrochenen Schneidezahn.

Während er den Milchschaum löffelt, überlegt er, was passiert wäre, wenn sie sich nicht abgeseilt hätte.

Er sagt sich, dass nichts passiert wäre. Dass er sie höchstens an den Armen gepackt und zur Rede gestellt hätte. Klar, er war wütend, sehr wütend. Er hätte Lust gehabt, ihr wehzutun. Sie zu fesseln, zu knebeln, ihr den nackten Hintern zu versohlen und sie von hinten zu ficken. Erschrocken betrachtet er die Gabel in seiner Hand, die er offensichtlich verbogen hat, ohne es zu merken.

Na ja, wer weiß. Vielleicht gut, dass ich sie nicht erwischt habe.

Als die Ambulanzwagen mit den Verletzten wieder weg waren, ist ihm zu Hause die Decke auf den Kopf gefallen. Er hat seine Joggingsachen angezogen und ist losgelaufen, obwohl es noch zappenduster war. Kreuz und quer durch den Vondelpark ist er gerannt, so langsam wie nie zuvor, mit schweren Beinen und rasselnder Atmung, weil er immer noch die Nachwirkungen der Tropfen gespürt hat. Kurz vor dem Blauen Teehaus überrollte ihn plötzlich die Übelkeit, er übergab sich und musste sich ins Gras legen. Und dann ist er eingeschlafen, ist erst viel später aufgewacht, als ein Hund ihn mit seiner feuchten Schnauze angestupst hat. Da war es längst hell.

Den halben Vormittag hat er verpennt. Aber der Schwindel war weg und die Übelkeit auch. Dafür hatte er einen Bärenhunger. Wollte unbedingt ein saftiges Stück Fleisch zwischen die Zähne bekommen und begab sich schnurstracks ins »Loetje«, wo es die besten Steaks Amsterdams gibt.

Hier sitzt er jetzt, und sein Magen knurrt bei dem bloßen Gedanken an Essen. Obwohl er nie Zeitung liest, bittet er das schwule Pärchen neben ihm um das Algemeen Dagblad, das unbeachtet auf dem Nachbartisch liegt. Vielleicht kommt das Steak schneller, wenn er es durchblättert.

Bei einem Artikel bleibt er hängen. Liest. Fühlt, wie sein Herz ins Stolpern gerät. Kann es nicht fassen. Liest noch einmal. Die Frauenmorde. Ihm fällt ein, was die Mikulicz darüber gesagt hat. Frauen, die in sein Kundenschema passen würden, hat sie gesagt. Er bemerkt, dass er nach Schweiß riecht. Unangenehm.

Die Winehouse bringt das Steak, aber der Appetit ist ihm schlagartig vergangen. Er legt zwei Scheine hin, stürzt hinaus, ringt nach Luft.

Als er und sein Kreislauf sich wieder halbwegs gefangen haben, zückt er sein Handy und tippt auf den ersten Eintrag unter P. Er braucht Antworten, und zwar sofort.

»Hi, Wim! Wie geht's? Packst du schon, oder zählst du noch die Schafe in deinem Bauernkaff?«

»Ich bin seit vorgestern zurück.«

»Was? Aber warum denn? Du wolltest doch …«

»Hab's mir eben anders überlegt. Und jetzt lass uns Tacheles reden. Ich habe die Zeitung gelesen. Was um alles in der Welt ist passiert?«

»Furchtbar, nicht?«

»Du schuldest mir eine Erklärung.«

»Eine Erklärung? Sicher, klar. Ist nur gerade schlecht jetzt, so am Telefon.«

»Dann treffen wir uns.«

»Treffen?«

»Mutierst du gerade zum Papagei?«

Das Schweigen ist fast greifbar. Da hat es jemandem die Sprache verschlagen.

»Sagen wir in zwei Stunden. Bei dir, Piet.«

Er beendet das Gespräch und grübelt während des gesamten Heimwegs über den Zeitungsartikel nach, ohne auf einen grünen Zweig zu kommen. Plötzlich ist ihm wieder schlecht, und gleichzeitig ist er immer noch hungrig. Was für ein mieser Tag! Und was das Schlimmste ist: ein Tag mit dem Potenzial, sich von mies zu katastrophal zu steigern, das hat er im kleinen Finger.

Jan setzte Tess in der Brouwersgracht ab. In Maxis Zimmer suchte er alles zusammen, was sie sich gewünscht hatte, stopfte es in eine Sporttasche und kehrte damit ins Krankenhaus zurück. Er hoffte darauf, dass sie ihm unter vier Augen mehr erzählen würde. Wenn sie sich schon an nichts erinnern konnte – woran er allmählich zu zweifeln begann –, hätte sie sich zumindest entschuldigen können: für die Angst, die er ihretwegen ausgestanden hatte, und für die Lüge in Sachen K.-o.-Tropfen. Aber sie sprach überhaupt nicht mit ihm, sondern stellte sich schlafend. Lächerlich! Kein Mensch konnte so regelmäßig atmen, zumindest keiner, der wirklich schlief.

»Wie du willst«, murmelte Jan und wandte sich zum Gehen. »Dann eben nicht.«

Als er zu Hause ankam, hatte er so schlechte Laune, dass er beschloss, die Vinothek gar nicht erst aufzusperren. Er sagte alle Termine ab, holte zwei Flaschen Amarone aus dem Lager und setzte sich damit vor den Fernseher.

War er ungerecht? Eigentlich sollte er froh sein, dass sie lebte und so glimpflich davongekommen war. Und das war er ja auch. Aber zugleich schwirrten so viele Fragen in seinem Kopf herum.

Was hatte dieser Callboy mit ihr angestellt? Wieso überhaupt ein Callboy? Ging es wirklich bloß um Recherche? Oder war da noch etwas anderes im Spiel? Vielleicht genügte er ihr nicht mehr. Vielleicht war ihr der Altersunterschied von neunzehn Jahren doch zu viel. *Achtzehneinhalb*, dachte er mit zusammengebissenen Zähnen. *Es sind achtzehneinhalb Jahre.*

Er öffnete die erste Flasche Wein. Schwarzes Blut, dachte er, als er den Amarone im Glas schwenkte. Das wuchtige Aroma eroberte seinen Gaumen und hinterließ im Abgang einen Hauch Bitterkeit. Klar, sie hatten einander nie etwas versprochen. Und klar, ihr Unabhängigkeitsbedürfnis war gigantisch, und das hatte er immer gewusst. Auf die klitzekleinste Form der Einschränkung reagierte sie mit sofortigem Rückzug. Und als Einschränkung sah sie schon seinen Vorschlag an, eventuell zusammenzuziehen. In naher Zukunft. Warum, verdammt, war sie nur so bockig?

Aus dem Fernseher rieselte eine Soap. Je leerer die Flasche wurde, umso mehr sank seine Stimmung, und das lag bestimmt nicht am Amarone. Er fragte sich, was er falsch gemacht hatte. Hätte er ihr sagen müssen, was er für sie empfand? Aber er war nun mal kein Redner, und es musste ihr doch genügen, dass er ihr seine Liebe zeigte. Mit handwerklichen Hilfsdiensten aller Art, mit exquisiten alkoholischen Geschenken, mit seiner Zärtlichkeit und Leidenschaft.

Als er die zweite Flasche öffnete, wusste er, dass er alles falsch gemacht hatte. *Ich hätte nicht zulassen dürfen, dass mir eine Frau so wichtig wird. Dass sie so viel Raum in meinem Leben einnimmt.*

Etwas musste sich ändern. Er beschloss, in nächster Zeit auf

Distanz zu gehen. Er würde sie nicht mehr anrufen und sie schon gar nicht besuchen. Er würde nicht einmal an sie denken.

Während die zweite Flasche zur Neige ging und sich ein angenehmes Gefühl von Beschwipstheit in ihm breitmachte, stellte er sich vor, dass er in seinem Hirn einen Schalter umlegte. Den Schalter, auf dem in großen roten Buchstaben »Maximiliane Mikulicz« stand.

Und darüber musste er eingeschlafen sein.

Als er aufwachte, liefen Nachrichten.

»Amsterdamer Schlitzer schlägt zum vierten Mal zu«, lautete die Schlagzeile im Insert.

Blitzartig wurde er nüchtern, nahm die Fernbedienung zur Hand und stellte die Lautstärke höher.

Eine Nachrichtensondersendung mitten am Nachmittag. Maxi brachte den Kopfteil ihres Krankenhausbettes in senkrechte Position und starrte auf das Insert: »Amsterdamer Schlitzer schlägt zum vierten Mal zu«. Sie tastete nach der Fernbedienung und regelte die Lautstärke nach oben. Ein Kapitalverbrechen in ihrer geliebten Stadt? Und gleich eine Mordserie? Das durfte sie nicht verpassen, Kopfschmerzen hin oder her.

Ein Villenviertel in Huizen. Ein feudales Herrenhaus wurde herangezoomt. Polizeiliche Absperrbänder, Menschen in weißen Overalls, die den Garten absuchten, ein Leichenwagen, in den gerade ein Sarg eingeladen wurde.

Schnitt. Das Bild einer Frau wurde eingeblendet: Roos Verhoeve, die Besitzerin von Seliger Diamonds, eine attraktive Frau mit einer üppigen blonden Lockenmähne, auffallend hellbraunen Augen und sympathischen Lachgrübchen. Sie stand unter einer Palme – offensichtlich ein Urlaubsfoto – und blickte entspannt und selbstbewusst in die Kamera. *Hatte geblickt*, dachte Maxi.

Schnitt. Die Elandsgracht mit dem Hoofdbureau van Politie kam ins Bild. Maxi zuckte zusammen. Diesen Raum kannte sie, diese streng eingeräumten Regalwände und ihren Kontrapunkt, den chaotischen Schreibtisch, hatte sie bereits gesehen. Und in diese santorinblauen Augen hinter eckiger Metallbrille hatte sie geblickt: »Hoofdinspecteur Cornelius Bontekoe, leitender Kriminalist«, sagte das Insert. Seine Wangen wabbelten, als er vom Ermittlungsstand berichtete. Und mit jedem seiner Worte kam ein Stück von Maxis Erinnerungsvermögen zurück.

Ja, es gebe eine heiße Spur, sagte er, eine Spur, über die er leider nicht sprechen dürfe, um die Ermittlungen nicht zu gefährden. Er bitte um Verständnis.

Als die Reporterin ihn fragte, wie hoch er die Chance einschätze, den Mörder zu fassen, bevor dieser erneut zuschlagen könne, lächelte er. »Sie wollen eine realistische Einschätzung?«

»Ich bitte darum.«

»Sehr hoch.« Das Santorinblau begann zu sprühen, ja regelrecht zu brodeln, als stünden die Vulkane dort kurz vor dem Ausbruch. »Betrachten Sie ihn als so gut wie gefasst. Mein Team und ich sind sehr zuversichtlich, den Fall innerhalb der nächsten zwölf Stunden zum Abschluss zu bringen.«

Maxi bemerkte, dass sie unwillkürlich den Atem angehalten hatte. Die Luft wurde knapp, sie atmete tief ein und schloss die Augen. Spürte, dass sich in ihrem Gehirn irgendetwas Bedeutungsvolles ereignete, vielleicht fiel ein Mosaiksteinchen an den richtigen Platz, oder ein Rädchen rastete ein, oder ein Hormon wurde ausgeschüttet und setzte eine Kettenreaktion in Gang – wer will diese Abläufe schon genau kennen? Jedenfalls sah sie die Bilder der toten Annika van der Eijk vor sich. Und sie erinnerte sich daran, wie Henk lethargisch am Klavier gesessen und ihr ganz nebenbei verraten hatte, dass am Montag immer der Criq-Croq-Mann gekommen war. Der Liebhaber seiner Mutter und ihr vermeintlicher Mörder. Ihr fiel ein, dass sie seine Identität recherchiert hatte, dass er Wim Bakkum hieß und unter dem Künstlernamen Ramón als Callboy arbeitete. Und mit diesem Callboy hatte sie also die letzte Nacht verbracht, daher hatte Jan sie so seltsam angesehen. Aber was war in der Nacht passiert?

Daran erinnerte sie sich nicht, so intensiv sie auch darüber nachdachte. Das Einzige, was die Grübelei ihr brachte, waren verschärfte Kopfschmerzen.

Sie schaltete den Fernseher aus und ließ ihre Blicke durchs Zimmer schweifen. Wo waren eigentlich ihre Sachen? Sie war doch bestimmt nicht in diesem seltsamen Nachthemd eingeliefert worden. Vermutlich hatte die Schwester sie in den Schrank geräumt. Maxi stand auf. Langsam, weil jeder Muskel schmerzte und ihr Kreislauf nicht so im Kreis lief, wie es sich gehörte. Aber bis zum Schrank waren es nur drei Schritte. Die ersten beiden gelangen ihr problemlos, beim dritten wurde ihr schwindlig. Als sie sich mit ihrer dick bandagierten Linken an der Wand abstützte, durchzuckte sie ein stechender Schmerz. Abschürfungen und Brandwunden, hatte die Schwester gesagt. Aber Maxi erinnerte sich an kein Feuer. Sie biss die Zähne zusammen und öffnete die Schranktür. Ein Fetzen von einem Minirock, ein dünner Pullover, der teuer aussah, und eine metallisch glänzende Umhängetasche. Waren das ihre Sachen? Und warum kamen sie ihr nicht bekannt vor? Kopfschüttelnd nahm sie die Silbertasche an sich. Als sie sich damit auf den einzigen Stuhl fallen ließ, passierten drei Dinge zugleich:

Erstens, ein weißer Blitz fuhr in Maxis Steißbein und von dort direkt ins Hirn.

Zweitens, aus ihrer Kehle löste sich ein pinkfarbener Schrei mit kleinen violetten Karos, also ein um einen Viertelton erhöhtes zweigestrichenes Es.

Drittens, die Tür ging auf, und Schwester Jenny kam herein.

»Was? Sie sind auf?« Ihre Brauen wölbten sich zu zwei perfekten Bögen, und einen Moment war sie sprachlos. Im nächsten polterten wüste Beschimpfungen über die schön geschwungenen Lippen.

Maxi stammelte eine Entschuldigung. Vermutlich sah sie so bleich aus, wie sie sich fühlte, denn Jenny stellte das Schimpfen ein und wechselte auf besorgt. Sie verfrachtete Maxi ins Bett zurück. »Die Tasche können Sie ja mitnehmen.« Dann wuselte sie aus dem Zimmer und kam wenig später mit zwei niedlichen zartgelben Pillen wieder. »Eines unserer zuverlässigsten Schmerzmittel«, erklärte sie. »Sie werden sehen, das hilft. Dann schlafen Sie gut, und morgen können Sie sich vielleicht wieder an alles erinnern.«

Vielleicht, dachte Maxi. *Und garantiert bekomme ich davon einen Brummschädel und kann keinen klaren Gedanken fassen.* Aber der Blick aus den veilchenblauen Puppenaugen vermittelte mütterliche Bestimmtheit, obwohl Jenny höchstens Mitte zwanzig war. Maxi sah also keinen Ausweg, sie steckte die angebotenen Tabletten brav in den Mund. Nahm einen Schluck Wasser und tat, als schluckte sie. Kaum hatte die Schwester ihr den Rücken gekehrt, spuckte sie alles in die Schüssel mit dem Apfelmus, das vom Mittagessen übrig geblieben war.

»Machen Sie die Augen zu und entspannen Sie sich«, sagte Jenny zum Abschied.

Maxi tat das Gegenteil, sie sperrte ihre Augen weit auf und durchsuchte das seltsame Umhängetäschchen. Nichts, was sie weiterbrachte. Ihr Schlüssel, das Smartphone, ein Taschentuch und ein halb volles braunes Glasfläschchen ohne Aufschrift. Irgendetwas war damit gewesen, aber sie kam einfach nicht drauf. Das Smartphone war tot.

Zum Glück hatte Jan ihr nicht nur eine Plastiktüte mit ihrem Kosmetikbeutel, Wäsche und Kleidern mitgebracht, sondern auch das Ladegerät. *Dieser Schatz!* Sie steckte es zum Laden an. Um die Wartezeit zu überbrücken, nahm sie den Krimi zur Hand. Wo war sie stehen geblieben? Daran erinnerte sie sich erstaunlicherweise ganz genau. Aravind Bhaduri hatte sich vorgestellt, wie er der Maharani den wertvollen Stein samt Fingerknöchelchen ihres verstorbenen Gatten zurückgab und dafür mit einem Kuss belohnt wurde. Der Fall war ja eigentlich gelöst.

Maxi las: Wie Aravind tatsächlich im Palast der Maharani Jaswinder vorsprach. Wie sie ihn empfing, den makellosen Körper in einen blutroten Sari gehüllt. Wie sie den Stein entgegennahm, den er in ein mit Samt ausgeschlagenes Holzkästchen gelegt hatte. Wie sie die langen Wimpern niederschlug und die Lippen spitzte, verführerischer als in seiner Vorstellung.

Doch Aravind wich den wohlgeformten Lippen aus, er entriss Jaswinder den Diamanten und schleuderte ihn mit aller Kraft gegen eine Marmorsäule. Und Maxis eigene Lippen bebten, als sie las, wie der Stein zersprang, in unendlich viele Teile zersprang, gerade als wäre er aus Glas.

Beim letzten Satz zuckte ihre Rechte zurück, als hätte sie sich an einem Glassplitter geschnitten. Das Buch fiel zu Boden, und Maxi fiel alles wieder ein: Ihr erwachtes Gedächtnis spielte ihr den gestrigen Abend als Film im Zeitraffer vor. Sie sah das braune Fläschchen mit den K.-o.-Tropfen, die sie in Ramóns Champagner geträufelt hatte, sah ihn am Boden liegen, an den Tischfuß gefesselt und sah alles, was danach passiert war.

20

Es ist nicht alles Gold, was glänzt, denkt sie, als ein Lichtstrahl auf die Flasche mit Bols Bananenlikör fällt und den Inhalt aufleuchten lässt wie frisch blondiertes Frauenhaar. Vermutlich sind in dem Likör genauso viele künstliche Farbstoffe drin wie im Haarfärbemittel. Sicher total ungesund. Und dann der Geschmack! Nicht dass sie je davon gekostet hätte. Ihr reicht völlig, dass Piet ihr das Zeug schon einmal ins Gesicht gekotzt hat. *Igitt!*

Tagelang hat sie diesen widerlichen Geruch an sich gehabt und hat die gute alte Zeit herbeigesehnt, als richtige Kerle noch richtige Getränke zu sich nahmen. Einen im Sherryfass gelagerten Talisker zum Beispiel oder einen sechzehnjährigen Lagavulin.

Doch Piet hat leider ein Faible für Damengetränke. Und der Bananenlikör – eine relativ junge Errungenschaft – ist der bisherige Tiefpunkt dieser Geschmacksverirrung. Seit zwei Wochen greift Piet täglich danach. Bestimmt wird man es bald an dem Schwimmreifen sehen, der sich bereits ansatzweise um seine Hüften legt.

Auch heute hält Piet sich wieder an das gelbe Gesöff. Schon während er telefoniert. Und später wieder, als Besuch kommt.

Den Besucher kennt sie, sie hat ihn schon mehrmals hier gesehen. Es ist ein guter Freund von Piet und ein Kollege, wenn auch ein paar Jährchen älter, ein wenig kleiner und zierlicher und nicht ganz so durchtrainiert. Dafür verleiht ihm die dunkle Hautfarbe einen edlen Touch, der sich auch in der lässigen Markenkleidung widerspiegelt.

Kleider machen Leute, denkt sie. Als Sprichwort ein alter Hut, aber immer noch wahr. Das Hemd allein muss ein Vermögen gekostet haben, dafür hat jemand wie sie einen Blick.

Sie erinnert sich noch gut an den letzten Besuch des Mannes – heißt er nicht Wim? – vor etwa einem Monat. Damals hatte Wim – sie beschließt, ihn der Einfachheit halber so zu nennen – blendende Laune. Piet und er haben sich über ihre Kundinnen lustig gemacht und einen Witz nach dem anderen gerissen. Getrunken haben sie auch einiges, und – daran erinnert sie sich, als wär's gestern gewesen – Bananenlikör war nicht dabei.

Heute ist Wims Laune im Keller. Er verzieht seine Mundwinkel um keinen Millimeter und wirkt bleich um die Nase, obwohl man das bei seiner milchkaffeebraunen Grundtönung eigentlich nicht sagen kann. Witze werden auch keine gerissen, das Gespräch nimmt einen ernsten Verlauf.

Natürlich belauscht sie die beiden nicht. Nein, so was macht sie nicht, aber hallo, sie hat schließlich Manieren, auch wenn ihre weit verzweigte Familie sie als schwarzes Schaf ansieht und ihre Herkunft ein wenig anrüchig ist. Vermutlich könnte sie ohnehin nicht viel mit dem Gesagten anfangen, denn es ermüdet sie sehr, längere Gespräche zu verfolgen. Dafür reicht ihre Konzentrationsfähigkeit einfach nicht aus.

Aber die Mimik der beiden Freunde ist natürlich nicht zu übersehen, und sie begreift, dass es in dem Gespräch hoch hergeht. Fast könnte man denken, die beiden streiten.

Bei jeder seiner Fragen macht Wim einen Schritt auf Piet zu, und Piet weicht ein paar Zentimeter zurück. Er wirkt umso hilfloser, je mehr er spricht und gestikuliert. Als versuche er, sich für irgendetwas zu rechtfertigen und als werde seinen Worten nicht geglaubt. Alles, was sie mitkriegt, ist, dass es um Kundinnen geht. Tote Stammkundinnen, ermordete Stammkundinnen, während Wims Urlaub abgeschlachtete Stammkundinnen.

Es kommt ihr beinahe so vor, als verdächtige Wim Piet. Lächerlich. Piet – ein Mörder? Niemals! Natürlich kann man dem Jungen einiges vorwerfen, sie ist die Letzte, die ihn in Schutz nehmen möchte, aber für einen Mörder ist er viel zu weich. Viel zu planlos. Und vor allem: viel zu passiv. Eine große Klappe hat er, das ja. Aber wie heißt es so schön? *Hunde, die bellen, beißen nicht.*

Auf einmal fällt das Wort »Polizei«, und ob sie will oder nicht, jetzt muss sie doch zuhören.

»Es ist nur eine Frage der Zeit, bis die Polizei auf meine Spur kommt. Vielleicht stehen sie gerade vor meiner Tür, während wir hier reden«, sagt Wim. »Diese Kundin letzte Nacht, die hat die Wohnung jedenfalls schon durchsucht. Stell dir vor, sie hat mich mit K.-o.-Tropfen betäubt und gefesselt und stundenlang in meinen Sachen gewühlt. Womöglich ist sie sogar eine von denen – eine verdeckte Ermittlerin.«

»Aber du hast doch nichts zu befürchten. Du warst ja gar nicht da, als gemordet wurde. Dann kannst du es auch nicht gewesen sein«, sagt Piet.

»Und wie soll ich das beweisen?«, sagt Wim. »Du weißt, dass ich immer unter falschem Namen absteige, um meine Ruhe zu haben. Der Vermieter der Ferienwohnung hat mich nur beim Einchecken gesehen. Ich habe alles im Voraus bezahlt. Bar. Theoretisch könnte ich danach abgereist sein und …«

»Es wird dich doch sonst jemand gesehen haben«, sagt Piet.

»Sicher. Einige Leute, die ich nicht kenne. Der süße Bauerntrampel, den ich gefickt habe. Aber was weiß ich, wie die heißt? Und selbst wenn ich's wüsste, bezweifle ich, dass sie es zugeben und mir ein Alibi verschaffen würde«, sagt Wim.

»Warst du so schlecht?« Der Witz verpufft, er ist unpassend. Piet entschuldigt sich dafür und tritt einen weiteren Schritt zurück. Jetzt steht er in der Ecke, fast schon im Regal.

Er dreht sich um, greift nach der Flasche mit dem Bananenlikör. Aber Wim lehnt ab.

Endlich jemand, der Geschmack hat, denkt sie und freut sich, dass dieses arrogante Getränk mit der aufdringlichen Farbe und dem widerlichen Geruch in seine Schranken verwiesen wird. Stattdessen muss Piet mit dem Prunkstück seiner Alkoholikasammlung herausrücken, dem einundzwanzig Jahre alten Macallan Fine Oak, von dem er sich nur an seinen eigenen Geburtstagen einen kleinen Schluck gönnt. Vor Besuchern versteckt er diesen Schatz normalerweise.

Piet kehrt seinem Freund den Rücken zu und hantiert hinter dem Tresen. Sie sieht nicht, was er da treibt. Er wird doch diesen feinen Tropfen nicht verhunzen, indem er Eiswürfel ins Glas gibt?

Nein, denkt sie erleichtert, als die beiden Freunde wenig später ihre Gläser erheben und den edlen Tropfen beinahe andächtig durch ihre Kehlen rinnen lassen. *Kein Eis im Glas.* Und die angespannte Stimmung nimmt eine versöhnlichere Note an.

Was danach passiert, versteht sie nicht.

Zuerst denkt sie, Wim hat es sich nun doch anders überlegt und pfeift auf die Versöhnlichkeit, edles Getränk hin oder her. Ohne Vorwarnung krümmt er sich und schüttet den letzten Schluck Whisky Piet ins Gesicht. Das Glas lässt er fallen. Dann stürzt er sich auf Piet, nein, er hängt sich an ihn. Geht wie ein Sack Mehl zu Boden, ohne Piets Arm auszulassen. Piet versucht noch, das Gleichgewicht zu halten, indem er heftig mit dem anderen Arm rudert.

Und dann passiert das Schreckliche.

Piets Balance suchender Arm findet zwar die Balance nicht, aber den Bananenlikör und stößt ihn um.

Für einen Sekundenbruchteil empfindet sie so etwas wie Schadenfreude. Bis die Likörflasche in sie hineinkracht und dabei zerbricht. Noch während sie sich vor dem klebrigen gelben Zeugs ekelt, das sich über sie ergießt, bemerkt sie, dass die Verunreinigung ihr kleinstes Problem ist. Der Schaden sitzt viel tiefer. Die scharfen Zacken der zerbrochenen Likörflasche haben ihre Oberfläche zerkratzt, und der dicke Flaschenboden hat ihr mehrere Sprünge zugefügt und sogar ein Stück aus ihr herausgebrochen. Eine tödliche Verletzung, und sie weiß es.

Aus die Maus, denkt sie. Bevor sie endgültig den Geist aufgibt, fällt ihr noch ein allerletztes Sprichwort ein: *Hochmut kommt vor dem Fall.* Und ihr, der von Piet van der Wijden bei Ebay ersteigerten Spiegelvitrine mit dem handgetriebenen Metallrahmen und den drei LED-Strahlern, dem Prunkstück seiner Bar, tut es leid. Immerhin bleibt ihr noch Zeit, ihre Arroganz zu bereuen und den Bananenlikör um Vergebung zu bitten.

21

Marijke betrat den Besprechungsraum, ging schnurstracks zum Fenster und riss es auf. »Puh, was für eine Hitze! Hast du etwa die Heizung aufgedreht?«

Bontekoe stürzte hin und schloss es wieder. »Keine Zugluft, bitte.« Er deutete auf eine Styroporbox, die auf dem Stuhl neben dem Chefsessel thronte.

»Damit dein Abendessen nicht kalt wird?«

»Aber nein«, sagte er. »Wegen Karin. Sie hat Schnupfen.«

Da in diesem Moment Hans Willem Jonker den Raum betrat, den Kükenflaum ordentlich gekämmt und mit zur Begrüßung vorgestreckter Hand, musste Bontekoe diese ergreifen und schütteln und konnte nicht verhindern, dass Marijke den Deckel abnahm und in Karins Transportbehältnis lugte.

»Wie niedlich! Ich wusste ja gar nicht, dass du ...«

Er befreite sich aus dem erstaunlich kräftigen Psychologenhändedruck und zog Marijke weg. »Nicht«, murmelte er, damit Jonker nichts mitbekam. »Fremde Menschen machen ihr Angst, vor allem, wenn sie krank ist.« Er zog eine Packung Papiertaschentücher aus seiner Hosentasche, entfaltete eins und putzte vorsichtig den weißlichen Schleim weg, der aus Karins Nasenlöchern quoll. Dann deckte er die Schildkröte wieder mit dem Halstuch seiner Mutter zu und legte den Deckel auf die Box. »Drück uns die Daumen, dass die Tierärztin bloß eine Erkältung feststellt und keinen Herpes«, sagte er und vergewisserte sich, dass die Luftlöcher der Box frei waren.

Marijke starrte ihn mit offenem Mund an. Er versuchte, ihren Augenausdruck zu deuten, war sich aber nicht sicher, ob er auf ihrer Werteskala gerade zwei bis drei Punkte in Sachen Menschlichkeit gewonnen hatte oder in Sachen Verstand in den Minusbereich gesackt war. Jedenfalls setzte Marijke sich neben Jonker, bewunderte dessen Manschettenknöpfe und würdigte Bontekoe keines Blickes mehr.

Inzwischen war die Truppe fast vollständig versammelt, nur

Luuk fehlte, war aber bereits unterwegs. Die Besprechung konnte beginnen. Bontekoe hätte wetten mögen, dass Jonker ihn wegen des Interviews im Fernsehen zur Rede stellen würde. Und genauso kam es. Natürlich hätte sich der eitle Fant am liebsten selbst vor der Kamera präsentiert, aber das hatte Bontekoe zu verhindern gewusst.

»Stehen wir wirklich kurz vor einer Festnahme? Und warum weiß ich nichts davon?«, säuselte Jonker. Er zog ein Stofftaschentuch mit eingesticktem Monogramm aus der Brusttasche des Jacketts und tupfte sich Schweißtropfen von der Stirn. War aber zu eitel, um sich das Jackett auszuziehen, obwohl er offensichtlich unter den dreißig Grad Raumtemperatur litt, für die Bontekoe gesorgt hatte.

So hat doch alles sein Gutes, dachte er, *sogar Karins Schnupfen.* »Ich bin davon ausgegangen, dass ein gewiefter Psychologe wie Sie, werter Herr Kollege, meine Taktik durchschaut.« Er konnte sich ein schadenfrohes Grinsen nicht verkneifen.

»Verdächtigen Sie etwa immer noch den armen Jeroen van der Eijk?«, konterte Jonker.

Marijke schaltete sich ein. »Den habe ich mir vorgeknöpft, Hans Willem. Hab alle Daten durchgeackert, umgedreht und noch mal durchgeackert. Es deutet nichts darauf hin, dass Jeroen Manou Boerhave und Roos Verhoeve überhaupt gekannt hat.« Schönstes Schweinchenrosa überzog ihre Wangen, als Jonker ihr ein Lächeln schenkte.

Aha, dachte Bontekoe. *So läuft der Hase. Der große Profiler und die pummelige Brigadierin.* »Dass Annikas Mann aus dem Kreis der Verdächtigen ausscheidet, ist mir längst klar, Marijke.«

Sie öffnete und schloss ihren Mund wie ein Fisch auf dem Trockenen. »Aber …«

»Wir wissen inzwischen, dass er vom Tod seiner Frau in keiner Weise profitiert hat. Annika hat nämlich ihr gesamtes Vermögen Henk vermacht, mit der Auflage, dass Henks Oma es für ihn verwaltet, bis er volljährig ist. Jeroen bekommt nur einen Pflichtteil. Das wusste er, also wäre es ausgesprochen dumm von ihm gewesen, seine Frau umzubringen.«

»Aber warum musste ich dann stundenlang …?«

»Weil man nie wissen kann. Weil es immer besser ist, den Dingen auf den Grund zu gehen. Jetzt haben wir Sicherheit. Gute Arbeit, Marijke.« Er ließ Marijke mit dem Lob sitzen und richtete die folgenden Worte an Jonker. »Meine Ankündigung einer bevorstehenden Festnahme war bloß eine Finte, Herr Kollege. Ich bin mir sicher, dass der Täter die Nachrichten verfolgt hat und jetzt unglaublich nervös ist. Und dass er Fehler machen wird.«

Jonker schüttelte den Kopf. Er riss sein zu klein geratenes Kaulquappenmaul auf, vermutlich um zu widersprechen – da polterte es an der Tür, und ein verschwitzter und keuchender Luuk kam herein. Was für ein Timing! Bontekoe hätte ihn am liebsten umarmt.

Luuk rang nach Luft und ließ sich auf den nächsten freien Stuhl fallen. »Ich hab was entdeckt, Kollegen, Wahnsinn, das müsst ihr euch ansehen«, stieß er schnaufend hervor. Sein Milchgesicht hatte sich in ein Radieschen verwandelt, das vor Eile, Anstrengung und angespannter Vorfreude fast platzte.

Während alle darauf warteten, dass Luuk wieder zu Atem kam, erklärte Bontekoe, er habe am Nachmittag mit Mirthe Verhoeve gesprochen, der Zwillingsschwester des vierten Mordopfers. »Sie hat gestern mit Roos telefoniert, um sie zum Abendessen einzuladen. Doch Roos hat wegen einer Verabredung abgelehnt. Mirthe konnte ihr entlocken, dass es sich um einen Liebhaber handelte, einen milchkaffeefarbenen Adonis. Anscheinend ein Callboy.«

Bontekoe klopfte mit dem Bleistift auf das weiße Blatt Papier, das vor ihm lag. »Deshalb habe ich Luuk beauftragt, zusammen mit Antje von der Kriminaltechnik alle Adressdateien auf dem Smartphone und den diversen Notebooks der Verhoeve nach einem Callboy zu durchsuchen. Luuk, was habt ihr gefunden?«

»Gar nichts«, sagte Luuk. »Weder im Handy noch auf den Rechnern. Aber …« Das Radieschen begann zu glühen, als hätte jemand in seinem Inneren ein Lämpchen angezündet. »… in ihrem handgeschriebenen Adressbuch bin ich auf etwas gestoßen. Da findet sich unter R der Eintrag ›Ramón, Gigolo-Gilde‹ mit einer Telefonnummer. Pikantes Detail am Rande …« Luuk zog seine linke Augenbraue hoch. »Anstelle von Punkten hat Roos Verhoeve kleine erigierte Penisse über die beiden i der Gigolo-Gilde gemalt.« Er grinste.

»Hast du die Nummer ausprobiert?«, fragte Bontekoe und grübelte über den Namen Ramón. Den hatte er schon gehört. Aber wann und in welchem Zusammenhang?

»Selbstverständlich, Chef. Aber da kommt immer nur der Anrufbeantworter.«

»Dann lasst uns schleunigst die Adresse dieses Callboys recherchieren.«

»Moment! Bin noch lange nicht fertig. Ich *kenne* die Adresse.« Luuks Grinsen verbreiterte sich bedrohlich. Bald würden die Mundwinkel an den Ohrläppchen andocken und ihm das Aussehen eines Breitmaulfroschs verleihen. »Im richtigen Leben heißt der Typ Wim Bakkum und wohnt in der Emmastraat.«

»Wie hast du das herausgefunden?«

»Weil ich mich erinnert habe, dass wir bei Annika van der Eijk eine Visitenkarte von einem Ramón gefunden haben. Auf der Rückseite steht handschriftlich die Adresse und eine zweite, vermutlich private Handynummer. Auch da meldet sich niemand.«

»Wir sollten schleunigst jemanden vorbeischicken«, warf Ivo ein, und man sah ihm an, dass er am liebsten selbst derjenige gewesen wäre.

Luuks Radieschengesicht wurde dunkelrot, als hätte es innerhalb von Sekunden Erntereife erlangt. »Ich war schon da. Der Kerl ist nicht zu Hause.«

»Was? Du bist da im Alleingang hin? Bist du vollkommen wahnsinnig?« Bontekoe mochte Luuk wirklich, aber so etwas durfte er dem Jungen nicht durchgehen lassen. Zu seiner eigenen Sicherheit.

»Ich hab Aaltje mitgenommen. Eine Kollegin, mit der ich früher immer auf Streife unterwegs war. Sie hat sich auch für den Kriminaldienst beworben und ist ziemlich –«

»Das ist ein No-Go, Luuk. Und das weißt du.«

»Tut mir leid, Chef. Wird nicht wieder vorkommen.«

»Soll ich hinfahren?«, fragte Marijke. »Mit Ivo?«

»Auf keinen Fall! Ruf die Staatsanwältin an, sie muss mit einem Durchsuchungsbeschluss rausrücken.«

»Das dürfte bei der Wolkenfelt kein Problem sein.«

»Genau. Und dann forderst du die Kollegen vom Arrestatieteam an. Die große Besetzung. Wir dürfen kein Risiko eingehen.«

Mit großen Schritten ging Marijke hinaus, stolz auf die Verantwortung, die er ihr übertragen hatte. So stolz, dass sie sogar vergaß, Jonkers Lächeln zu beantworten.

»Und ... Marijke!«, rief Bontekoe ihr hinterher. »Nimm gleich ein paar Spusileute mit. Ich will, dass ihr die Wohnung auf den Kopf stellt. Jeden Quadratzentimeter.«

Er verteilte die restlichen Aufgaben. Das Vordringlichste war, herauszufinden, ob auch Lisanne de Steeghius und Manou Boerhave Kundinnen des Callboys waren. Darum sollten sich Ivo und Luuk kümmern.

»Wird gemacht, Chef. Dann bis morgen«, sagte Ivo.

»Wie bitte? Jetzt natürlich. Jetzt gleich!«

Ivo sah auf sein Tablet. »Aber ich habe seit dreizehn Minuten und siebenundvierzig Sekunden Feierabend.« Für Einsätze, die Action versprachen, konnte Ivo sich viel eher begeistern als für öde Rechercheaufgaben. Aber Bontekoe würde ihm schon noch einimpfen, dass Recherchieren für einen Kriminalisten das Wichtigste war.

»Wir ermitteln in einem Mordfall«, flüsterte er. »Entweder kapierst du das endlich, oder du lässt dich ins Amt für Melde- und Einwohnerwesen versetzen, dann kannst du bis Punkt fünf Ausweise stempeln.« Als Ivo immer noch nicht reagierte, fügte er mit voller Lautstärke hinzu: »Und komm mir nie wieder mit der Bitte, ich solle deine Beförderung zum Brigadier befürworten!«

Brummelnd zog Ivo ab und verschwand in seinem Büro.

Bontekoe nahm die Styroporbox mit Karin an sich und wollte den Besprechungsraum abschließen, als Jonker ihm in den Arm fiel.

»Ein Verdächtiger, schön und gut. Ihre Euphorie in Ehren, aber Sie dürfen eines nicht außer Acht lassen, mein lieber Bontekoe. Der letzte Mord ist unser Schlüssel zur Lösung des Falles. Denn das vierte Opfer wurde nicht schnell und schmerzlos getötet, sondern gefoltert, ja regelrecht abgeschlachtet.« Der Kükenflaum klebte ihm am Kopf, die zinnoberfarbene Krawatte war verrutscht und gab den Blick auf einen Schweißfleck frei.

»Er steigert sich, na und? Ist das nicht typisch für Serienmörder?«

»Eine Steigerung würde langsam und in Etappen vor sich gehen. Aber hier haben wir es mit drei identischen Morden und einer plötzlichen Kumulation von Hass zu tun. Als wäre dieser vierte Mord das, worauf es ihm einzig und allein ankäme.«

»Worauf wollen Sie hinaus, Jonker? Wollen Sie mir etwa verklickern, der vierte Mord sei von jemand anderem begangen worden? Ausgerechnet Sie, der große Befürworter der Serienmordtheorie?«

»Ein Trittbrettfahrer, ja, das wäre gut möglich. Die drei ersten Morde gehen auf das Konto eines psychisch Kranken, der beim Töten Lust empfindet. Für den vierten Mord kommt dagegen nur eins der großen Motive in Frage. Rache oder Habgier.« Jonker, dessen Blick zwischen dem Styroporbehälter und Bontekoe hin- und herpendelte, als könne er kraft seiner psychologischen Fähigkeiten den Inhalt analysieren, nestelte an seiner Krawatte. »Und den Täter würde ich im privaten Umkreis von Roos Verhoeve suchen.« Er senkte die Stimme. »Ist sie nicht die alleinige Besitzerin des Diamantenimperiums gewesen? Warum? Wen hat sie sich zum Feind gemacht? Wer profitiert von ihrem Tod?«

Bontekoe dachte an den kupferroten Bob und die strahlenden hellen Augen, die sich so offen und vertrauensvoll auf ihn gerichtet hatten. Und in denen gleichzeitig so viel Traurigkeit gewohnt hatte. Bei ihrer Unterredung hatte Mirthe Verhoeve ihm als Erstes gesagt, dass er eigentlich sie verdächtigen müsse, da sie ihre Zwillingsschwester vermutlich beerben werde. Andere Verwandte gebe es nicht.

Warum ihr Vater nicht beide Schwestern zu gleichen Teilen im Testament berücksichtigt habe, wollte er daraufhin wissen.

»Die Diamanten haben mich nie interessiert. So ähnlich Roos und ich uns waren, so verschieden waren unsere Interessen. Ich wollte immer weg von hier, bin auch jetzt nur vorübergehend in Amsterdam. Und ich wollte mich nie mit Verkaufsprognosen und

Bilanzen beschäftigen, sondern meine kreative Ader ausleben.« Ihr Vater habe sie deshalb ausbezahlt, damit sie sich in New York dem Schauspiel und der Mode widmen konnte. Roos habe er den ganzen Betrieb der Seliger Diamonds vermacht, die Schleiferei inklusive Shops und Museum. Roos habe sich immer schon fürs Geschäft interessiert und auch großes Geschick dafür bewiesen. »Meine Schwester war so klug und fleißig, eine Arbeitsbiene, die viel zu wenig Zeit für die schönen Seiten des Lebens gehabt hat«, hatte Mirthe hinzugefügt und lautlos geweint.

»Wir kümmern uns selbstverständlich um jede Spur, und sei sie noch so unscheinbar«, sagte er und stieß seinen Zeigefinger auf den Schweißfleck auf Jonkers Brust. »Aber ich fürchte, mit Ihrem Habgier-oder-Rache-Motiv sind Sie auf dem Holzweg, Kollege Jonker. Guten Abend!« Damit schüttelte er die feuchte Patschhand des Profilers ab.

»Guten Abend, mein Lieber«, flötete der hinter ihm her. »Und alles Gute für Ihr Haustier. Was ist es? Ein Meerschwein? Nein, warten Sie. Ich lasse mir den Kopf abschlagen, wenn es keine Schildkröte ist.«

Einen Augenblick hielt Bontekoe wie erstarrt inne. Woher wusste dieser Fatzke das? Konnte er Gedanken lesen? Oder hatte er bloß Glück beim Raten? Er verscheuchte die unangenehme Vorstellung, Jonker könnte vielleicht doch ein hervorragender Psychologe sein und auch in anderer Hinsicht recht haben, und flüchtete mit Riesenschritten aus dem Hoofdbureau van Politie, als wäre ein Gespenst hinter ihm her. Erst als er seinen Wagen erreicht hatte, beruhigte er sich, setzte Karins Transportbox vorsichtig auf den Beifahrersitz und fuhr in den Stadtteil Amsterdam Nieuw-West, nach Osdorp, zur Praxis von Dr. Kim Schrijver, die einen hervorragenden Ruf als Reptilienspezialistin hatte.

Im Wartezimmer schaffte er es trotz Hundegebell, Katzengefauche und großer Sorgen um Karin nicht, die Gedanken an die Mordfälle auch nur für Minuten fallen zu lassen. Was, wenn Jonker recht hatte und wirklich zwei verschiedene Mörder am Werk gewesen waren? Wie sollte er Korpschef Meinders gegenübertreten, was sollte er ihm von den Fortschritten berichten? Hatten sie überhaupt schon Fortschritte gemacht, oder traten sie auf der Stelle? War es wahrscheinlich, dass ein Callboy seine Kundinnen abschlachtete? Und bei welcher Gelegenheit hatte er den Namen Ramón schon gehört?

Erst als ihm Dr. Schrijvers aknenarbiger Assistent die Box abnahm und mit geübten Fingern Karin herausholte, kam er zu sich und erzählte der erfahrenen Tierärztin, dass Karin zuletzt vor fünfunddreißig Jahren krank gewesen sei, sehr krank. »Herpes«, sagte er mit Grabesstimme. »Ihr Gefährte Kurt hat es nicht überlebt.«

»Und jetzt? Frisst sie?«

»Wenig.«

»Sitzt sie apathisch in einer Ecke?«

»Nein, sie wirkt eigentlich ganz normal. Bis auf den Ausfluss aus der Nase.«

»Sieht mir ehrlich gesagt nach einem harmlosen Schnupfen aus. Zur Sicherheit machen wir einen Abstrich.«

Er betrachtete die Prozedur mit gemischten Gefühlen. Einerseits wusste er, dass die Untersuchung unumgänglich und lebenswichtig war. Andererseits kam ihm seine alte Schildkrötendame wie eine Delinquentin vor, wie jemand, der eines schweren Verbrechens beschuldigt wurde und einen DNA-Test über sich ergehen lassen musste.

»Und Karins neuem Gefährten fehlt nichts?«, fragte die Ärztin und strich sich eine graue Haarsträhne hinters Ohr.

»Karin ist allein.«

»Ach, die Arme! Das ist aber keine sehr artgerechte Haltung, ist Ihnen das bewusst?« Sie musterte Bontekoe vorwurfsvoll über den Rand ihrer roten Kunststoffbrille hinweg.

»Ich hab's dreimal versucht«, rechtfertigte er sich. »Aber sie hat alle Männchen verbissen. Und mich hat sie angesehen wie einen Verräter. Karin kann nämlich schauen, das glauben Sie nicht, Frau Doktor.«

Jetzt schmolz der strenge Blick, und die Frau Doktor lächelte. »Glaub ich nicht nur, weiß ich. Ich habe selbst Schildkröten zu Hause.«

»Jedenfalls habe ich mir gedacht, dass sie vielleicht monogam ist und nach dem Tod ihres geliebten Kurt eine einsame Witwe bleiben möchte.«

»Die Trauerzeit kann schon ziemlich lange dauern, doch Griechische Landschildkröten sind bestimmt nicht monogam, Herr Hoofdinspecteur. Vielleicht versuchen Sie es einfach noch einmal?«

»Aber Karin ist weit über siebzig!« Kaum waren die Worte über seine Lippen geschlüpft, bedauerte er die Entrüstung, die zweifelsfrei herauszuhören war.

Dr. Schrijver lachte. »Na und? Haben alte Leute etwa kein Recht auf Sex?«

Er starrte sie entgeistert an.

»Schauen Sie, meine Mutter ist dreiundachtzig, sie lebt im Seniorenheim und hat sich kürzlich in ihren siebenundsiebzigjährigen Nachbarn Max verliebt. Nach drei Tagen sind sie zusammengezogen, und meine Mutter blüht seither jeden Tag ein bisschen mehr auf. Und Schildkröten können weit älter werden als Menschen, weit über hundert! Außerdem ist Ihre Karin doch – vom Schnupfen einmal abgesehen – bestens in Schuss.«

Bontekoe hatte nicht mehr zugehört. Er war beim Wort »Max« hängen geblieben. Das Gedankenkarussell ratterte los.

Max. Maxi. Maximiliane. Die Mikulicz, Maximiliane Mikulicz. Der Anruf heute Morgen. Von dieser Tess van Dingsda, ihrer Mitbewohnerin. Dass die Mikulicz die Nacht bei einem Callboy verbracht habe. Bei einem gewissen …

»Ramón!«, platzte es aus ihm heraus. »Sie hat Ramón gesagt.«

»Wie bitte?«

»Entschuldigen Sie, Frau Doktor. Mir ist gerade etwas eingefallen. Etwas Dringendes. Darf ich Karin hierlassen, bitte? Ich hole Sie morgen.«

»In Ordnung. Kommen Sie am Vormittag zwischen neun und zwölf.«

Noch nie hatte er Karin im Stich gelassen. Seit er sie bekommen hatte. Das war an seinem neunten Geburtstag gewesen. Aber bei Dr. Schrijver war sie in besten Händen. Und er hatte jetzt etwas ausgesprochen Wichtiges zu tun. Etwas, das keinen Aufschub duldete.

Der Blick, den Karin ihm vom Behandlungstisch aus zuwarf, entging ihm glücklicherweise. Sonst hätte er die Mikulicz Mikulicz sein lassen. Und wer weiß, ob die Mordserie dann je geklärt worden wäre?

22

Als Maxi nach Hause kam, knurrte ihr Magen. Sie begab sich schnurstracks in die Küche und durchsuchte den Kühlschrank. Von Rudels Vorräten war nicht mehr allzu viel übrig geblieben, aber es gab noch Eier, Erdnussbutter, eine halbe Dose Thunfisch, Milch, Oliven und ein Stück Extrawurst mit angetrockneten Rändern. Keine Marienkäferlarve weit und breit. Kein in Formalin dümpelndes Organ oder totes Tier. Immerhin!

Ein verzweifelter Gusto nach Palatschinken stieg in ihr auf. Was hätte sie für mit Blattspinat gefüllte und mit Käse überbackene Crespelle gegeben, wie ihr Vater sie immer zubereitet hatte. Oder für hauchdünne, mit Marillenmarmelade bestrichene Crêpes à la Jan Ruisdael, die nach einem Überschuss an guter Butter schmeckten und nach der Lust, mit der Jan sie zum Wenden in die Luft warf.

Du könntest ihn anrufen, dachte sie. Es hatte ihr einen Stich versetzt, ihn im Krankenhaus so besorgt und eifersüchtig zu sehen. Sie war ihm eine Erklärung schuldig. Und eine Entschuldigung.

Ruf ihn an, sagte das Bauchgefühl.

Untersteh dich, konterte die Stimme der Vernunft. *Er würde denken, dass du ihn nur wegen seiner Kochkünste anrufst.* »Das, und weil ich ihn mag«, sagte Maxi in den Kühlschrank hinein. Es klang dumpf und lodengrün, eine Farbe, die sie nicht mochte.

Also verschob sie den Anruf auf später und hielt sich wieder mal an die Erdnussbutter. Da ihre bandagierte Linke für nichts zu gebrauchen war, stellte bereits der Versuch, eine Brotscheibe aus der Verpackung zu fingern, eine Herausforderung dar. Das Erdnussbutterglas musste sie zwischen die Knie klemmen, um den Verschluss aufzuschrauben und eine Portion Pindakaas herauszulöffeln. Um das Brot zu bestreichen, nahm sie eine Gabel in den Mund, mit der sie die Brotscheibe fixierte. Geschlagene zwanzig Minuten brauchte sie für die Zubereitung dieses Abendessens, in einer halben Minute war es verschlungen, und noch nie hatte ein Erdnussbutterbrot so köstlich geschmeckt.

Schon einmal hatte sie ihre Linke wochenlang schonen müssen, damals, in Wien, nachdem ihr betrunkener und eifersüchtiger Exfreund auf sie geschossen und den Handteller durchlöchert hatte. War das wirklich schon fünfzehn Jahre her? Die Kugel hatte die Sehne des Mittelfingers zerstört und ihre Karriere als Barpianistin beendet.

Wie ihr Leben heute wohl aussähe, wenn Oliver nicht ausgerastet wäre? Ob sie noch auf Kreuzfahrtschiffen unterwegs wäre? Und in den Luxushotels dieser Welt? Im »Raffles« in Dubai, im »The Menzies« in Sydney, im »Corso« auf Ibiza? Und zwischendurch immer wieder in Wien, im »Hilton«, im »Sacher«, im »Intercontinental«?

In seltener Einigkeit befahlen Maxis Bauchgefühl und ihre Stimme der Vernunft ihr, diese Gedanken ein für alle Mal wegzuschieben und damit den zarten Ansatz eines Jammerns gar nicht erst aufkommen zu lassen. Hier und jetzt war sie glücklich. Auf der »Waterlelie«, in Amsterdam, unter ihren Schülern und Freunden. Nein, sie wollte mit niemandem tauschen, auch nicht mit ihrem ehemaligen Ich.

Später klopfte sie an Tess' Tür.

»Hm?«

Maxi wappnete sich, bevor sie eintrat. Man konnte nie wissen, musste mit herumliegenden menschlichen Körperteilen, Gewebestückchen oder aufgeschlagenen Pathologiebüchern mit grauenhaften Fotos rechnen.

Aber Tess saß friedlich auf ihrem Bett und schnupperte an einem rosaroten Würfel. Sie sah durch Maxi hindurch, halb verzückt und halb weggetreten. Ein seltsamer Geruch hing im Zimmer.

»Was machst du da?«

Tess schien schlagartig zu erwachen. »Was? Du bist hier? Spinnst du?« Der rosarote Würfel entglitt ihrer Hand und kullerte vor Maxis Füße.

»Mit so überschäumender Wiedersehensfreude habe ich gar nicht gerechnet«, sagte Maxi pikiert. »Sag, ist das ein WC-Stein?«

»Aber … du bist schwer verletzt! Du kannst doch nicht einfach aus der Klinik abhauen!«

»Ich bin ganz offiziell entlassen.« Natürlich hatte sie unterschreiben müssen, dass sie auf eigene Verantwortung und gegen den ärztlichen Rat nach Hause ging. Was der behandelnde Arzt dazu gesagt hatte, musste sie Tess ja nicht auf die Nase binden.

»Du bist ja vollkommen verrückt!«

»Und du bist ein WC-Stein-Junkie. Das führt garantiert zu Gehirnerweichung.« Maxi hob den rosa Würfel auf und warf ihn in den Abfalleimer. »Ich hau schon ab. Wollte mich bloß für deinen Besuch bedanken. Und es tut mir ehrlich leid, dass du dir meinetwegen Sorgen gemacht hast.«

In diesem Moment vibrierte das Handy auf Tess' Schreibtisch.

»Tess van Swieten.«

Eigentlich wollte Maxi gehen, aber irgendetwas im Gesichtsausdruck ihrer Mitbewohnerin ließ sie verharren.

»Ja, die steht gerade vor mir.«

Pause.

»Passiert? Na ja, wie man's nimmt. Sie hat Prellungen, eine Gehirnerschütterung und eine schwere Verletzung an der linken Hand, aber …« Tess warf Maxi einen scharfen Blick zu. »… sonst geht's ihr gut.«

Lange Pause.

»Ja.«

Kurze Pause.

»Was weiß ich? Am besten fragen Sie sie selbst.« Tess beendete den Anruf und grinste Maxi an. »Du sollst dich zur Verfügung halten. Hoofdinspecteur Bontekoe wird in wenigen Minuten hier aufschlagen und dir Löcher in den Bauch fragen.«

»Bontekoe? Du hast mit Bontekoe telefoniert?«

»Anscheinend tut es ihm leid, dass er meinen Anruf heute Morgen nicht ernst genommen hat. Er hat sich höflich entschuldigt. Ich glaube, der Kerl ist gar nicht so übel. Bisschen forsch vielleicht. Am besten, du kochst ihm einen Kamillentee, der beruhigt.«

Gute Idee, dachte Maxi grimmig. Für sie nahm Kamillentee einen der vorderen Plätze in der Liste der ekelerregenden Getränke ein.

Als der Hoofdinspecteur seine ausladenden Hüften wenig

später in den Thonetstuhl in Maxis Zimmer quetschte und dem Wandklavier begehrliche Blicke zuwarf, bot sie ihm allerdings einen griechischen Bergtee an. Weil der besser zu den santorinblauen Augen passte und aus Mitleid mit den dunklen Ringen darunter. »Oder lieber Espresso?«

Er lehnte dankend ab. »Machen Sie sich keine Mühe, Ihre Hand sieht schonungsbedürftig aus. Aber ein Glas Wasser wäre fein.«

Sie ging in die Küche, um Gläser zu holen. Bekam aus dem Augenwinkel mit, dass er aufstand und sich ans Klavier setzte. Leise, ganz leise schlug er einen Ton an. Sie musste sich ein Lachen verbeißen, weil er ausgerechnet ein eingestrichenes C erwischt hatte, einen Ton, der sich knallblau emporwölbte und wie die Kuppeln von Thira vor Maxis innerem Auge aufragte. Danach probierte er das Fis, und Maxi erschrak. Das orangefarbene Oval hatte einen blutigen Fleck. Wieder eine Warnung?

Als sie das Wasserglas vor ihn hinstellte, saß er wieder brav auf dem Stuhl, die Hände über dem Schoß gefaltet, als wäre nichts gewesen. Dafür schoss er jetzt seine Fragen ab, eine nach der anderen.

»Sie haben also die Wohnung des Callboys durchsucht? Und das hat er sich gefallen lassen?«

Maxis Ohrläppchen schwollen an und begannen zu pochen. »Er hat zu viel getrunken. Viel zu viel. Und da ist er plötzlich eingeschlafen.« Von den K.-o.-Tropfen sagte sie nichts, vermutlich hätte Bontekoe sie sonst stante pede verhaftet.

»Wann genau war das?«

»Verdächtigen Sie ihn etwa?«

Bontekoe schwieg.

»Ich war um acht bei ihm. Es wird gegen halb zwölf gewesen sein, als er einschlief. Und um zwanzig nach drei ist er wieder aufgewacht und ich … nun ja, ich musste die Wohnung etwas überstürzt verlassen.« Sie betrachtete ihre verbundene Linke.

»Wie hat er reagiert?« Obwohl Bontekoe offensichtlich einen trockenen Mund hatte, rührte er das Glas Wasser nicht an. Vielleicht hatte er Angst, sie könnte ihn vergiften.

»Er war natürlich nicht sehr erfreut, dass ich in seinen Sachen gewühlt habe.«

»Dann hat er Ihnen diese Verletzungen zugefügt?«

»Nein, ich habe mich in seinem Badezimmer eingesperrt und mich abgeseilt. Stunden später bin ich im Krankenhaus aufgewacht. Was dazwischen passiert ist, weiß ich nicht. Amnesie nach Gehirnerschütterung.« Um Bontekoe abzulenken und die Kooperative zu mimen, zeigte sie ihm die Fotos, die sie von Ramóns Kundenkartei geschossen hatte.

Mit gerunzelter Stirn blätterte der Hoofdinspecteur durch die Bilder. »Interessant«, grunzte er und nickte immer wieder.

23

Als Erstes nimmt der Geruchssinn seinen Dienst auf. Noch bevor er ganz bei sich ist, erkennt er, dass es nach Erde und feuchtem Gras riecht, ein Duft, der mit angenehmen Kindheitserinnerungen verbunden ist, und dass eine unangenehme süßliche Note diesen Duft stört.

Mit der aufsteigenden Übelkeit erwacht der Schmerz, ein Brennen am Unterarm, das von stechendem Kopfschmerz übertüncht wird.

Er will die Augen öffnen, bemerkt, dass sie schon offen sind, dass er nur nichts sehen kann, weil es stockdunkel ist.

Wo bin ich?

Wasserplätschern dringt an sein Ohr. Ferner Verkehrslärm. Stimmen, weit weg. Er versucht, den Kopfschmerz zu durchdringen und sich zu erinnern. Wie ein beschädigter Film ziehen bruchstückhafte Bilder vorbei, die kein zusammenhängendes Ganzes ergeben: ein Mann, der auf ihn einspricht, ein Glas Whisky, Scherben, er selbst, wie er fällt. Mit der Erkenntnis kommt das Gefühl der Schmach. Er wurde betäubt, zum zweiten Mal innerhalb von vierundzwanzig Stunden.

Er versucht, sich aus seiner zusammengekauerten Position aufzurichten, aber er ist zu schwach. Er will schreien, will um Hilfe rufen, aber alles, was sein Kehlkopf zustande bringt, ist ein Krächzen. Außerdem hat er Durst. Wie ein verdörrter Wurm klebt seine Zunge am Gaumen.

Was stimmt nicht mit ihm? Er friert. Seine Linke ist taub. Der süßliche Geruch wird stärker. Und jetzt spürt er das Blut, das im Rhythmus seines Herzens aus seinem aufgeschlitzten Unterarm quillt. Jäh überrollt ihn Angst, Todesangst. Aber das Adrenalin, das sie im Gepäck hat, verleiht ihm Energie.

Mit seinen letzten Kräften presst er die Rechte auf das Leck in seinem Körper. Drückt das zerfetzte Gefäß ab. Für einen Augenblick schöpft er Hoffnung. Bis er bemerkt, wie der kostbare Saft zwischen seinen Fingern durchsickert, warm und klebrig, wie er schnell schwächer wird, wie das Leben ihn verlässt, wie Sandkörner, die aus einem löchrigen Sack rieseln.

Von fern hört er Hunde bellen, sieht Lichtkegel durch die Nacht irren, die das Blauschwarz in bizarre Formen zerteilen.

Eigentlich ist es gar nicht schlimm. Wie einschlafen. Die Zukunftssorgen vergessen, die ungelösten Fragen beiseiteschieben und sich fallen lassen. Das Blauschwarz ganz in sich aufnehmen und die Augen schließen.

Nichts mehr mitbekommen von der Welt, von der kalten Hundeschnauze, die ihn anstößt, der knochigen Hand, die ihm auf die Wangen klopft, der tiefen Stimme, die ihn anschreit: »He, du! Schlaf nicht ein!« und der höheren, die verzweifelt ruft: »Wo bleibt der Notarzt? Wir verlieren ihn!«

Erst als sein Brustkorb rhythmisch zusammengepresst wird, wieder und wieder, erst als ihm jemand Luft einbläst, warme, nach Knoblauch riechende Atemluft, zerreißt der blauschwarze Schleier. Und mit einem Schlag sind die Schmerzen wieder da, die Ängste, der Lärm. Eine eisige Flüssigkeit tröpfelt in sein Inneres.

Schade, denkt er und sehnt sich nach der dunklen Stille zurück, die ihn wie eine schützende Gebärmutter umgeben hat.

24

In der Innentasche seiner Jacke tastete Bontekoe nach dem Buch, das er hatte mitgehen lassen. Warum, wusste er selbst nicht so recht. Vielleicht, um herauszufinden, wes Geistes Kind diese Mikulicz eigentlich war. *Sage mir, was du liest, und ich sage dir, wie du tickst.* Vielleicht hatte er es auch einfach aus Bosheit getan. Aus Bosheit und Enttäuschung.

Er stieg nicht gleich ins Auto, sondern lief ein paar Schritte die Brouwersgracht entlang. Es waren kaum Passanten unterwegs, nur einige Fahrradfahrer, und es blies ein überraschend kühler Wind, der sein Blouson zum Ballon blähte. Missmutig kickte er eine Coladose vor sich her.

Das war doch einfach nicht möglich! Er war sich so sicher gewesen. Noch einmal las er die SMS, die der alte Verhagen ihm geschickt hatte. Der Rechtsmediziner mochte ein arroganter Kauz sein, zumindest konnte man sich auf ihn verlassen. *Todeszeitpunkt Roos Verhoeve: 8. Mai, zwischen zweiundzwanzig Uhr und Mitternacht. Todesursache: Verbluten. Ausführlicher Bericht bis morgen früh.* Die Obduktion war also beendet und hatte keine Besonderheiten ergeben, sonst hätte Verhagen das erwähnt.

»Damit scheidet der Callboy als Täter aus«, sagte Bontekoe zur Coladose und versetzte ihr einen finalen Tritt, der sie über die Fahrbahn beförderte. Sie prallte gegen den Hinterreifen eines völlig verrosteten Fahrrades, das hier schon ewig herumzustehen schien, und plumpste dann in die Gracht.

Wenn aber Wim Bakkum Roos Verhoeve nicht umgebracht hatte, ergaben sich zwei Möglichkeiten. Entweder er, Hoofdinspecteur Cornelius Bontekoe, war vollkommen auf dem Holzweg, und ein anderer hatte die vier Frauen ermordet. Oder Bakkum hatte zwar die ersten drei Opfer auf dem Gewissen, nicht aber das vierte. Was wiederum bedeuten würde, dass Jonker mit seiner Trittbrettfahrer-These höchstwahrscheinlich richtiglag. Der bloße Gedanke an Jonkers triumphierendes Lächeln versetzte ihm einen Stich.

Aus dem Nichts kam eine alte Frau auf ihn zu. Als sie nur noch einen Meter entfernt war, hob sie drohend den Stock und warf ihm Schimpfwörter an den Kopf, die er bisher höchstens aus dem Mund von Schwerkriminellen vernommen hatte. »Lahmarschiger Deckskerl« war noch das harmloseste.

»Um Himmels willen, Mevrouwtje. Was ist denn passiert?«, fragte er. »Haben Sie schlecht geträumt?«

Sie kam noch näher. Mit der Stockspitze zeigte sie auf seine Brust. »Friss Dreck, du dosenschmeißender Hurensohn! Ich habe alles gesehen, boerenpummel. Ich werde die Polizei rufen und dich verklagen, du Umweltsünder.«

Er schluckte. Das mit der Dose tat ihm leid. Es war nicht mit Absicht geschehen, sondern unbewusst, sozusagen als Ausdruck seiner Verzweiflung. Natürlich ließ er sich sein Schuldgefühl nicht anmerken.

Er sah die Alte so böse an, dass sie ihren Gehstock sinken ließ. »Ich *bin* die Polizei«, zischte er. »Und wenn du jetzt nicht schnurstracks nach Hause gehst, du alte Vettel, dann verklage ich *dich* wegen Beamtenbeleidigung, Behinderung der Ermittlungen und Widerstand gegen die Staatsgewalt.«

Sie saugte ihre Unterlippe ein und trippelte los. Er sah ihr nach, bis sie im Hauseingang eines ehemaligen Lagerhauses verschwand. Und dann musste er plötzlich lachen. Hemmungslos und befreit lachen.

Ach was. Die Lösung des Falles liegt doch auf der Hand. Natürlich war Wim Bakkum der Täter. Alle Opfer waren seine Kundinnen gewesen, das hatten die Fotos der Mikulicz bewiesen. Und was der Knabe da neben den Kundendaten an bösartigen Phantasien in seine Kartei geschrieben hatte, sprach eine eindeutige Sprache.

Die Mikulicz hatte also gelogen. Wäre ja nicht das erste Mal. Einer Klavierlehrerin, die sich als Notfallpsychologin ausgegeben hatte, konnte man durchaus zutrauen, dass sie einem Mörder ein falsches Alibi verschaffte. Vermutlich hatte sie sich in den Knaben verliebt und wollte ihn deshalb heraushauen. Knackig sah der Kerl ja aus, das musste man seinen Fotos lassen. Und dann ihre Behauptung, sie habe eine Gehirnerschütterung davongetragen und leide an einer Amnesie! Vermutlich war auch das eine infame Lüge.

Oder es stimmt, und sie ist wirklich ein wenig auf den Kopf gefallen, dachte er. *Dann scheidet sie als ernst zu nehmende Zeugin ohnehin aus.*

Kaum hatte er diesen Gedanken verinnerlicht, ging es ihm wesentlich besser. Auf einmal fühlte sich alles so leicht an, als hätte sich plötzlich ein besonders hartnäckiger Knoten gelöst.

Und genauso war es ja auch.

Als er sich in den Wagen setzte, rief Marijke an und berichtete ihm aufgeregt, dass sie in Bakkums Wohnung nicht nur die Kundenkartei, sondern auch einen Brief gefunden hatten. Einen Abschiedsbrief, der den Selbstmord des Callboys ankündigte und gleichzeitig sein Schuldbekenntnis war.

Natürlich fuhr Bontekoe sofort in die Emmastraat. Er begutachtete das Haus, ein Eckhaus, das in etwa so alt sein mochte wie das, in dem er selbst wohnte. Musterte den Container auf dem Gehsteig, der Sperrmüll enthielt, und den Flaschenzug, mit dessen Hilfe sich die Mikulicz angeblich aus dem dritten Stock abgeseilt hatte. *Verrücktes Frauenzimmer.* Vermutlich hatte sie Drogen konsumiert und konnte nicht mehr zwischen Wahrheit und Lüge unterscheiden.

Die Wohnung des Callboys hatte keinerlei Ähnlichkeit mit seiner eigenen. Sie war tipptopp renoviert, sparsam, aber kostspielig möbliert und so aufgeräumt und blitzblank, als hätte hier vor Kurzem eine Putzorgie stattgefunden. Vom Fußboden hätte man essen können. Seltsam war nur, dass die Badezimmertür ein Loch hatte.

Marijke zeigte ihm die Kundenkartei, die er schon von den Fotos der Mikulicz kannte.

»Und der Brief?«

»Den hat er auf dem Notebook geschrieben.« Sie deutete auf die Arbeitsplatte.

Er nahm seine Brille ab, hauchte die Gläser an und rieb sie mit dem Hemdzipfel sauber. Aus den silbrigen Spuren, die das Argentorat auf der Tastatur hinterlassen hatte, schloss er, dass die Kollegen von der Spusi schon ihre Arbeit getan und die daktyloskopischen Spuren gesichert hatten. Mit angehaltenem Atem las er:

Eigentlich mag ich Frauen, mochte sie immer. Die Weiblichen, die Mütterlichen, die sich ihrer naturgegebenen Rolle gemäß verhalten. Ich habe sie gern verwöhnt. Aber in den letzten Jahren haben immer mehr Mannweiber mein Leben dominiert. Vermögende Frauen, berühmte Frauen, einflussreiche Frauen. Frauen, denen der Erfolg zu Kopf gestiegen ist und sie hart gemacht hat, härter als Männer je sein könnten.
Frauen, die an der Spitze von großen Firmen stehen, Frauen, die in der Politik das Sagen haben, Frauen, die Banken leiten und wissenschaftliche Diskussionen anführen … All das ist pervers. Es ist widernatürlich und gottlos.
Alle Religionen sind sich darüber einig, dass die Rolle des Weibes eine andere sein soll. Bei den Juden gelten Frauen als Eigentum des Mannes. Im Hinduismus ist der Frau das Paradies versagt, sie müsste denn vorher als Mann wiedergeboren werden. Der Buddhismus in seiner ursprünglichen Form sieht Frauen als Quelle allen Übels an. In der Bibel heißt es dezidiert: »Dass eine Frau lehrt, erlaube ich nicht, auch nicht, dass sie über ihren Mann herrscht, sie soll sich still verhalten.«
Und im Koran steht: »Die Männer sind die Verantwortlichen über die Frauen, weil Allah die einen vor den anderen ausgezeichnet hat.« Auch der Volksmund weiß: »Jungfern, die pfeifen, und Hühnern, die krähen, soll man beizeiten den Hals umdrehen.«
Vier meiner Kundinnen habe ich »den Hals umgedreht«. Lisanne, die sich so gern reden hörte und bizarrerweise nur dann kam, wenn man ihr einen Knebel in den Mund schob. Annika, die Sportlerin, die es aufgeilte, über ihren Mann zu schimpfen, der nicht die nötige Ausdauer besaß, um sie zum Orgasmus zu bringen. Manou, die Rollenspiele liebte, in denen ihr als Dienstmädchen von einem starken Ritter der Hintern versohlt wurde. Und Roos, die nach außen wie ein Diamant strahlte und tief im Inneren eine Vorliebe für Kotspiele hegte.
Ich hätte gern noch ein bisschen weitergemacht, Kandidatinnen

gäbe es viele. Aber die Polizei sitzt mir im Genick. Und im Gefängnis würde ich elendiglich umkommen.
Deshalb: Lebe wohl, Welt.
Oder frei nach Schiller: Der Mohr hat seine Arbeit getan, der Mohr kann gehen.
Ich gehe also, doch ich bereue nicht.

Was für ein pathetischer Mist! Aber das Motiv war klar wie der Inhalt der Jeneverflasche, die neben dem Notebook stand.

»Hat die Spusi die Flasche schon auf DNA-Spuren untersucht?«

»Natürlich, Cornelius. Nur im Bad und im Schlafzimmer sind sie noch zugange.«

»Wir müssen sofort eine Fahndung rausgeben.«

»Längst erledigt. Alarmfahndung im Großraum Amsterdam läuft. Ich habe zusätzlich alle verfügbaren Hundestaffeln angefordert. Eine durchkämmt den Vondelpark, eine die Ufer des Noorder Amstelkanaal, eine die Gegend von Museumplein bis Sarphatipark.«

»Großartige Arbeit, Marijke!« Er klopfte ihr auf die Schultern und sah mit Genugtuung, wie Stolz in Form roter Flecke ein Muster in ihr Gesicht malte.

Und mit noch größerer Genugtuung hörte er sie sagen: »Du hattest also doch recht. Das wird unser Profiling-Genie aber gar nicht freuen.«

»Ich habe eben ein unschlagbares Team«, gab er zurück und dachte genüsslich, dass das Ansehen des Psycho-Onkels gerade in den Keller gerutscht war und dass es so teure Manschettenknöpfe gar nicht gab, um den Punkterückstand wieder wettzumachen.

Kaum hatte er beschlossen, nach Hause zu fahren und sich eine Mütze voll Schlaf zu gönnen, kam noch ein Anruf. Die Belgische Schäferhündin Layla und Hundeführer Cem Aydin hatten den Callboy gefunden, unter einem Gebüsch am Uferstreifen zwischen Jan van Goyenkade und dem Noorder Amstelkanaal. Wim Bakkum war nicht ansprechbar, sein Puls kaum zu tasten, der linke Unterarm der Länge nach aufgeschlitzt.

»Zum Glück ist das Medisch Centrum Jan van Goyen bloß um die Ecke. Der Notarzt hat keine fünf Minuten gebraucht«, sagte

Cem, den Bontekoe noch von der Polizeischule kannte und der ihm als stiller und unendlich gutmütiger Kumpel im Gedächtnis geblieben war.

»Wird er durchkommen?«

»Du kennst ja die Götter in Weiß. Wollen sich nie festlegen.« Bontekoe vernahm ein leises Schmatzen, und ihm fiel ein, dass Cem früher immer Kaugummi gekaut hatte. »Glaube aber, es sieht nicht allzu schlecht aus.« Cem war ein chronischer Optimist, auch daran erinnerte er sich.

Er fand es beruhigend, dass manche Dinge sich nie änderten. Und dass man mit manchen Menschen auch nach Jahren der Funkstille noch einen Anknüpfungspunkt fand. »Wenn das alles vorbei ist, gehen wir auf ein Bier, ja?«

Cem lachte. »Ein Bierchen auf die alten Zeiten, einverstanden.«

Weil er sich selbst vergewissern wollte, fuhr Bontekoe in die Klinik. Leider war keiner der zuständigen Ärzte zu sprechen, dafür eine rundliche Oberschwester namens Anne mit freundlichen Augen und einem Mund wie eine Herzkirsche.

»Kann ich ihn befragen? Er ist doch bei Bewusstsein, oder?«

Schwester Anne lachte glockenhell auf. »Sie sind mir vielleicht ein Witzbold!« Sie schüttelte den Kopf und sah ihn mit ernster Miene an. »Der Patient hat fast drei Liter Blut verloren, er hat einen hämorrhagischen Schock, ist nicht ansprechbar und wird künstlich beatmet. Sie können höchstens die Geräusche unserer Geräte belauschen und zusehen, wie diverse Flüssigkeiten durch Schläuche rinnen.«

»Hämo… was?« Wieder einmal bedauerte er, medizinisch dermaßen unbeleckt zu sein. Dass es mit Hämorrhoiden nicht viel zu tun haben konnte, war ihm natürlich klar. »Und das bedeutet?«

»Seine Organe werden nicht ausreichend mit Blut versorgt, was zu multiplem Organversagen führen kann. Hoffen wir, dass sich der Kreislauf stabilisiert und er die Nacht überlebt.«

Das klingt halb so schlimm, dachte Bontekoe. *Blut kann man doch in so einem Krankenhaus beliebig nachfüllen, und der Kreislauf kann angekurbelt werden.* Er reichte Schwester Anne eine Visitenkarte. »Bitte rufen Sie mich an, wenn sich sein Zustand ändert. Wenn er aufwachen sollte.«

Sie schüttelte stumm den Kopf, verstaute eine vorwitzige Locke unter ihrer Kopfbedeckung und lächelte. »Ich ruf Sie an, versprochen. Aber das mit der Befragung müssen Sie sich wirklich abschminken, Herr Bontekoe.«

Was für eine sympathische Person! Er verzichtete darauf, sie auf seinen Titel hinzuweisen, lächelte zurück und verabschiedete sich. Stellte zufrieden fest, dass vor der Tür der Intensivstation ein Polizeibeamter Wache schob, ein junger Kerl, der einen aufgeweckten Eindruck machte, und verließ die Klinik in einem Gefühl der Hochstimmung.

Die Hochstimmung hielt an, bis er zu Hause ankam und vor Karins leerem Käfig stand. *Hoffentlich geht es ihr gut. Hoffentlich wirken die Medikamente. Hoffentlich hat sie es warm in der Tierarztpraxis. Hoffentlich …*

Er hätte sie nicht dort lassen dürfen! Sobald die Praxis öffnete, musste er sie abholen, gleich morgen um neun.

Als er endlich im Bett lag, konnte er nicht einschlafen, obwohl sein Körper längst die nötige Bettschwere erreicht hatte. Tausend Gedanken gingen ihm durch den Kopf. Ein Karussell, das sich immer schneller drehte. Nur mit äußerster Willensanstrengung gelang es ihm, den blutigen Körper der malträtierten Roos Verhoeve auszublenden und ihn durch den anmutigen ihrer Zwillingsschwester zu ersetzen. Mirthe, die Zarte. Die Zerbrechliche. Mit dem makellosen Teint einer weißen Lilie. Bald, sehr bald würde er ihr einen Besuch abstatten und ihr sagen können: »Der Mörder Ihrer Schwester ist gefasst.« Er stellte sich vor, wie ihre hellen Augen leuchten würden, wie sich ihre schmalen Lippen den seinen nähern würden, wie sie ihn küssen würde.

Unsinn, das geht viel zu schnell, dachte er und korrigierte seine Phantasie. Stellte sich lieber vor, wie sie schlafend auf dem Sofa lag und er die Konturen ihres schmalen Gesichts nachzeichnete, ohne sie zu berühren, wie er ihr eine Strähne ihres kupferroten Haars aus der Stirn strich.

Noch während er die Strähne betrachtete, wurde sie heller und widerspenstiger, sie lockte sich weizenblond, die hohen Wangenknochen verschwanden, das Gesicht rundete sich, die schmalen Lippen plusterten sich zu einer Herzkirsche auf, und plötzlich hatte er Schwester Anne vor sich. Sie lachte glockenhell, während sie ihren Kirschenmund verführerisch spitzte.

Nein, zu einem Kuss kam es wieder nicht, weil Bontekoe vorher einschlief.

Er schlummerte wie ein Baby im dunklen Kokon des mütterlichen Bauches, tief und traumlos. Bis fürchterlicher Lärm den Kokon zerriss und er mit stechenden Kopfschmerzen erwachte. Auf dem Nachttisch tobte sein Handy.

»Ja?«, rief er ärgerlich.

Es war Oberschwester Anne, und er fühlte, wie ihm das Blut zu Kopf stieg, weil er an seinen Traum dachte. Oder war es eine Phantasie kurz vor dem Wegdämmern gewesen?

»Sie haben mich um einen Anruf gebeten.«

»Dann ist er also aufgewacht?«

»Nein, er hat es leider nicht geschafft.«

Wim Bakkum alias Ramón, Hauptverdächtiger in einer brutalen Mordserie, war tot.

Bontekoe stand auf. Er wusste, dass er nicht mehr würde einschlafen können. Er duschte, zog sich an und wankte ins Wohnzimmer. Ließ seine Finger über die CD-Sammlung gleiten und vertraute die Auswahl dem Zufall an. Legte die gewählte Silberscheibe in den CD-Player, drückte auf Start und setzte die Kopfhörer auf.

Beethoven, die »Mondscheinsonate«.

Ein würdiges Ende für einen gelösten Fall.

Sicher, es war ein Fall mit Schönheitsflecken, denn zu einem Geständnis würde es nun nicht mehr kommen. Aber gelöst war gelöst.

25

Als sie aufwachte, war es zwanzig vor sieben, und die Kopfschmerzen waren weg. So weit die gute Nachricht. Es war also doch keine so schlechte Idee gewesen, um drei Uhr früh eine Tablette einzuwerfen, nachdem sie sich stundenlang gequält hatte. Sie hatte sogar ein paar Stunden geschlafen.

Die schlechte Nachricht: Die Wirkung des Schmerzmittels hatte schon wieder nachgelassen, und das Pochen und Ziehen in ihrer Hand war kaum zu ertragen. Obwohl sie die Linke völlig ruhig hielt, schien sich die Handfläche zwanghaft zusammenzuziehen. Sie nahm die Tablettenpackung unter die Lupe. Das beste Mittel, das auf dem Markt sei, hatte Tess gesagt. Keine Nebenwirkungen wie Benommenheit, Schädigung der Magenschleimhaut oder verminderte Libido. Wobei das mit der Libido momentan Maxis kleinstes Problem gewesen wäre. *Höchstdosis: zweimal täglich eine Tablette*, sagte der Beipackzettel. Maxi beschloss, sich gleich die Höchstdosis zu gönnen, und spülte beide Tabletten mit einem Espresso hinunter, der Tote aufgeweckt hätte. Dann zog sie einen Gefrierbeutel über den Verband und stellte sich unter die Dusche.

Danach war sie zwar kein neuer Mensch, sah sich aber zumindest imstande, den Tag auf sich zukommen zu lassen.

Sie genehmigte sich einen zweiten Espresso und schaltete das Radio ein.

Die Stimme des Nachrichtensprechers klang belegt, als er verkündete, dass in Mariupol mindestens einundzwanzig Menschen bei schweren Kämpfen zwischen ukrainischen Sicherheitskräften und prorussischen Separatisten gestorben waren und dass die syrischen Streitkräfte erstmals seit Beginn des Bürgerkriegs 2011 wieder die Kontrolle über die einstige Rebellenhochburg Homs übernommen hatten. Wie viele Tote dabei zu beklagen waren, wurde nicht gesagt. Es folgte ein Beitrag aus der Wirtschaftsredaktion, den Maxi ausblendete. Sie widmete sich dafür einer Scheibe Brot und dem Versuch, sie zuerst mit Erdnussbutter, dann mit Marillenmarmelade zu bestreichen. Erst als sie die Worte »…

großer Erfolg der Abteilung ›Schwere Kriminalität‹ der Amsterdamer Kriminalpolizei unter der Leitung von Hoofdinspecteur Cornelius Bontekoe« vernahm, ließ sie das Messer fallen und war ganz Ohr.

»In den Morgenstunden verlautbarte die Presseabteilung der Polizei, dass die Mordserie geklärt sei. Vier bekannte Amsterdamerinnen waren auf brutalste Weise von einem Callboy ermordet worden, zu dessen Stammkundinnen die Opfer gezählt hatten. Der Tatverdächtige, nach dem intensiv gefahndet wurde, wählte den Freitod und hinterließ einen Abschiedsbrief, in dem er die Taten eingestand.«

Maxi schnappte nach Luft. Der Nachrichtensprecher verlieh seiner Stimme einen locker-flockigen Touch und sprach über das bevorstehende Finale zum neunundfünfzigsten Eurovision Song Contest in Kopenhagen, über das niederländische Duo The Common Linnets und den vielversprechenden Beitrag »Calm after the Storm«, als ihr schlecht wurde. Es gelang ihr noch, das Radio auszuschalten, zur Toilette schaffte sie es nicht mehr. Sie übergab sich in die Spüle.

Als ihr Magen endlich aufhörte zu krampfen, trank sie ein Glas eiskaltes Wasser und putzte die Sauerei weg.

»Bist du okay?«, fragte Tess besorgt.

»Stell dir vor, dieser Idiot hat den Falschen in die Enge getrieben. Und jetzt ist er tot.«

»Wer?«

»Kommissar Wabbelwange.«

»Der nette Hoofdinspecteur ist gestorben?«

»Aber nein!« Maxi erklärte alles.

Tess brühte Fencheltee auf und schenkte Maxi eine Tasse ein. »Das beruhigt den Magen.« Sie tauchte den Teelöffel ins Honigglas und drehte ihn so langsam, dass der Großteil des Honigs der Schwerkraft folgte und wieder im Glas landete. »Und warum ist Ramón jetzt plötzlich der Falsche? Du hast ihn doch selbst verdächtigt. Und du hast diese einschlägige Kundenkartei gefunden.«

»Das vierte Opfer ist kurz vor Mitternacht gestorben. Zu der Zeit lag Ramón auf dem Boden seines eigenen Wohnzimmers, schlief seinen GHB-Rausch aus und war an den Tisch gefesselt. Er *kann* es nicht gewesen sein.«

»Aber er könnte die anderen drei ...«

»Die Kripo geht davon aus, dass ein und derselbe Täter am Werk war. Außerdem war Ramón erst seit Kurzem wieder in Amsterdam, vorher hat er geurlaubt, irgendwo in Hintertupfingen. Klar, das könnte er erfunden haben, aber inzwischen glaube ich ihm. Wieso hätte er mich belügen sollen? Zu dem Zeitpunkt wusste er ja nicht, dass ich schnüffeln wollte.«

»Du meinst also, jemand anders hat die Frauen ermordet und wollte ihm die Taten in die Schuhe schieben, richtig?«

»Du hast's erfasst.«

Tess nahm einen Schluck Tee. »Wir werden ja bald sehen, ob du recht hast.«

»Wie meinst du das?« Maxi führte die Tasse zum Mund, verbrannte sich und verschüttete die Hälfte. Wieder einmal fragte sie sich, wieso Tess die dampfende Brühe trinken und danach lächeln konnte. Hatte sie Schleimhäute aus kochfestem Gummi?

»Ich bitte dich, Maxi, das liegt doch auf der Hand. Glaubst du, ein psychopathischer Serienmörder kann so einfach mit dem Morden aufhören? Er wird es wieder tun. Er muss es wieder tun, weil der Trieb stärker ist als er.«

Maxi verlor die Kontrolle über ihren Unterkiefer, der nach unten klappte. Sie starrte Tess an. »Natürlich«, wisperte sie. »Das ist es. Das ist die Erklärung.«

Tess starrte zurück, erschrocken, als zweifelte sie an Maxis Verstand.

»Der Mörder ist gar kein Psychopath. Er wollte nur, dass es so aussieht. Und er wollte, dass Ramón verdächtigt wird. Weil Ramón in all den Jahren ein gewisses Maß an Frauenhass entwickelt hat, vielleicht auch in einen Burn-out geschlittert ist und das alles wunderbar ins Bild passt.«

»Hm«, sagte Tess. »Klingt nicht einmal schlecht. Vielleicht ging es dem wahren Mörder nur darum, Ramón reinzuhängen. Dann war es jemand, der eine Rechnung mit ihm offen hatte.«

»Vielleicht. Jedenfalls muss es jemand gewesen sein, der ihn ausgesprochen gut kannte. Ihn und seine Kundinnen. Und das heißt …«

»… dass es einer seiner Callboy-Kollegen gewesen ist?«, fragte Tess aufgeregt. Sie hielt Maxi ihre Handfläche hin, die sie mit ihrer gesunden Rechten abklatschte. »Übrigens, dein Verband sieht ziemlich scheiße aus. Lass mich den mal erneuern, ja?«

»Sehr wohl, Frau Doktor. Sehr gern, Frau Doktor. Solange Sie nicht meine Blutgefäße präparieren, Frau Doktor.«

Marijke zupfte an seinem Ärmel. »Der Professor hat angerufen.«

»Wer?«, fragte Bontekoe unwirsch. Er hatte schon seit Stunden schlechte Laune und wusste nicht, warum. Eigentlich sollte er vor Stolz und Freude über den abgeschlossenen Fall durch die Decke gehen. Vor allem nach dem Anruf von Korpschef Meinders, der nicht mit Lob und Komplimenten gegeizt hatte. Trotzdem war da dieses Prickeln im Nacken – ein Garant für unliebsame Überraschungen. Andere Ermittler hatten eine Nase dafür, wenn in einem Fall eine Wende bevorstand. Er hatte seinen kriminalistisch sensibilisierten Nacken. Vielleicht war er auch bloß verspannt.

»Na, der alte Verhagen. Ich habe ihm gestern Abend das Messer vorbeigebracht, das wir neben Ramón im Gebüsch gefunden haben. Er sagt, er hält es für die Tatwaffe.« Marijke grinste ihn an. Dass sie sich freute, war nicht zu übersehen. »Die Tatwaffe in allen vier Fällen«, sagte sie so laut, dass auch Jonker es hören konnte, der sich gerade Kaffee nachschenkte. Marijkes Schwärmerei für den Polizeipsychologen schien Schnee von gestern zu sein.

»Dann wissen wir das«, sagte Bontekoe knapp.

Marijke ließ sich nicht beirren. »Das Messer stammt ganz offensichtlich aus dem Besitz von Wim Bakkum. Er hat noch zwei kleinere und ein größeres aus derselben Serie. Und die Kollegen von der Technik haben bestätigt, dass es mit seinen Fingerabdrücken übersät ist. Und zwar *nur* mit seinen Fingerabdrücken.«

»Gute Arbeit, Marijke.« Er seufzte.

»An einigen Stellen sind die Abdrücke verschmiert, so als hätte er Handschuhe getragen. Aber das ist ja nicht so verwunderlich, dass man sich zum Morden etwas überzieht.«

»Hm«, sagte Bontekoe. »Was ist eigentlich mit Wim Bakkums Fingerabdrücken an den verschiedenen Tatorten?«

»Reichlich vorhanden, sagen unsere Techniker«, bestätigte Marijke.

»An allen Tatorten?«

»In Annika van der Eijks, Manou Boerhaves und Roos Verhoeves Schlafzimmer. Im Hotelzimmer, in dem die tote Lisanne de Steeghius gefunden wurde, natürlich nicht.«

»Was heißt ›natürlich nicht‹? Glaubst du etwa, er hatte Handschuhe an, als er mit ihr …«

»Zum Bumsen? Nein, vermutlich nicht«, sagte Marijke. »Aber so ein Hotelzimmer ist ja übersät mit Fingerabdrücken aller Art, da ist es schwer …« Marijke war offensichtlich selbst ins Grübeln geraten. »Vielleicht hat er auch einfach nichts angefasst?«

»Vielleicht«, sagte Bontekoe.

»Warum habe ich die ganze Zeit den Eindruck, du tust alles, um unsere Ergebnisse anzuzweifeln?«

»Weil es so ist. Es ist meine Aufgabe, zu zweifeln. In einer Stunde beginnt die Pressekonferenz. Wir müssen hundertprozentig sicher sein, dass Wim Bakkum unser Täter ist, bevor wir uns wie Helden feiern lassen.«

Jonker kam auf ihn zu. Streckte ihm die Hand hin. »Aber mein lieber Bontekoe«, sagte er. »Die Indizien sind hieb- und stichfest. Lassen Sie sich feiern, Sie haben es verdient.« Sein Kükenflaum klebte an der Kopfhaut, obwohl der Besprechungsraum heute nicht geheizt war. Das Gesicht war grau, der ganze Mann wirkte geschrumpft. Ein Anblick, den Bontekoe sich erquicklicher vorgestellt hätte.

»Aber mein lieber Jonker«, erwiderte er und war selbst erstaunt, dass keinerlei Hohn in seiner Stimme mitschwang. »Erfolgreiche Polizeiarbeit verlangt ein gutes Team. Und wer war es denn, der als Erster von einem psychopathischen Serienmörder gesprochen hat?« Er klopfte dem Profiler auf den Rücken.

Dann wandte er sich an die versammelte Truppe. »Hat sonst noch jemand etwas herausgefunden?«

Er staunte, als ausgerechnet Ivo sich meldete. »Hab ein bissl im Internet recherchiert. Wim Bakkum war Blogger. Unter www.wezijndebaas.nl hat er eine Art Anti-Gutmensch-Blog betrieben und als nomar79 in erster Linie frauenfeindliche Einträge verfasst, zum Teil aber auch Artikel gegen Schwule oder Ausländer.«

Bontekoe hob die Brauen. »Wann hast du das herausgefunden?«

»Heute Nacht. Konnte sowieso nicht schlafen.«

Jetzt erst fiel ihm auf, dass auch Ivo ziemlich mitgenommen aussah.

»Leute, ich möchte um etwas bitten. Lasst mich die Pressekonferenz nicht allein durchstehen. Ich möchte, dass wir als Team dort auftreten. Ihr habt alle zur Klärung der Mordserie beigetragen, also sollt ihr auch alle zu Wort kommen.«

»Sehr anständig von Ihnen, Herr Kollege. Das ganze Team. Ich gratuliere Ihnen allen. Ich werde dann … Mein Zug geht in einer halben Stunde.«

Die folgenden Augenblicke genoss Bontekoe mit all seinen Sinnen. Er wandte sich Jonker zu. Lächelte. »Soviel ich weiß, fährt alle paar Minuten ein Zug nach Maastricht. Nehmen Sie um Himmels willen einen späteren, Herr Kollege, ich rechne selbstverständlich auch mit Ihrer Anwesenheit.« Er verbreiterte sein Lächeln, obwohl seine Wangen schon schmerzten. »Journalisten sind immer ganz versessen auf Profiler. Außerdem haben Sie die fernsehtauglichsten Manschettenknöpfe.«

Jonker sah ihn an, als hätte der Blitz eingeschlagen. Bontekoe wandte den Blick ab, schaute zu Marijke, die knallrot im Gesicht wurde, weil sie sich offensichtlich das Lachen verbiss. Ivo platzte als Erster heraus. Sekunden später lachte die ganze Versammlung. Jonker lachte am lautesten, er lachte, bis ihm das Wasser aus den Augen schoss.

Da war es mit Bontekoes Abneigung ein für alle Mal vorbei. Nein, sie würden vermutlich keine Freunde werden. Aber ein schlechter Kerl war dieser Hans Willem nun auch wieder nicht, Psychogedöns hin oder her.

Ivo hielt sich den Bauch, Jonker japste, Marijke wischte sich Lachtränen von den Wangen, und Luuks Leichenblässe hatte einem zarten Radieschenrosa Platz gemacht. Es war wie ein reinigendes Gewitter. Als hätte sich der über Tage aufgestaute Druck in einem Schauer entladen und Sorgen, Stress und Schlafmangel weggewaschen. Sogar das unangenehme Gefühl in Bontekoes Nacken war kaum noch zu spüren, höchstens als Kitzeln. Und mit einem Mal wusste der Hoofdinspecteur ganz genau, was er dagegen tun konnte.

»Auf zur Pressekonferenz!«, rief er und scheuchte seine Leute zur Tür hinaus. Luuk war der Letzte. Er nahm ihn beiseite. »Eine Sache gibt es noch zu erledigen, Luuk, und ich fürchte, du bist der beste Mann dafür.«

Für einen Sekundenbruchteil wirkte Luuk enttäuscht, immerhin würde er die Pressekonferenz verpassen. Doch dann flackerte eine Mischung aus Neugier, Abenteuerlust und Ehrgeiz in seinen Augen auf. »Schieß los, Chef!«

Bontekoe lächelte. Luuk erinnerte ihn an die Zeit, als er ein junger Polizist gewesen war und zum ersten Mal Kripoluft hatte schnuppern dürfen. Er beugte sich vor und flüsterte ihm den Auftrag ins Ohr.

»Beschatten?«, fragte Luuk.

Bontekoe legte seinen Zeigefinger an die Lippen und nickte. »Nur zur Sicherheit. Weil ich ein seltsames Gefühl habe.«

Luuk sah ihn bewundernd an. »Deine berühmte Nase, was, Chef?«

Bontekoe verschwieg, dass es bei ihm eher mit gesträubten Nackenhärchen zu tun hatte. »Am Abend schick ich dir eine Ablösung. Und nenn mich bitte Cornelius, wie alle anderen.«

»Geht klar, Chef!« Das Radieschen stand kurz davor, sich in eine Tomate zu verwandeln. Luuk galoppierte hinaus, drehte sich aber noch einmal um. »Geht klar, Cornelius.«

»Wie fühlt es sich an?«, fragte Tess.

»Besser als zuvor.« Maxi bewunderte den jungfräulich weißen, gut gepolsterten Verband, der ihre Linke kühlte und sie vor Erschütterungen und eintretenden Keimen schützte. »Du kannst das wirklich gut. Als würdest du die ganze Zeit nichts anderes machen.« Mit Freude beobachtete sie, wie Tess errötete. Ein seltenes Schauspiel.

Ein Blick auf die Uhr ließ Maxi aufschreien. »Es ist nach neun!«

»Wir verpassen die Pressekonferenz«, sagte Tess, deren Interesse für die Mordfälle inzwischen beachtlich gestiegen war. Beide gingen schnurstracks zu Rudels Zimmer. Maxi klopfte dreimal und trat ein.

Die Luft im Zimmer ließ sie zurückweichen. »Wonach riecht es hier?«

Tess schnupperte prüfend, ihre Nasenflügel bewegten sich rhythmisch. »Nach alten Socken, gebrauchten Unterhosen, schimmliger Erde und vermoderten Pflanzenteilen«, sagte sie, und sie sagte es im selben Tonfall, in dem Jan das Bouquet eines großen Weines lobte.

Maxi entdeckte die Quelle des Übels: Auf Rudels Tisch war Zeitungspapier ausgebreitet, darauf lagen die traurigen Reste der Kaukasischen Vergissmeinnicht. Sie waren einen vielfachen Tod gestorben: von Blattläusen ausgesaugt, durch Haarspray verätzt, von der Sonne verbrannt und im Gewitterregen ersoffen. An ihren verkümmerten Blättern klebten die vergifteten Marienkäferlarven und leisteten ihnen beim Verwesen Gesellschaft.

Maxi schüttelte sich. Doch dann fiel ihr Blick auf Rudels Bett, und sie erschrak. Die Nachttischlampe brannte. Rudel lag auf dem Rücken, sein linker Arm grotesk verdreht, der Kopf unter dem buddhistischen Gartenratgeber vergraben. Er musste während des Lesens eingeschlafen sein. Dabei war ihm der schwere Wälzer ins Gesicht gefallen und hatte ihn offensichtlich ausgeknockt.

»Ist er …«

Ein herzzerreißender Schnarchton beruhigte Maxi. Sie legte das Buch zur Seite und rüttelte ihren Untermieter an der Schulter. Das Schnarchen brach ab, schwäbische Flüche folgten, die sie zum Glück nicht verstand.

»Lieber Rudel, dürfen wir kurz deinen Fernseher benutzen?«

»Kauft euch gefälligst selber einen und lasst mich schlafen.«

Aber Tess hatte bereits eingeschaltet und sich aufs Fußende von Rudels Bett gesetzt. Der ergab sich in sein Schicksal und stand auf.

Die beiden Frauen folgten Hoofdinspecteur Cornelius Bontekoes Ausführungen gebannt. Obwohl der Chefermittler vor dem Fernsehauftritt ganz offensichtlich geschminkt worden war, waren die dunklen Ringe unter den Augen nicht zu übersehen. Zeugen hochgradigen Schlafmangels. Und abgenommen hatte der Gute auch, denn seine Wangen wabbelten nur ganz wenig, und der vanillegelbe Baumwollpulli saß recht locker. Mit geschmeidigen Worten fasste er zusammen, welche Umstände zum Ergreifen von Wim Bakkum alias Ramón vulgo »Jaap, der Schlitzer« geführt hatten. Zum Schluss betonte er, dass der Erfolg der Ermittlungen auf die hervorragende Arbeit jedes Einzelnen aus seinem Team zurückzuführen sei, und stellte seine Leute namentlich vor.

»Schöner Zug von ihm«, sagte Tess.

»Pfft«, sagte Maxi.

»Ist heute Samstag?«, fragte Rudel.

»Hm«, sagten Maxi und Tess zugleich.

»Markt in der Lindengracht!« Rudel lief hinaus. »Dort gibt's einen neuen Stand mit den schönsten …«

Den Rest des Satzes hörte Maxi nicht mehr, weil die Tür hinter Rudel ins Schloss gefallen war. Außerdem wurde es bei der Pressekonferenz spannend. Bontekoe hatte die Journalisten dazu aufgefordert, Fragen zu stellen.

»Hat der Täter ein Geständnis abgelegt?«, fragte eine ältere Dame für die Volkskrant.

»Das konnte er nicht mehr. Aber sein Abschiedsbrief kann natürlich als Geständnis betrachtet werden.«

»Handgeschrieben?«, hakte die Frau nach, deren strenge Gesichtszüge Maxi ein bisschen an ihre alte Handarbeitslehrerin erinnerten.

»Nein, auf dem Notebook. Ein passwortgeschütztes Notebook, das wir in seiner Wohnung gefunden haben. Auf der Tastatur befanden sich ausschließlich seine Fingerabdrücke.« Bontekoe konnte nicht verbergen, dass ihm die Frage unangenehm war.

Er zeigte auf einen Mittvierziger im Cordanzug, einen Redakteur von Radio Veronica, der sich für die Motive des Callboys interessierte.

»Halten Sie es nicht für ungewöhnlich, dass ein Sexarbeiter seine besten Kundinnen umbringt? Man beißt doch nicht die Hand, die einen füttert?«

»Diese Frage kann unser Profiling-Experte Dr. Hans Willem

Jonker besser beantworten.« Bontekoe nickte dem Mann neben sich zu, der sich als Einziger für den Anlass in Schale geworfen hatte.

»Wie geschmackvoll«, flüsterte Tess und meinte vermutlich Jonkers lindgrün-fliederfarben gestreifte Krawatte und das dazu passende Einstecktuch.

Der Profiler räusperte sich. Dann erklärte er, dass das zweifellos ungewöhnlich sei. »Mehrere Faktoren haben zusammengespielt. Ein vollkommen veraltetes Frauenbild, Berufsmüdigkeit, die zu einer schweren Form von Burn-out geführt hat, und aufgestauter Hass. Da haben sich wohl alle durch die Jahre erlittenen Demütigungen summiert.« Jonker rückte an seiner Krawatte. »Die wichtigste Voraussetzung für so brutale Morde ist aber zweifellos die psychopathische Disposition des Mörders, die sich auf verschiedene Weise manifestiert hat.« Er sprach über die frauenfeindlichen Blogbeiträge des Callboys und seine Vorliebe für Philosophen, die ein gestörtes Verhältnis zur Weiblichkeit hatten, wie Spinoza, Schopenhauer, Nietzsche oder gar Weininger.

Ein Kaugummi kauender Althippie mit langer grauer Mähne und Dreitagebart hob die Hand. »Wenn er ein Psychopath war, wieso hat er nicht weitergemacht? Der hatte doch bestimmt weit mehr Kundinnen, die er gern ein bisschen massakriert hätte.« Der Journalist, der für den Telegraaf schrieb, kam sich zweifellos ziemlich cool vor.

Bontekoe runzelte die Stirn. »Vergessen Sie eins nicht: Wir waren dem Mörder auf der Spur. Er wusste, dass es kein Entkommen gab«, sagte er, sichtlich angewidert.

Jonker stimmte ihm zu. »Die meisten Psychopathen sind Perfektionisten. Sie akzeptieren keine Fehler. Wim Bakkums Fehler war, dass er die Verschwiegenheit seiner Kundinnen überschätzt hat. Das letzte Opfer hat sich jemandem anvertraut. Durch diese Zeugenaussage und die Visitenkarten des Callboys hat mein Kollege Hoofdinspecteur Bontekoe quasi die Witterung aufgenommen. Als Bakkum das ahnte, hat er sich selbst bestraft, konsequenterweise mit demselben Messer, mit dem er die Morde begangen hat.«

Die letzte Frage durfte eine junge Frau vom Algemeen

Dagblad stellen, die wie ein Teenager aussah und vermutlich eine Praktikantin war. »Herr Hoofdinspecteur, können Sie den Amsterdamerinnen und Amsterdamern garantieren, dass es keine weiteren Morde mehr geben wird?«

»Nein, meine Liebe, das kann ich leider nicht.« Bontekoe lächelte sie väterlich an. »Amsterdam ist bei Weitem nicht New York, aber Morde wird es immer wieder einmal geben. *Diese* Mordserie aber, und das haben Sie vermutlich gemeint, die ist definitiv zu Ende. Das verspreche ich Ihnen.«

Vereinzelt brach Gelächter los, und die Pressekonferenz endete ausgesprochen heiter, um nicht zu sagen beschwingt.

Während Tess von Bontekoes Charme und der Eleganz des Profilers schwärmte, versank Maxi in Grübelei.

Sie waren alle auf dem Holzweg und ließen sich dafür feiern. Sie schüttelte den Kopf. In ihrem Hals saß ein Kloß. Ein Kloß namens »schlechtes Gewissen«. Sie hatte Ramón verdächtigt, sie hatte ihn betäubt und seine Wohnung durchwühlt. Und jetzt? Jetzt hielt alle Welt ihn für ein frauenschlachtendes Monster.

Er ist tot, sein Ruf kann ihm egal sein, sagte die Stimme der Vernunft.

Aber mir ist es nicht egal, konterte Maxis Bauchstimme. Und es war die Bauchstimme, die wieder einmal den Disput gewann.

Maxi zog sich in ihr Zimmer zurück. Sie hielt es für ihre verdammte Pflicht, die Wahrheit herauszufinden.

In Ruhe hörte sie sich das ganze Gespräch mit Ramón an, das sie aufgenommen hatte. Die wichtigsten Informationen schrieb sie auf. Und sie ging noch einmal alle Fotos durch, die sie in seiner Wohnung gemacht hatte. Die Aufnahme, die ihn mit seinen drei Gigolo-Kollegen zeigte, studierte sie ganz genau.

Wenn Ramón alias Wim Bakkum unschuldig war, hatte jemand seine Kundenkartei und das Wissen um seine Gewohnheiten genutzt, um den Verdacht auf ihn zu lenken. Und dafür kamen nur seine Gigolo-Kollegen in Frage. Aber welcher von den dreien? Oder waren es alle zusammen?

Sie notierte alles, was sie über die drei Männer wusste. Da war einmal Gido Mutsaerts, der seine Dienste unter dem Namen Dorian anbot. Ein weißblonder Dreißigjähriger, der aussah, als könnte er kein Wässerchen trüben. *Nur Frauen und Hetero-Paare,* las sie auf der Gigolo-Homepage. *Bin gebildet und begleite dich auch gern zu Abendessen oder kulturellen Veranstaltungen aller Art.* Ramón hatte ihr erzählt, Dorian solle in einigen Jahren die Leitung der Gigolos übernehmen. Hatte Blondie es vielleicht besonders eilig damit gehabt?

Maxi nahm den nächsten Callboy unter die Lupe: Pierre alias Piet van der Wijden. Er war nur wenig jünger als Dorian und sah aus wie der nette Junge von nebenan, aber weit attraktiver und ziemlich cool. *Lass mich dich verwöhnen*, stand unter den Nacktfotos auf der Gigolo-Website. *Ob Konversation, Rollenspiele, Massagen, Oralverkehr oder härtere Gangart, ich habe das Zeug, dich glücklich zu machen.*

Ramón hatte erwähnt, dass er seine Stammkundinnen an Pierre abgetreten habe, als er nach einem Beinbruch im Krankenstand war. Hatte Pierre auch die Urlaubsvertretung übernommen?

Ihr Blick wanderte weiter zu Guy alias Jeroen Vranken, der auf dem Foto rechts außen stand. Das Nesthäkchen des Kleeblatts, ein rotblonder durchtrainierter Beau, der sich auf der Homepage als Begleiter für Spiel und Sport anbot und BDSM in allen Varianten als sein Spezialgebiet nannte.

Maxi grübelte. Die postmortalen Verletzungen der Opfer ließen auf BDSM-Praktiken schließen, aber vermutlich hatten die alle Gigolos im Repertoire. Um herauszufinden, wer von den dreien der Mörder war, musste sie allen hinterherspionieren, und das würde viel zu viel Zeit kosten. Gab es noch eine andere Möglichkeit?

Kurz bevor infolge verschärften Nachdenkens die Kopfschmerzen wieder aufflackerten, fiel ihr etwas ein. Es war nur eine klitzekleine Chance, aber sie musste es versuchen.

Das Wetter war traumhaft. Herrliche Frühlingssonne ließ das Wasser der Brouwersgracht glitzern, es war beinahe sommerlich warm. Als Maxi das Hausboot verließ, beackerte Rudel gerade den Dachgarten. Er kniete über der Badewanne und lockerte die Erde mit einem kleinen Rechen.

»Was ist es diesmal«, fragte Maxi und verkniff sich den Zusatz: »… das du zu Tode pflegen willst?«

»Hyazinthen!«, rief Rudel mit stolzgeschwellter Stimme. »Sind die nicht schön?«

Maxi mochte Hyazinthen nicht besonders. Aber sie boten zweifellos einen prächtigen Anblick, wie sie da so knackig und frisch in Reih und Glied standen, wie kleine Soldaten, die statt eines Gewehrs ihre violettblauen Blütenkelche präsentierten.

»Wunderhübsch«, sagte sie. *Noch.*

»*Die* werden mir *nicht* eingehen«, sagte Rudel. »Wetten?«

»Ich drück dir die Daumen!« *Dein Wort in Buddhas Ohr*, dachte Maxi und schwang sich aufs Rad.

Was sie nicht mehr mitbekam:

Wie Rudel ihr nachsah und sich im wahrsten Sinn des Wortes ins Fäustchen lachte.

Und wie wenige Augenblicke später ein dunkelblauer Opel aus der Parklücke vor dem Nachbarhaus ausscherte und möglichst unauffällig die Verfolgung aufnahm.

***

Aus dem Buch »Buddhistische Weisheiten
für Hobbygärtner« von Döndrup Rangjung Rinpoche
(deutsche Übersetzung: Adelbert Hinrichs):

Wenn du hundert Yen hast,
kaufe dir für fünfzig Yen Reis,
für die anderen fünfzig aber
kaufe dir Hyazinthen für die Seele.

26

Er hätte nicht sagen können, ob seine Erleichterung über die vollbrachte Pressekonferenz größer war oder die Erschöpfung. Den Stress, den zu einer Horde zusammengerottete Presseleute ihm verursachten, hatte er jedenfalls ausgedünstet. Sein Hemd klebte am Körper. Er hob den Arm und schnüffelte an seiner Achsel. Puh, so konnte er unmöglich der adretten Frau Dr. Schrijver gegenübertreten. Also fuhr er rasch nach Hause, duschte, zog sich um und machte sich einigermaßen erfrischt auf den Weg nach Osdorp zur Tierarztpraxis.

Dort stand er allerdings vor verschlossenen Türen. Er klingelte, nichts rührte sich. Er rüttelte am Türknauf, vergeblich. Dabei hatte er doch mit Frau Dr. Schrijver vereinbart, Karin am Samstag abzuholen.

»Kommen Sie zwischen neun und zwölf«, hatte sie gesagt, daran erinnerte er sich genau.

Ein Blick auf die Armbanduhr zeigte: zwanzig nach zwölf. *Potverdorie! Verdammte Eitelkeit!* Wenn er aufs Duschen verzichtet hätte, hätte er es problemlos geschafft.

Jetzt erst nahm er den Zettel wahr, der neben dem Briefkasten klebte.

Ab 12. Mai sind wir für drei Wochen in Urlaub. Erste Ordination am Montag, den 2. Juni.

Im Anschluss an diesen lapidaren Satz waren die Adressen und Telefonnummern von drei Tierärzten angegeben, die in dringenden Fällen die Urlaubsvertretung übernahmen.

Er schluckte. Der 12. Mai war der kommende Montag. Das hieß, dass Dr. Schrijver womöglich bereits nach Hause gegangen war, um ihre Koffer zu packen und in den Süden oder in welche Himmelsrichtung auch immer zu fliegen. Er musste sie unbedingt vorher erreichen! Mehrfach wählte er die Nummer der Praxis, aber jedes Mal läutete es ins Leere. Dann versuchte er sein Glück unter Dr. Schrijvers Privatnummer, erreichte jedoch nur die Mailbox. Mit verzweifelter Stimme brachte er sein Anliegen vor.

Er eruierte, dass die Tierärztin mit ihrem Mann in Zwanenburg, in der Iepenlaan wohnte, und fuhr hin. Aber das Haus mit dem steilen Ziegeldach machte einen verlassenen Eindruck, sämtliche Fensterläden waren geschlossen, und auf sein heftiges Geklingel reagierte niemand.

Ein Airbus im Landeanflug donnerte über ihn hinweg, und er zog reflexartig den Kopf ein. Er fragte sich, ob man sich an den Lärm gewöhnte, wenn man in der Einflugschneise von Schiphol wohnte. Und noch viel brennender hätte ihn interessiert, ob Dr. Schrijver und ihr Mann gerade in Schiphol auf einen Flug warteten. Sollte er hinfahren und sie ausrufen lassen?

Langsam wirst du verrückt, dachte er und ließ es natürlich bleiben.

Stattdessen telefonierte er die drei Urlaubsvertreter von Dr. Schrijver durch, aber niemand wusste etwas von einer Schildkröte. Ihm blieb nichts anderes übrig, als noch einmal Dr. Schrijvers private Mailbox zu besprechen und sie um einen dringenden Rückruf zu bitten.

Dann fuhr er nach Hause. Hoffentlich war Karin nicht ganz allein in der Tierarztpraxis. Hoffentlich war sie nicht schon tot, elendiglich zugrunde gegangen, während er in Fernsehkameras gelächelt hatte.

Der Anblick des leeren Terrariums gab ihm den Rest. Er würgte eine Wurstsemmel hinunter, um seinen knurrenden Magen zu besänftigen, legte sich aufs Bett und schaffte es nicht einmal mehr, sich zuzudecken. Schon hatte ihm die Erschöpfung die Augen zugedrückt.

Der Anruf riss ihn aus dem Tiefschlaf. »Tut mir leid, Cornelius.« Das war Marijke. »Er hat es wieder getan.«

»Was? Nein!«

»Eine Frau Anfang vierzig, Kehle durchtrennt, auf dem Handrücken eine blutige Fünf.«

»Wer ist es?«

»Du kennst sie. Maximiliane Mikulicz.«

Obwohl er der Mikulicz in den letzten Tagen alles Mögliche an den Hals gewünscht hatte, war er schockiert. Er fuhr sofort in die Brouwersgracht und stellte sich dem grauenhaften Anblick.

Blut, Blut, überall Blut, es färbte nicht nur das gesamte Bett rot, sogar auf die Klaviertasten war es gespritzt. Zum ersten Mal fühlte Bontekoe Mitleid für eine Angehörige der Spezies »Klavierlehrerin«.

Marijke und er sahen sich fassungslos an.

»Der Callboy war also unschuldig«, sagte Marijke. »Trotz aller Indizien.«

»Unschuldig«, echote er.

»Aber was haben wir übersehen? Wo haben wir gepatzt?«

»Beim Abschiedsbrief«, sagte er und erinnerte sich an die Journalistin der Volkskrant. »Nicht mit der Hand geschrieben wie die Kundenkartei, sondern von jemand anderem getippt. Vom richtigen Mörder.«

»Stimmt«, sagte Marijke.

»Und beim Motiv für Wim Bakkums Selbstmord.«

»Wie meinst du das?«

»Er hatte keins! Er wusste ja nicht, dass wir ihm auf der Spur waren. Wusste weder von Mirthe Verhoeves Aussage noch von unserem Fund der Visitenkarten. Und als wir seine Wohnung durchsuchten, war er längst in der Gewalt des Mörders.«

»Stimmt schon wieder.«

Er hätte sich am liebsten auf den Klavierhocker gesetzt und geweint. So lange geweint, bis er mit seinen Tränen den letzten Blutstropfen von den Tasten gewaschen hätte, aber ein penetrantes Geräusch hinderte ihn daran.

»Aufhören!«, schrie er.

Das Geräusch wurde lauter und eindringlicher. Mozarts »Alla Turca«, völlig verzerrt.

Sein Handy. Auf dem Nachttisch. *Was für ein Glück!*

Er hätte den Anrufer küssen mögen, weil er ihn aus diesem blutigen Alptraum gerissen hatte.

»Luuk, mein Lieber! Wie geht's dir?«

»Wollte dich nur auf dem Laufenden halten, Chef, ich meine, Cornelius. Ich hoffe, ich hab dich nicht gestört?«

»Nein!« Er schrie es fast. »Überhaupt nicht. Was gibt's Neues?«

»Hab die Mikulicz beschattet, wie du es wolltest. Gegen Mittag ist sie zum Haus der van der Eijks gefahren. War ziemlich mühsam, ihr mit dem Auto zu folgen. Die Frau fährt wie eine gesengte Sau. Ist mir ein Rätsel, wie die mit ihren Verletzungen überhaupt so radeln kann.«

»Gute Arbeit, Luuk. Hervorragende Arbeit! Und wie lange ist sie geblieben?«

»Sie ist immer noch da, Chef. Seit geschlagenen zweieinhalb Stunden. Anfangs war durchs gekippte Fenster Klaviermusik zu hören. Ziemlich fürchterliche übrigens, obwohl ich natürlich nichts davon verstehe. Jetzt ist es schon 'ne ganze Weile still.«

»Bleib dran, Luuk. Und ruf mich jederzeit an, wenn was ist. Hörst du? Jederzeit. Abends schicke ich dir jemanden, der dich ablöst.«

Bontekoe stand auf und tanzte in seinem Schlafzimmer herum, bis ihm schwindlig wurde. Die Mikulicz lebte. Es gab keine Nummer fünf. Jaap, der Schlitzer, war Geschichte.

War er Geschichte?

Er dachte den Traum durch, der zwar insgesamt vollkommen absurd gewesen war. Aber die Argumente hatten eingeleuchtet. Der nicht mit der Hand geschriebene Abschiedsbrief. Der grundlose Selbstmord. Sie begannen, in seinem Kopf zu kreisen, und mit jeder Umdrehung nährten sie seinen Zweifel.

Hatte die Mikulicz etwa doch nicht gelogen, und der Callboy hatte sein viertes Opfer gar nicht umbringen können? Und wenn die Nummer vier nicht, dann womöglich die anderen drei auch nicht?

Bontekoe begann, umherzuwandern. Er wanderte ins Wohnzimmer und nahm Karins Lieblingsstein aus dem Terrarium: einen wunderbar glatt geschliffenen schiefergrauen Kiesel, auf einer Seite abgeflacht, auf der anderen von zwei weißen Adern durchzogen. Er streichelte den Stein, drückte ihn gegen seine Stirn und ließ die angenehme Kühle einsickern.

Dann legte er ihn zurück, zog sich an und fuhr ins Büro.

Er musste sich beschäftigen. Und weil er nicht wusste, wo er anfangen sollte, nahm er sich die Mikulicz vor und begann, alle Informationen über sie zu sammeln, die ihm unter die Finger kamen.

Natürlich war Maxi froh, dass es Henk schon viel besser ging. Ausgesprochen froh sogar. Auch wenn sich das leider desaströs auf seine pianistischen Fähigkeiten auswirkte. Kurz: Er spielte wieder so schlecht wie vor dem Unglück, sogar noch schlechter. Aber das tat er wenigstens gern, und das war auch schon viel wert. So mutierte der »Fröhliche Landmann« von Robert Schumann zu einem depressiven Stadtstreicher, der sich schon nach wenigen Takten vom erdverbundenen F-Dur abwandte und in einer unbekannten, um nicht zu sagen nicht existenten Tonart herumstromerte, die Maxi noch nie gesehene Farb- und Formvisionen bescherte. Nach dreiviertelstündigem gemeinsamem Üben konnte man das Stück ansatzweise erkennen. Maxi warf mit Lob um sich und schloss den Klavierdeckel.

»Henk, ich möchte dir was zeigen. Ein Foto, auf dem der Criq-Croq-Mann mit drei Freunden drauf ist. Kannst du mir sagen, ob du einen von diesen Freunden schon mal gesehen hast?«

Henk nahm Maxis Smartphone und schaute sich die Aufnahme an. Nach wenigen Augenblicken zeigte er auf den zweiten von links. »Den da. Letzten Samstag.«

»Heute vor einer Woche also.« *Am Wochenende vor Annikas Ermordung*, dachte Maxi. »Und was hat er da gemacht?«

»Nichts. Der saß bloß in seinem Auto.«

»Und du bist dir sicher?«

»Stell dir vor, ein Aston Martin DB9 Cabrio!« Seine Stimme vibrierte vor Begeisterung. »Und wie sicher ich mir bin!« Plötzlich runzelte er die Stirn. »Hat er auch was damit zu tun? Mit Mamas Tod, meine ich?«

»Schon möglich. Aber das finde ich raus, versprochen. Und dann wird er bestraft.«

»Glaubst du, dass sie den Criq-Croq-Mann geliebt hat?«

»Aber nein, sie hat ihn bezahlt. Für etwas, was sie von deinem Papa nicht mehr bekommen hat. Deine Eltern hatten wohl einige Schwierigkeiten. Geliebt hat sie trotzdem deinen Papa. Und dich natürlich. Dich in erster Linie. Sie hätte euch nie verlassen.«

Henk schwieg. Minutenlang sah er zum Fenster hinaus. »Und der Mann in dem Opel? Hängt der auch mit drin?«, fragte er schließlich. »Der ist schon genauso lang da wie du.«

Maxi stellte sich neben ihn und versuchte, seinem Blick zu folgen. Der Apfelbaum stand in voller Blüte. Die Tulpen zu seinen Füßen waren schon verwelkt, sattgelbe Narzissen hatten ihnen den Rang abgelaufen. Aus dem schattigen Teil des Gartens leuchteten Rhododendren in Schattierungen von Purpurn bis Lila vor dem jägergrünen Zaun aus Thujen.

Hinter dem Zaun aber, auf der gegenüberliegenden Straßenseite, schien die Sonne auf ein dunkelblaues Auto und ließ es aufleuchten, als wollte sie Maxi extra darauf hinweisen.

»Ein Opel Astra H. Langweiliges Modell«, sagte Henk. »Der Petersen fährt so einen. Und die Bullen haben solche Dienstwagen. Wenn sie nicht auffallen wollen.«

»Was du alles weißt! Hast du vielleicht auch eine Idee, wie wir den Fahrer unauffällig zum Aussteigen bringen?«

Henk überlegte. Schließlich grinste er, nickte und lief hinaus. Kurz darauf sah Maxi ihn auf die Eiche klettern, von der sie nur den halben Stamm und einen Teil der Krone sehen konnte. Vermutlich befand sich dort Henks Baumhaus, von dem er schon öfter erzählt hatte.

Maxi beobachtete den Opel. Plötzlich sah sie etwas fliegen. Mit einem »Pock« landete es auf dem Autodach, prallte davon ab und hüpfte über die Straße. Die Tür des Wagens wurde aufgerissen, ein junger Mann stieg aus, der Maxi vage bekannt vorkam. Er musterte das Autodach, legte den Kopf in den Nacken und starrte in den Himmel. Schließlich nahm er sein Käppi ab, kratzte sich am Kopf und sah sich um. Als er sein milchjunges Gesicht herumdrehte, wusste Maxi gleich, wo sie ihn schon einmal gesehen hatte.

Na warte, dachte sie.

Henk kam zurück und schwenkte seine Steinschleuder. »Was sagst du jetzt? Für dich hab ich meinen besten Radiergummi verschossen«, sagte er stolz.

Als Maxi wenig später wegradelte, tat sie so, als führe sie auf direktem Weg nach Hause. Aus dem Augenwinkel sah sie, wie Luuk ihr in seinem Opel folgte. Sie fuhr die Koningslaan entlang, nahm den Willemsparkweg und fuhr geradeaus weiter in die Paulus Potterstraat, am Diamantenmuseum vorbei. Dann bog sie links in die Hobbemastraat und folgte dem Radweg zum Leidseplein. Sie verlangsamte ihr Tempo, damit der Opel sie überholen musste. Im Getümmel der Touristen, Fußgänger und Radfahrer tauchte sie unter und bog scharf rechts in die Korte Leidsedwarsstraat ein. Durch ein Labyrinth von Gässchen, Grachten und kurzen Quergässchen fuhr sie auf Umwegen ins Zentrum, in die Nieuwe Uilenburgerstraat.

Jan war hin- und hergerissen, das erkannte sie sofort an den drei parallelen Querrunzeln, die sich auf seiner Stirn bildeten, und an der Art und Weise, wie er sich den Bart raufte. Stumm sah er Maxi an, und sie hatte das Gefühl, dass sich in seinem Inneren ein Kampf abspielte. Ein Kampf zwischen dem Jan, der den Beleidigten spielen wollte, und dem, der sich über ihren unerwarteten Besuch freute und sie gern in die Arme genommen hätte. Die beleidigte Leberwurst schien die Oberhand zu gewinnen, denn er presste demonstrativ die Lippen zusammen.

Maxi tat, als bemerkte sie es nicht. Sie stellte sich auf die Zehenspitzen und küsste ihn lange und zärtlich. Natürlich wurde er da weich!

»Ich wollte mich endlich bei dir bedanken. Für deinen Besuch im Krankenhaus und so«, sagte sie. »Und es tut mir wirklich leid, dass du dir solche Sorgen gemacht hast.«

Jan nickte. Im Zeitlupentempo glätteten sich die Stirnfalten, und ein Lächeln stahl sich auf seine Lippen. »Wie schön, dass es dir besser geht.«

Wow, ein ganzer Satz. Maxi war beeindruckt. Leider hatte Jan einen Verkostungstermin mit Stammkunden vereinbart. Er bat sie, in seiner Wohnung zu warten. »In zwei, zweieinhalb Stunden bin ich fertig, dann koche ich uns was. Was hältst du von Lasagne à la Ruisdael?«

»Klingt phantastisch.« Maxi leckte sich die Lippen. »Kann ich inzwischen etwas vorbereiten?«

»Zwei Zwiebeln würfeln, vielleicht?« Er drohte ihr spielerisch mit dem Zeigefinger. »Aber nur, wenn du mir versprichst, dass du dir nicht einen Finger deiner unverletzten Hand …«

Während er in seiner Probierstube verschwand, versuchte sie sich an den Zwiebeln, legte aber das Messer nach kurzer

Zeit entnervt weg. Einhändiges Kleinhacken war ein Ding der Unmöglichkeit. Stattdessen deckte sie den Tisch. Und um der Langeweile vorzubeugen, die schon um die Ecke lugte, informierte sie sich im Internet über Piet van der Wijden.

Sie entdeckte Piets private Facebookseite. Dort fand sich der übliche Schwachsinn, den die meisten Menschen auf ihren Facebookseiten posteten. Selfies mit Sportgerät und Sprüchen wie: »Immer schön in Form bleiben«. Oder solche mit wechselnden Freundinnen und unterschiedlichen, aber immer äußerst stylischen Sonnenbrillen. Dazwischen fanden sich Bilder von selbst kreierten Cocktails sowie Cappuccino-Art mit Crema-Herzen in allen Varianten. Dazu grenzgeniale Einsichten à la: »Was früher meine Leber war, ist heute eine Minibar«, oder: »Des kleinen Mannes Sonnenschein ist bumsen und besoffen sein«. Oder nur ein schlichtes »Piets Morgenlatte«.

Maxi folgerte, dass der Typ eine Ausbildung als Barista gemacht hatte und stundenweise in einer Kaffeebar arbeitete. Alles in allem nichts, was sie in irgendeiner Weise weiterbrachte.

Wenigstens konnte sie seine Adresse ausfindig machen. Piet van der Wijden wohnte in Zaandam, in der Czaar Peterstraat 66c. Und es juckte sie in den Fingern (zumindest in denen ihrer gesunden Rechten), hinzufahren und ihn zu beobachten. Vielleicht traf er sich mit jemandem, vielleicht konnte sie Nachbarn über ihn ausfragen. Natürlich brauchte sie dazu ein Auto, und ganz bestimmt würde Jan ihr eines leihen, schließlich hatte er zwei.

Einziges Problem: Ihn während einer Verkostung zu stören, war ein No-Go. Also musste sie sich einfach selbst helfen. Obwohl sie hoffte, wieder zurück zu sein, bevor er ihre Abwesenheit überhaupt bemerkte, schrieb sie ihm eine Nachricht:

Lieber Jan, muss dringend was erledigen. Hab mir ein Auto geliehen. Keine Angst, ich hüte es wie meinen Augapfel. Danke + Kuss, Maxi

Vor dem Schlüsselbrett konnte sie sich nicht entscheiden. Ihr Herz und das Bauchgefühl tendierten natürlich zum kirschroten Maserati-Cabrio. Aber das war viel zu auffällig für Beobachtungszwecke. Also hörte sie auf die Stimme der Vernunft und entschied sich für den Mercedes C 300 Bluetec Hybrid. Ein mittelgroßer, in beamtenkompatiblem Mittelgrau gehaltener Wagen, der noch dazu mit seiner Umweltfreundlichkeit punkten konnte. Außerdem kam das Automatikgetriebe ihrer verletzungsbedingten Einhändigkeit entgegen.

Maxi fackelte nicht lang. Sie stieg ein. Ein Knopfdruck, und das Wort »Ready« erschien in Grün auf dem Bildschirm. Sie stellte die Automatik auf »Dauerbetrieb«, drückte vorsichtig aufs Gaspedal, und schon gab es kein Zurück mehr.

Sie hatte ein Auto entwendet, ohne zu fragen.

Sie hatte nicht auf Jan gewartet wie vereinbart.

Sie hatte seine Speziallasagne verwirkt, obwohl ihr Magen beim bloßen Gedanken daran verzweifelt aufknurrte. Und wenn sie nicht furchtbar aufpasste und ihn weiterhin so schamlos ausnutzte, dann würde sie bald auch seine Liebe verwirkt haben.

Die Fahrt verlief stau- und ereignislos. In der Czaar Peterstraat sah Maxi sich erst mal um. Ein biederes Backsteinhäuschen reihte sich ans nächste, alle waren zwei Fenster breit, zwei Stockwerke hoch, hatten unten abgeknickte Mansarddächer und glichen einander wie eineiige Zwillinge. Eine Wohnsiedlung, in der man Staubsaugervertreter, kleine Beamte und vielleicht den einen oder anderen Lehrer vermuten konnte. Keine männliche Luxusnutte. Dementsprechend sahen auch die Autos aus, die vor den Häusern geparkt waren. Kleinwagen oder Familienkutschen vorwiegend asiatischer Hersteller.

Der silberfarbene Sportwagen stach heraus wie ein Juwel. Was hatte Henk gesagt? Ein Aston Martin DB9 Cabrio? Henk hatte recht.

Maxi fuhr auf einen Besucherparkplatz in einer Seitenstraße. Von hier hatte sie sowohl das Haus Nummer 66c als auch den Aston Martin im Blick. Sie öffnete das Fenster einen Spaltbreit und stellte den Motor ab.

Wartete. Und wartete.

Eine Stunde. Anderthalb Stunden.

Jan rief an. Am Klingeln ihres Smartphones glaubte sie zu hören, dass er wütend war. Vorsichtshalber ignorierte sie ihn und schaltete das Handy auf stumm. Das schlechte Gewissen schnürte ihr die Kehle zu. Aber was hätte sie ihm sagen sollen? Dass er recht hatte, zornig zu sein? Dass sie sich unmöglich verhielt, aber leider momentan nicht anders konnte, weil »es« stärker war als sie?

Um sich abzulenken, machte sie sich im Internet über Zaandam kundig. Vor Jahrhunderten hatten Windmühlen und Werften die Gegend dominiert, Holz wurde verarbeitet, später das Fleisch von Walen. Und der russische Zar Peter der Große hatte einige Tage hier gewohnt und sich für den Schiffsbau interessiert. Dann das 20. Jahrhundert, was für ein Abstieg. In den siebziger Jahren wurde hier das erste europäische McDonald's-Restaurant eröffnet. Heute beherbergte die Stadt das Hauptquartier der Supermarktkette Albert Hijn. Und die Gegend galt als Hochburg der Linoleum-, Kakao- und Senfproduktion.

Maxi schnupperte. Ja, den Kakao konnte sie riechen. Sonst passierte nichts. Sie langweilte sich. Und es ärgerte sie maßlos, dass sie Aravind Bhaduris siebten Fall nicht dabeihatte. Seltsamerweise war das Buch wie vom Erdboden verschluckt, obwohl sie schon ihr ganzes Zimmer danach durchsucht hatte. Tatenlos saß sie in Jans Wagen, sah zu, wie die Dämmerung mit rauchgrauen Fingern nach den letzten orange angehauchten Schäfchenwolken griff, und stellte sich vor, dass Jan jetzt vielleicht in der Bechamelsoße rührte.

Was war nur in sie gefahren? Ihn schon wieder zu belügen und noch dazu völlig umsonst. Womöglich würde Piet van der Wijden den ganzen Abend oder gar die ganze Nacht zu Hause bleiben, und sie hatte das Nachsehen.

Wie zur Strafe erwachte auch noch ihre linke Hand und begann zu ziehen und zu pochen. Die Wirkung des Schmerzmittels hatte nachgelassen, und natürlich hatte Maxi nicht daran gedacht, die Pillendose mitzunehmen.

Sinnlos. Ich fahre zurück. Vielleicht ist beziehungstechnisch noch nicht alles verspielt, dachte sie.

In diesem Moment öffnete sich die Haustür von Nummer 66c, und Piet van der Wijden kam heraus. Er trug eine helle Jeans und ein kurzärmeliges Leinenhemd. Die unvermeidliche Sonnenbrille hatte er sich ins Haar geschoben. Er telefonierte angeregt, ließ den Autoschlüssel um seinen Zeigefinger kreiseln und ging zielstrebig auf den Aston Martin zu.

27

Zum elften Mal versuchte er, Maximiliane anzurufen. Zuerst hatte sie ihn weggedrückt, jetzt ging sie einfach nicht dran. Verdammter Mist! Sie zog ihm wieder einmal den letzten Nerv! Warum hatte er sie nicht längst zum Teufel geschickt? Sie sich aus dem Kopf geschlagen? Sie ausgeschwitzt aus jeder einzelnen Pore? Bei einer Gewalttour mit dem Rennrad mit anschließendem Besäufnis, zum Beispiel. Es gab doch so viele schnuckelige Frauen, die weit unkomplizierter wären, die ihm aus der Hand fressen würden, die …

Ach was, mach dir nichts vor, dachte er. Mit den vielen schnuckeligen Frauen hatte er es – nach einer gescheiterten Ehe – bereits viel zu oft versucht. Klar, er hatte guten Sex gehabt, aber darüber hinaus?

Maximiliane war die Einzige, mit der er außerdem verreisen, Wein trinken, ein Jazzkonzert besuchen, reden wollte. Ja, sogar reden, obwohl das sonst kaum zu seinen Lieblingsbeschäftigungen gehörte. Und wenn er ehrlich war, dachte er keinesfalls nur an gemeinsame Annehmlichkeiten oder Highlights wie Urlaub und so weiter. Nein, er wollte auch im unausgeschlafenen, verkaterten, verschnupften oder gereizten Zustand mit ihr zusammen sein. Er wollte mit ihr Krisen managen, Krankheiten durchstehen, über Kleinigkeiten streiten, gegen die abstumpfende Routine des Alltags ankämpfen.

Ich will mit ihr ein Kind in die Welt setzen. Nein, okay, das muss nicht sein. Er strich das Kind. Familie wäre schön, aber er kannte ihre Bedenken, und eigentlich genügte sie ihm auch so. Mit ihr zusammenleben wollte er. Täglich an ihr schnuppern können und wissen, dass er angekommen war.

Leider hatten sich ihre Bindungsängste bisher als stärker erwiesen als ihre Gefühle für ihn. Die zweifellos vorhanden waren. Doch, da war er sich sicher.

Oder?

Aber ja, sie mochte ihn. Ihre Zögerlichkeit hatte nur mit

den schlechten Erfahrungen zu tun, die sie gemacht hatte. Ihre große Jugendliebe hatte sich zum großen Desaster entwickelt, Maximiliane war verletzt worden, seelisch und körperlich. Von daher konnte er ihre Vorsicht natürlich verstehen. *Obwohl das inzwischen so lange her ist, dass sie es langsam abhaken könnte!*

Und dann war da noch ihr Faible für die Kriminologie, das ein Zusammenleben erschwerte. Entweder bildete sie sich ein Verbrechen ein, das nie stattgefunden hatte, und brachte sich dadurch in Schwierigkeiten, wie letztes Jahr. Oder sie verkannte die Gefahr, die von einem tatsächlichen Serienmörder ausging, und kam gerade so mit dem Leben davon. Wie kürzlich.

Oder – und das passierte genau jetzt, darauf hätte er seinen Kopf verwetten mögen – sie mischte sich in einen Fall ein, der bereits abgeschlossen war. Wozu sonst hätte sie seinen Mercedes entwenden sollen? Einfach nehmen, ohne zu fragen, was eigentlich nicht ihre Art war. Vermutlich hatte sie befürchtet, er würde sie von ihren neuerlichen Schnüffeleien abhalten. Und genau das hätte er natürlich versucht.

Er füllte seine altmodische italienische Espressomaschine mit Wasser, gab Espressopulver hinein und schraubte sie zusammen. Was konnte er tun? Die Polizei einschalten? Maximiliane als vermisst melden?

Keine gute Idee, Jan Ruisdael, dachte er. Sie würden ihm sagen, dass sie erwachsen sei, dass sie nicht verheiratet seien, und selbst wenn sie es wären, dann hätte sie vielleicht einfach keine Lust, nach Hause zu kommen. Es müssten mindestens zwei, drei Tage vergehen, bis sie aktiv nach ihr suchen würden. Wenn er sie früher finden wollte, musste er sich schon selbst etwas einfallen lassen.

Vielleicht konnte er die Polizei nutzen, um ihr eine Lehre zu erteilen? Damit sie Schwierigkeiten bekäme. Sich ärgern würde. Beim nächsten Mal zumindest nachdenken würde, bevor sie ihre Eigenmächtigkeiten durchdrückte.

Mit einem nicht unbeträchtlichen Gefühl von Schadenfreude griff er zum Handy, wählte die Polizei-Servicenummer und meldete seinen Mercedes C 300 Bluetec Hybrid als gestohlen.

Lachte sich ins Fäustchen. Wünschte sich, dass die Bullen Maximiliane vor ihm erwischen würden. *Abgeführt soll sie werden, in Handschellen, und stundenlang verhört*, dachte er. Schwitzen sollte sie und bereuen und ihm unendlich dankbar sein. Denn er, er würde die Anzeige natürlich zurückziehen. Wenn sie ihre Lektion gelernt haben würde.

Die Espressomaschine fauchte, Espresso kochte über und ergoss sich schäumend auf die Herdplatte. Er zog das tobende Ding weg, verbrannte sich dabei wie immer die Finger.

Der Kaffee hatte die Farbe von Teer und die Konsistenz von Motoröl, und genauso widerlich schmeckte er auch. Aber er brachte die grauen Zellen auf Vordermann und vertrieb die Schadenfreude.

Dafür begann Jan sich allmählich Sorgen zu machen. Er dachte ernsthaft darüber nach, wie er sie am besten aufspüren konnte.

Eigentlich war es ganz einfach. Ein glücklicher Umstand, dass sie sich für den Mercedes entschieden hatte. Denn dank des serienmäßig eingebauten KOM-Moduls mit eigener SIM-Karte konnte man nicht nur auf verschiedene Serviceleistungen wie Unfall-, Wartungs- und Pannenmanagement zurückgreifen. Wer das geparkte Auto nicht mehr fand, hatte die Möglichkeit, sich via Smartphone den Standort des Fahrzeugs anzeigen zu lassen – allerdings nur in einem Umkreis von anderthalb Kilometern.

Jan versuchte sein Glück, leider vergeblich. Vermutlich befand sich der Wagen außerhalb des angegebenen Radius, und damit hatte er natürlich gerechnet. Das war aber noch nicht sein letzter Trumpf. Das Großartige am Servicepaket »Connect me« von Mercedes war, dass man das fahrende Auto mittels GPS orten konnte. Natürlich nur, wenn der Wagen fuhr und der Fahrer diese Funktion nicht abgestellt hatte, was er selbst immer als Erstes tat, sobald er im Mercedes unterwegs war. Maximiliane aber kannte dieses Feature nicht. Sie war vollkommen ahnungslos, konnte daher auch nichts abstellen.

Er musste nur hoffen, dass sie den Wagen nicht langzeitgeparkt hatte, sondern sich früher oder später in ihm fortbewegte. Also wappnete er sich mit Geduld und wartete. Und wartete.

Bis ihn die Türklingel aus seinem Wartemodus riss.

Auf YouTube entdeckte Bontekoe drei Aufnahmen. Sie stammten aus dem Jahr 1998. Er rechnete flink nach: Wenn sie 1975 geboren war, konnte sie damals erst dreiundzwanzig gewesen sein. Aufnahme Nummer eins stammte aus einem Wiener Jazzcafé. Laute Nebengeräusche, miserable Klangqualität, aber sie spielte einen Boogie, dass ihm Hören und Sehen verging, und lächelte noch dabei. Die zweite Aufnahme aus demselben Café war an einem anderen Tag entstanden. Diesmal hatte sich der Aufnehmende günstiger positioniert, das Gläserklirren im Hintergrund störte weniger, und der Klang war besser ausbalanciert. Sie gab eine langsame Jazzballade zum Besten. Obwohl er Jazz nicht mochte, musste er sich zusammennehmen, dass ihm nicht das Wasser in die Augen schoss. Er konnte sich selbst nicht erklären, warum ihn diese Musik so berührte. Oder lag es an der Spielerin?

Auf dem dritten Videoclip, der in der »Cascade Bar« des Wiener »Marriott«-Hotels gedreht worden war, trug sie ein elegantes schwarzes Kleid und hatte die Haare zu einem Knoten hochgesteckt. Sie spielte eine Nocturne von Chopin, und er spürte, wie in seinem Inneren etwas schmolz. Er kniff sich in den Oberschenkel. Immerhin hatte er es womöglich mit einer Kriminellen zu tun. Zumindest mit einer Person, die eine obskure Rolle in einer Mordserie spielte.

Er hörte sich den Chopin ein zweites und ein drittes Mal an. Schüttelte den Kopf. Was war da bloß passiert? Was hatte diese Frau dazu getrieben, sich die Haare abzumähen, aus Wien wegzuziehen und Klavier nur noch zu unterrichten, anstatt selbst aufzutreten?

Eine knappe Stunde später hatte er genug über Maximiliane Mikulicz herausgefunden, um zu verstehen. Als Tochter eines Hauptschullehrers und einer Kindergärtnerin hatte sie 1975 in Wien das Licht der Welt erblickt und war in Wien-Döbling aufgewachsen. Sie verlor beide Eltern bei einem Autounfall, als sie fünfzehn war. Trotz schwieriger Jahre unter der Fuchtel ihrer Großmutter schaffte sie die Matura. Danach studierte sie klassische Musik und galt als vielversprechende Nachwuchspianistin. Doch ihre Oma starb, und sie musste das Studium aus finanziellen Gründen abbrechen. Mit einundzwanzig bekam sie ihren ersten

Job als Barpianistin. Sie war phantastisch, sah blendend aus und eroberte rasch einen Platz in der ersten Riege der Barpianisten. Mit dreiundzwanzig trat sie bereits international in Luxushotels auf und spielte auf Kreuzfahrtschiffen. 1999 fand ihre Karriere ein jähes Ende, als ihr Lebensgefährte, ein begnadeter Künstler und stadtbekannter Spinner und Hitzkopf, ihr in die linke Hand schoss und dadurch eine Sehne zerstörte. Angeblich, weil er nicht akzeptieren konnte, dass sie sich von ihm trennen wollte.

Schon damals hatte sie also einen fatalen Hang zu Kriminellen, dachte Bontekoe.

Nur ein Jahr später ließ sie sich von einem niederländischen Flugkapitän trösten, der sie nach Amsterdam lockte. Dem Flugkapitän gab sie bald den Laufpass, verliebte sich aber unsterblich in die Grachtenstadt. Jedenfalls erwarb sie 2001 das Hausboot »Waterlelie« und wurde in der Brouwersgracht sesshaft. Seither verdiente sie ihren Lebensunterhalt mit privaten Klavierstunden.

Bontekoes Handy vibrierte in seiner Hosentasche. Es war Luuk, der zerknirscht klang. »Hab sie verloren, Chef. Am Leidseplein. Im Gewühl der Fußgänger und Fahrradfahrer ist sie plötzlich verschwunden.«

»Hat sie dich bemerkt?«

»Glaube nicht. Nein, auf keinen Fall. Ich habe immer genug Abstand gehalten.«

Natürlich war Bontekoe frustriert, und er ärgerte sich über das Glück, das diese Frau hatte. Gleichzeitig wusste er, dass es nicht Luuks Schuld war. Das konnte jedem passieren, auch den erfahrenen Kollegen. »Mach dir nichts draus. Am besten positionierst du dich in der Nähe des Boots. Früher oder später wird sie schon nach Hause kommen, sie ist ja ziemlich angeschlagen.«

»Da bin ich längst. Aber ihr Rad ist nicht da und sie auch nicht. Auf dem Dach sitzt ein Typ, den ich kenne. Ziemlich schräger Vogel. Heißt Rudel Semmelweis und ist Schwabe. Momentan raucht er 'ne Tüte. Soll ich …?«

»Ist er gefährlich?«

»Vorhin hat er einen irren Tanz um eine Blechbadewanne aufgeführt. Aber nein, gefährlich ist er wohl nicht. Höchstens für die Hyazinthen in der Wanne.«

»Dann lass ihn in Ruhe. Vermutlich weiß er auch nicht, wo die Mikulicz sich aufhält. Alles, was du tun kannst, ist warten.«

»Können wir nicht ihr Handy orten lassen?«, fragte Luuk. »Das wäre viel effektiver als die öde Warterei.«

»Bist du verrückt? Wir haben nichts gegen sie in der Hand«, sagte Bontekoe. »Das würde die Staatsanwaltschaft nie genehmigen.«

Nach dem Telefonat drückte er wieder auf Start und hörte sich die Nocturne zum vierten und fünften Mal an. Über die Lautsprecher und mit voller Lautstärke. Schließlich war Samstag, der Abend brach herein, und er hatte das ganze Gebäude fast für sich allein. Nur Kelly, die bis gestern in den Ferien gewesen war, schob Wochenenddienst. Und sie saß in der Kantine bei Kaffee und Kuchenresten von gestern und schrieb einen Bericht über den Überfall auf einen Geldtransporter.

Bontekoe seufzte. Während die Rechte der Mikulicz eine ebenso melancholische wie zartschmelzende Kantilene aus den Tasten knetete und ihre – zum damaligen Zeitpunkt – noch unversehrte Linke diese mit dezent gebrochenen Akkorden begleitete, las er sich die Akte durch, die der Kollege aus der Polizeidienststelle in der Beursstraat ihm gefaxt hatte.

Denn – hört, hört – mit der Polizei hatte sie auch schon zu tun gehabt!

Und zwar erst vor gut einem Jahr, als sie sich in den Fall eines verschwundenen Obdachlosen verbiss, den die Polizei ihrer Meinung nach verhaftet, gefoltert und verschleppt hatte, um ihn in einem geheimen Verlies verrotten zu lassen. Lächerlich! Dabei war der Mann nur für einige Tage im Krankenhaus gewesen – ein Beinbruch nach einem Sturz im Vollrausch. Aber die Mikulicz hatte wenige Tage zuvor einen polizeilichen Übergriff auf den Mann gesehen, so behauptete sie. Ein Polizeibeamter der Dienststelle Beursstraat habe den Obdachlosen belästigt und sogar geschlagen. Um ihre Theorie zu untermauern, brach sie nachts in die Dienststelle ein, indem sie ein Fenster einschlug. Ihr Pech war, dass sie in einem versperrten Abstellraum landete, der sich als Sackgasse entpuppte. Es gelang ihr nicht, in die Büroräume vorzudringen und nach Beweisen für die Arretierung des Obdachlosen zu suchen, wie sie es geplant hatte. Zurück kam sie auch nicht mehr. Sie wurde erwischt und ins Hoofdbureau van Politie in der Elandsgracht überstellt, wo sie die restliche Nacht in einer Zelle verbrachte.

Das alles stand in den Akten. Was nicht drinstand und was sich Bontekoe auch nicht erschloss, war der Grund, weshalb die Anklage gegen die Mikulicz fallen gelassen worden war.

Er rümpfte die Nase. Das roch ganz klar nach Schiebung. Irgendein hohes Tier hatte interveniert. Ein Politiker vielleicht oder ein hoher Justizbeamter. Jemand, dessen Kinder von der Mikulicz unterrichtet wurden?

Die Schlussakkorde des Nachtstückes waren verklungen, und er beschloss, der Sache auf den Grund zu gehen, und rief den diensthabenden Kollegen von der Beursstraat an.

Brigadier Gerard Morell konnte sich noch gut an den Fall erinnern. Kein Wunder, so etwas Skurriles wie der Einbruch in die Abstellkammer einer Polizeidienststelle passierte nicht oft.

»Warum wurde sie nie angeklagt, Gerard? Wer hat sie rausgehauen?«

»Na ja«, druckste Morell herum, »du weißt vermutlich, dass unser Chef ein großer Wein-Liebhaber ist.«

»Commissaris Kleipool?«

»Genau der. Na ja, und der Weinhändler seines Vertrauens ist jedenfalls der Freund der Mikulicz, und der hat sich dann auch unglaublich großzügig gezeigt. Also nicht nur dem Commissaris gegenüber. Wir haben alle … also das war …« Morells Stimme war kontinuierlich leiser geworden, die exakte Dimension der Großzügigkeit des Weinhändlers blieb Bontekoe verborgen. Ihn interessierte auch ganz etwas anderes.

»Ihr Freund, sagst du? Wie heißt dieser Weinhändler? Kannst du in den Akten für mich nachschauen?«

»Dafür brauch ich keine Akten. Jan Ruisdael heißt der. Patenter Kerl. Sympathisch.«

»Scheinst ihn gut zu kennen?«

»Na ja, weißt du, man wird älter und kommt auf den Geschmack. Und der Chef hat mich dann mal mitgenommen zu einem Weinseminar bei ihm. Seither bin ich regelmäßig bei

Weinverkostungen dabei, und wir sind nicht gerade Freunde, aber ziemlich gute Bekannte.«

»Schieß los. Was weißt du über ihn?«

»Der Jan hat sich von ganz unten hochgearbeitet. Seine Mutter war die dicke Rosie. Erinnerst du dich an die dicke Rosie? Ach was, du bist ja zehn Jahre jünger als ich.« Morell grunzte. »Die saß jedenfalls jahrzehntelang immer im selben Schaufenster in einer der kleinen Quergassen vom Oudezijds Achterburgwal. Hat aber alles getan, damit aus ihrem Sprössling was wird. Jan hat eine Lehre gemacht, ich glaube, als Automechaniker, und hatte nebenbei alle möglichen Teilzeitjobs. Dann ist Rosie krank geworden, Lungenkrebs und schon zu spät für eine Operation. War keine fünfzig, die Gute. ›Austherapiert‹, haben die Ärzte zu ihr gesagt und sie nach Hause geschickt, zum Sterben.«

Himmel, dachte Bontekoe, was für eine rührselige Geschichte. Wer hätte gedacht, dass Gerard Morell ein Faible für rührselige Geschichten hatte!

»Jan hat sie zu einer Art Wunderheiler geschleppt. Hat all seine Ersparnisse für irgendwelche sündteuren Medikamente ausgegeben, die dann doch nichts geholfen haben. Und weil das Geld nicht gereicht hat, hat er sich als Söldner anheuern lassen. 1977 muss das gewesen sein. Oder 78.« Morell pausierte, vermutlich sortierte er seine Erinnerungen. »Das hieß dann Abenteuer, Gefahr und ein paar Jahre lang ziemlich viel Kohle, kannst du dir ja vorstellen.« Wieder grunzte er, vielleicht war es auch eine Art Lachen. »Anfang der Achtziger war Jan in Angola. Gräuel ohne Ende. Muss furchtbar gewesen sein, ein Alptraum. Darüber spricht er nie, der Jan. Spricht überhaupt wenig. Aber wie gesagt, der Typ ist schwer in Ordnung.«

»Und nach Angola?«

»Ist er nach Amsterdam zurückgekommen. Rosie war längst tot. Da hat er mit seinen Ersparnissen eine Weinhandlung aufgebaut. Heute ist seine Vinothek eine der angesagtesten in der ganzen Stadt. Kann ich dir nur ans Herz legen.«

»Danke, ich steh nicht so auf Wein.« Rotwein vertrug Bontekoe nicht, Weißwein schmeckte ihm nicht. Er war überzeugter Biertrinker, und damit basta. »Und dieser Jan Reusberg, ist der …«

»Ruisdael. Jan Ruisdael heißt er.«

»Also gut, dieser Ruisdael, ist der irgendwann mal straffällig geworden?«

»Nicht dass ich wüsste. Den einen oder anderen Strafzettel wird er vielleicht bekommen haben. Der hat einen schnittigen Maserati, und da fährst du natürlich ganz gern mal ein bisschen zu schnell, oder?«

»Woher soll ich das wissen?«, knurrte Bontekoe. »Ich habe einen acht Jahre alten Kia. Unschnittig zum Quadrat.«

Er bedankte sich bei Morell für die erhellenden Informationen und rief Luuk an. Bat ihn, zur Adresse des Jan Ruisdael zu fahren und herauszufinden, ob sich die Mikulicz dort versteckte.

Er selbst ließ es sich nicht nehmen, den Polizeicomputer nach etwaigen Verfehlungen des Weinhändlers zu durchforsten. Nicht dass er Brigadier Morells Informationen anzweifelte. Morell war ein loyaler, seriöser Beamter, allerdings ziemlich bequem und ohne jeden Ehrgeiz, weshalb er es mit seinen sieben- oder achtundfünfzig Jahren auch nicht über den Rang eines Brigadiers hinausgebracht hatte. Und Vertrauen war vielleicht gut, Kontrolle jedenfalls besser.

Eine halbe Stunde später wusste Bontekoe zweierlei: Erstens, dass die Mikulicz sich nicht bei ihrem Freund aufhielt. Luuk – dieser Fuchs! – hatte Ruisdael unter dem Vorwand, einen Einbruch in der Nachbarschaft zu untersuchen, einen Besuch abgestattet. Er hatte ihn gefragt, ob er etwas Verdächtiges beobachtet habe, und sich dabei umgesehen. Nichts habe er beobachtet, sagte der Weinhändler und war ganz offensichtlich allein gewesen.

Zweitens fand Bontekoe heraus, dass sich Gerard Morell getäuscht hatte. Jan Ruisdael hatte in den letzten zehn Jahren nicht einmal als Verkehrssünder Eingang in die Polizeiakten gefunden. Da war gar nichts, eine weißere Weste konnte es nicht geben.

Halt! Da war doch etwas! Ruisdael hatte zwar nichts angestellt, aber seinen nagelneuen Mercedes C 300 Bluetec Hybrid als gestohlen gemeldet. Keine Stunde war das her!

Konnte das Zufall sein? Dass seine Freundin, die Mikulicz, fast zur selben Zeit verschwunden war wie das Auto?

Nein, dachte Bontekoe. *Solche Zufälle gibt's nur in schlechten Kri-*

minalromanen, nicht im richtigen Leben. Er wollte Luuk anrufen, der inzwischen wieder seinen Posten in der Brouwersgracht bezogen hatte, um ihn zu bitten, anstelle der Mikulicz Jan Ruisdael zu observieren. Noch drei Stunden lang, bis zur nächtlichen Ablöse.

Doch dann überlegte er es sich anders. Er packte seine Siebensachen, stieg ins Auto und fuhr selbst in die Nieuwe Uilenburgerstraat. Sein Nackengefühl ließ ihm gar keine andere Wahl. Und Nackengefühle sollte man nie unterschätzen.

Wie machen die Profis das immer? Sie halten Abstand, dachte Maxi, ließ einen grünen VW überholen und freute sich, als er sich zwischen dem Aston Martin und Jans Mercedes einreihte.

So hatte sie auch Zeit, rechtzeitig zu reagieren, als Piet van der Wijden rechts blinkte und die A 10 bei der Ausfahrt Volendam verließ.

»Wo will der denn hin?«, fragte sie laut, einfach um ihre Stimme zu hören. Ihr war ein bisschen mulmig zumute. Die Dunkelheit brach rasch herein, und Piet, den sie immerhin des Mordes verdächtigte, fuhr nicht nach Amsterdam-Noord, wie sie gehofft hatte, sondern nahm die N 247, die aufs Land hinausführte. Wollte er nach Purmerend? Oder nach Monnickendam?

Sie sollte sich zweifach täuschen. Denn mitten in der Pampa bog er in eine schmale Straße ein, die durch Felder und kuhbestückte Wiesen führte, vorbei an vereinzelten Bauernhöfen und dem einen oder anderen hinter hohen Bäumen versteckten Landsitz. Ein Campingplatz tauchte auf, drumherum ein paar Häuser, als hätte jemand einen Becher voller Würfel auf der Spielfläche Landschaft ausgekippt. Das Ganze nannte sich Het Nopeind und war offensichtlich ein Ausläufer eines Kaffs namens Zunderdorp. Es folgte ein weiterer, noch winzigerer Ausläufer namens Het Voorwerf. Und dann nur noch Einöde. Felder, die in verschiedenen Grauschattierungen vorübereilten. Wenige Bauernhäuser und Silos. Maxi hielt an und schaute auf das Straßenschild. Broekergouw, las sie. Es war inzwischen zappenduster. Mangels Besiedlung und Straßenlampen war es so finster, dass die Sterne vom Firmament leuchteten wie fette Glühwürmchen.

Der Aston Martin fuhr inzwischen nur noch im Schritttempo.

Maxi schaltete die Scheinwerfer aus. Nicht dass er sie noch bemerkte! Endlich hielt Piet van der Wijden vor einem großen Gebäude an, das wie ein heruntergekommener Bauernhof aussah. Eines der winzigen Fenster war erleuchtet. Er verschwand im Haus.

Maxi parkte in der Wiese, etwa fünfzig Meter hinter ihm, stieg aus und stellte erfreut fest, dass der Mercedes im Landschaftsgrau bestens getarnt war.

Vorsichtig näherte sie sich dem Haus. Die Fassade war aus Holz und hätte dringend einen neuen Anstrich gebraucht, das konnte man sogar im Dunkeln erkennen. Der angebaute Stall war leer. In einer der Boxen, die vermutlich einmal Pferde beherbergt hatten, waren Heuballen gestapelt, in einer anderen standen ein paar Blechkanister.

Maxi kehrte dem Stall den Rücken zu und schlich weiter. Ein Fenster des Bauernhauses war eingeschlagen, und die Haustür hing vollkommen schief in den Angeln. Außerdem war sie sperrangelweit offen. Eine Einladung. Unschlüssig stand Maxi davor und spähte ins Innere. Nichts zu sehen, nur die Umrisse einer Holztreppe. Von oben hörte man Stimmen. Piet war also nicht allein.

Maxi wusste, dass es Wahnsinn war. Die Stimme der Vernunft erklang dementsprechend eisig und schneidend. *Du hast keine Waffe. Noch nicht einmal die K.-o.-Tropfen. Noch nicht einmal zwei unverletzte Hände. Also lass es!*

Du könntest hineingehen und lauschen. Piet und sein Gesprächspartner sind oben, sie können dir nichts tun. Wenn sie runterkommen, läufst du weg. Also wo ist das Problem?, konterte die Bauchstimme, und Maxi hörte auf sie. Natürlich hörte sie auf sie, sonst hätte sie die Reise umsonst gemacht, hätte umsonst gewartet, umsonst Jans Auto entwendet und umsonst seinen Zorn auf sich gezogen.

Schritt für Schritt pirschte sie sich voran, trat durch die offene Tür, lauschte nach oben ins Treppenhaus.

Sie hörte die Stimme eines Mannes. Ein dunkles Ockergelb mit zimtfarbenen Strähnchen. »Ja, ich bin sofort hergekommen, wie du es gesagt hast.«

Eine zweite ockergelbe Stimme antwortete: »Ist dir jemand gefolgt?«

»Hältst du mich für blöd?«, fragte die erste Stimme zurück. Irgendetwas an dem Zwiegespräch war seltsam, aber Maxi kam nicht darauf, was. Sie trat über die Schwelle, machte einen Schritt auf den Treppenaufgang zu, um besser verstehen zu können.

Da passierten drei Dinge zugleich:

Erstens, es fiel ihr wie Schuppen von den Augen, dass beide Stimmen ockergelb waren, also derselben Person gehörten – der Dialog war Fake!

Zweitens, während die Erkenntnis ihr Gehirn erhellte wie ein aufflackerndes Zündholz, ahnte sie die Gefahr in ihrem Rücken …

Drittens, … und wirbelte blitzschnell herum.

Zu spät.

Der Schlag mit einem harten Gegenstand, den sie nicht erkannte, vielleicht ein Baseballschläger, vielleicht etwas ganz anderes – wer will das schon so genau wissen, wenn er gleich das Bewusstsein verlieren wird –, traf sie seitlich am Schädel.

Gnädige Schwärze umfing sie schneller, als der Schmerz seine scharfen Klauen in ihre Kopfhaut bohren konnte. Wie sie am Boden aufschlug, bemerkte sie schon nicht mehr.

28

Bontekoe wartete. Und wartete. Er beobachtete, wie die Dämmerung ihre grauvioletten Schleier über die denkmalgeschützten Lagerhäuser mit den dunkelgrünen Fensterläden breitete, wie Radfahrer vorbeibrausten, Fußgänger versuchten, die Straße zu überqueren, ohne von den Radfahrern niedergemäht zu werden, Autofahrer einparkten, andere wegfuhren. Sonst tat sich nichts.

Immer wieder sah er zu dem Fenster über der Vinothek hoch. Hier im ersten Stockwerk wohnte also Jan Ruisdael, der Weinhändler. Ein bisschen neidisch malte er sich aus, wie geräumig es sich in einem ehemaligen Lagerhaus wohnen ließ. Kein Vergleich mit seinen beengten Verhältnissen. Die Miete war natürlich auch dementsprechend teurer. *Weinhändler müsste man sein,* dachte er. *Dann müsste man sich auch nicht die Nächte mit Observierungen um die Ohren schlagen.*

Müsstest du ja nicht, sagte das kleine widerborstige Männchen in seinem Kopf.

»Muss ich schon, weil meine Abteilung hoffnungslos unterbesetzt ist«, erwiderte er laut.

Aber der Fall ist doch geklärt, sagte das Männchen.

Geklärt – klärt – ärt, wurde das Echo zwischen seinen Schädelwänden hin- und hergeworfen.

»Nicht für die Mikulicz«, sagte er. »Die brütet etwas aus. Und ihr Freund wird mich zu ihr führen, da bin ich mir sicher.« Das sagten auch die gesträubten Härchen in seinem Nacken, und wo käme man da hin, wenn man sich als Hoofdinspecteur nicht mehr auf sein Nackengefühl verlassen könnte?

Das widerborstige Männchen schwieg, vermutlich war es vor Langeweile eingeschlafen.

Bontekoe nutzte die Zeit, um Dr. Schrijver anzurufen. Mindestens zwanzig Mal hatte er vergeblich versucht, sie zu erreichen. Auch diesmal tutete es ins Leere, schon wollte er die Verbindung entnervt beenden, da meldete sie sich doch!

»Wie geht es Karin, und wo ist sie?«, platzte es aus ihm heraus, und einen Augenblick später wurde ihm bewusst, dass er noch nicht einmal seinen Namen genannt hatte. »Entschuldigen Sie, Frau Doktor. Hoofdinspecteur Bontekoe. Aus beruflichen Gründen habe ich mich heute Vormittag verspätet und dann …«

»Dann haben Sie dreiundzwanzig Mal vergeblich versucht, mich zu erreichen, weil ich bereits auf dem Weg in den Urlaub war. Drei Wochen Gomera.«

»Wirklich? Ich hätte gedacht, dass es höchstens neunzehn Anrufe waren. Bitte entschuldigen Sie vielmals, aber …«

»Kein Problem, ich mag Menschen, die sich um ihre Schildkröte sorgen. Ich habe eine gute und eine schlechte Nachricht für Sie.«

Das Wort »schlechte« in Kombination mit »Nachricht« erschreckte ihn so, dass er vergaß, weiterzuatmen.

»Ihrer Karin geht es schon viel besser. Nur ein gewöhnlicher Schnupfen, kein Herpes.«

Er atmete geräuschvoll aus. Und gleich wieder ein. Ihm fiel ein Stein vom Herzen, dessen Ausmaße ihm gar nicht bewusst gewesen waren. »Vielen Dank, Frau Doktor«, sagte er mit Tränen in Augen und Stimme. »Wo kann ich sie abholen?«

»Das ist die schlechte Nachricht. Da Sie vormittags nicht wie vereinbart erschienen sind, habe ich Karin zusammen mit meinen eigenen Schildkröten in die Obhut meines Assistenten gegeben. Er ist ein Reptilienfreund und -kenner, bei ihm ist Karin in den besten Händen.« Dr. Schrijver seufzte. »Leider lehnt der junge Mann alles Technische ab. Er besitzt kein Handy, keinen Computer, noch nicht mal ein Festnetztelefon.«

»Und das bedeutet?«

»Dass Sie drei Wochen ohne Karin auskommen müssen. Am Montag, den 2. Juni, bin ich wieder da, dann können Sie Ihre Schildkröte in der Praxis abholen. Ab neun.«

»Aber wenn Sie so nett wären und mir die Adresse Ihres Assistenten verraten würden und seinen Namen, dann könnte ich schon früher …« Bontekoe bemerkte, dass die Verbindung plötzlich unterbrochen war. Und als er nochmals sein Glück probierte, drückte die Tierärztin seinen Anruf weg.

Fluchend warf er das Handy auf den Beifahrersitz. *Potverdorie! So ein verdammter Mist!*

Obwohl er eigentlich Grund zur Erleichterung, ja zur Freude gehabt hätte – immerhin ging es Karin besser –, ärgerte er sich so über die Nichterreichbarkeit des aknenarbigen Assistenten, dass er fast übersehen hätte, wie ein Mann aus dem Haus kam und in der Garage des Nachbarhauses verschwand. Kurz bevor der Mann ihm den Rücken zudrehte, erkannte er, dass es Jan Ruisdael war. Wenig später fuhr ein rotes Maserati-Cabrio aus der Garagenausfahrt.

Endlich hat die Warterei ein Ende, dachte Bontekoe und folgte dem Weinhändler, hoffend, seine Rostschüssel würde halbwegs mithalten können. Wie erstaunt war er, als Ruisdael zwar den IJtunnel mit großzügigen fünfundachtzig statt der erlaubten siebzig Kilometer pro Stunde nahm, dann aber auf der A 10 immer langsamer wurde, als hätte er jegliche Motivation verloren. Der Weinhändler verließ die Autobahn bei der Abfahrt S 118 und fuhr – nach einigem Herumgekurve – schließlich in der Gegenrichtung wieder auf.

Bontekoe fühlte sich entdeckt und verschaukelt und liebäugelte damit, die Flinte ins Korn zu werfen, nach Hause zurückzukehren und endlich eine ganze Nacht lang einfach nur durchzuschlafen. Sollten ihm alle Mikuliczs und Ruisdaels dieser Welt doch den Buckel runterrutschen!

Warum er es dann doch nicht tat, hätte er hinterher nicht mehr sagen können.

Vielleicht liegt es daran, dass ich zu wenig mit ihr geredet habe, überlegte Jan, während er sich den Fahrtwind um die Ohren pfeifen ließ. Aber mit dem Reden hatte er sich immer schon schwergetan. Das kam einerseits von einer angeborenen rhetorischen Schwäche, andererseits war es der Tatsache geschuldet, dass er keine Lust mehr hatte, einen Gedanken auszusprechen, sobald er zu Ende gedacht war.

Oder ich bin einfach zu alt für sie. Achtzehneinhalb Jahre, das war ein erheblicher Altersunterschied.

Andererseits hatte sie ihm schon zigmal versichert, dass sie von jungen Schnöseln die Nase voll habe und dass ihr alle, die nicht mindestens fünfzehn Jahre älter seien als sie, wie junge Schnösel vorkämen.

Oder ist sie zu jung für mich? Das käme zwar auf dasselbe hinaus, doch die Vorzeichen wären andere, und die Möglichkeiten, das Problem zu lösen. In diesem Fall müsste er sich einfach eine Gleichaltrige suchen, und prinzipiell hatte er da gar nichts dagegen. Es ging ihm nicht um Orangenhaut ja oder nein, Falten, Fettpölsterchen oder schlaffe versus knackige Pobacken. Nein. Aber alle Endfünfzigerinnen, die er kannte, waren entweder auf dem Selbstverwirklichungstrip und stürzten sich in Workshops wie Aktzeichnen für Fortgeschrittene oder Improtheater für Anfänger, oder sie inskribierten irgendwelche Orchideenstudien an der Uni. Wenn sie nicht gar aufs Esoterikgleis gerieten und sich mit Klangschalentherapien, Heilsteinberatungen oder dem Legen von Tarotkarten herumschlugen. Und das war ihm ganz einfach zu anstrengend. Alles, was er wollte, war eine normale Frau. Eine Frau wie …

Halt, dachte er. *Ist Maximiliane etwa normal? Ist das normal, dass sie die Wohnungen von mordverdächtigen Callboys durchsucht, ihren Freund belügt, Autos klaut und Leuten hinterherspioniert?*

Na ja, zumindest normal in Sachen Esoterik, Batik und Familienaufstellung – Themen, mit denen er so gar nichts anfangen konnte und Maximiliane zum Glück auch nicht.

Als er in den Termieterweg einbog, den sie vor etwa einer Viertelstunde entlanggefahren war, bemerkte er plötzlich den Wagen im Rückspiegel, und ihm war schlagartig klar, dass der weiße Kia ihm schon die ganze Zeit gefolgt sein musste. Von seiner Wohnung bis hierher.

Natürlich stellte er sofort einen Zusammenhang zum Besuch des Kripobeamten her, den er kurz vor seiner Wegfahrt erhalten hatte. Der blutjunge und blutleere Agent Luuk Mechelen, der ihn so höflich zu einem angeblichen Einbruch befragt hatte, war ihm ohnehin ziemlich unglaubwürdig erschienen. Um nicht zu sagen seltsam. War der überhaupt Kriminalbeamter? Nahmen die schon halbe Kinder in ihren Reihen auf?

Jan drosselte das Tempo und wartete, bis der Kia fast an seiner

Stoßstange klebte. Im Rückspiegel sah er nur schemenhaft das Gesicht des Fahrers. Agent Mechelen war das jedenfalls nicht, sondern ein älterer, dickerer Mann mit Brille. Auch einer von der Kripo?

An sich hätte er gegen die Anwesenheit eines Exekutivbeamten nichts einzuwenden gehabt. Wenn Maximiliane sich – wie in der Nacht mit dem Callboy – in Schwierigkeiten brächte, könnte er ihr gleich mit Verstärkung zu Hilfe kommen. Aber was, wenn der Typ in Wirklichkeit einer von den Bösewichtern war – sofern es in dieser Geschichte überhaupt Bösewichter gab? Dann würde er Maximiliane noch einer zusätzlichen Gefahr aussetzen!

Er beschloss, den Kiafahrer vorsichtshalber auszutricksen. Beim nächsten Bauernhaus fuhr er rechts ran und stieg aus, als hätte er hier etwas zu erledigen. Wenn sein Verfolger nicht auffliegen wollte, musste er passieren, ob es ihm passte oder nicht. Und genau so geschah es auch.

Jan wartete, bis der Kia um die nächste Biegung verschwunden war. Dann schaltete er die Scheinwerfer aus und fuhr durch die Wiese. Die Straße war schwach beleuchtet, aber parallel dazu, dreißig Meter weiter inmitten der Weide, herrschte stockfinsterste Finsternis. Hinter der Biegung stand der Kia am Straßenrand. Der Bulle oder Bösewicht war damit beschäftigt, zu wenden. Jan holperte im Schritttempo an ihm vorbei und blieb unbemerkt. Fünfzig Meter weiter – der Kia war nicht mehr zu sehen – wollte er mit Schwung wieder auf die Straße fahren und davonpreschen. Dorthin, wo Maxi ihre letzten GPS-Daten hinterlassen hatte.

Womit er in seiner Planung nicht rechnete: dass sich ihm mitten in der Wiese ein fieser Wassergraben in den Weg stellen würde. Das linke Vorderrad des Maserati fuhr mit Karacho hinein, es rumpelte, Jan schlug sich den Kopf am Autodach an. Der Wagen blieb hängen, es gab kein Vor und Zurück, sosehr er sich bemühte. Ohne fremde Hilfe kam er hier nicht mehr heraus.

Verfluchter Mist! Was sollte er jetzt tun? Dem Bullen oder Nichtbullen hinterherrennen und ihn um ein Abschleppseil bitten? Oder um eine Mitfahrgelegenheit?

Da fiel ihm ein, dass er das Faltrad im Kofferraum hatte. Seine Räder waren fast so klein wie die eines Kinderrollers, und dementsprechend langsam kam man vorwärts. Aber besser als nichts!

Allmählich lüftete die Schwärze ihre Schleier, und das Erste, was Maxi bemerkte, war eine eisige Flüssigkeit, die durch den Stoff ihres Shirts sickerte. Als Nächstes erwachte ihr Geruchssinn: Es roch nach Staub und nach dem muffigen Teppich, der ihren Oberkörper bedeckte. Und ganz stark stank es nach Alkohol. Als hätte jemand den Inhalt einer Jeneverflasche über ihr ausgegossen. In ihrem Mund breitete sich der Geschmack von Metall aus, da war Blut, vermutlich hatte sie sich auf die Zunge gebissen. Was war eigentlich passiert?

Bevor sie die Frage zu Ende denken konnte, setzte der Schmerz ein, ein grabender, wühlender Kopfschmerz. Es fühlte sich an, als hätte jemand einen Handbohrer oberhalb ihres linken Ohres angesetzt und arbeitete sich gemächlich bis zum Gehirn vor. Schon wollte sie ihre Hand heben und gegen die pochende Stelle drücken, als sie die Stimme vernahm. Die ockergelbe Stimme mit den zimtfarbenen Strähnchen.

Im selben Augenblick fiel ihr alles wieder ein: *Piet van der Wijden. Die Autofahrt. Der leer stehende Bauernhof mitten im Nirgendwo. Die dummdreiste Lauschaktion. Der Schlag auf den Kopf.* Und sie versagte es sich, ihre Hand irgendwohin zu bewegen.

»Soll ich sie nicht lieber in den Teppich wickeln und in den Kofferraum legen? Wir könnten sie im Spanderswoud bei Bussum vergraben. Ich kenne da eine Stelle, die ist …«

Maxi fröstelte. Die ockergelbe Stimme – vermutlich Piet – sprach von ihr. Und davon, dass ihre Leiche entsorgt werden sollte. *Sie halten mich für tot*, dachte sie und war entsetzt. Einen Sekundenbruchteil später revidierte sie ihre Meinung. Das war zwar ausgesprochen unschön, aber eine Chance. Ja, Aravind Bhaduri würde es sogar für eine große Chance halten. Fast war sie ein bisschen stolz, dass sie in dieser abgefahrenen Situation nicht mit Panik reagierte, sondern die Nerven hatte, an ihren kriminalistischen Lieblingshelden zu denken.

»Bist du verrückt? Warum sollten wir so ein Risiko eingehen?« Diesmal war es wirklich die Stimme einer zweiten Person, einer Frau. Vor Maxis innerem Auge entstand ein Turm, der aus stahlblauen Würfeln zusammengesetzt war und etwas Eisiges verströmte. Sie versuchte, den Kopfschmerz auszublenden und sich zu erinnern, wo sie diese Stimme schon gehört hatte.

»Dann lass uns die Leiche irgendwo in der Nähe entsorgen. Gibt ja genügend Tümpel hier.« Wieder das Ockergelb.

»Und wenn uns jemand sieht? Nein! Sie bleibt hier. Wir fackeln die Bude ab. Schau, dass du ordentlich Benzin verteilst.«

»Aber die Feuerwehr wird merken, dass es Brandstiftung war.«

Maxi hörte, wie ein Deckel abgeschraubt, ein metallenes Behältnis zusammengedrückt und eine Flüssigkeit ausgegossen wurde. Benzingestank schwappte über sie hinweg, und ihr wurde übel. Um sich dagegen zu wappnen, ballte sie ihre Hände zu Fäusten. Dabei vergaß sie, dass ihre Linke verletzt war. Ein brennender Schmerz durchzuckte die Hand, wie ein Vorgeschmack auf das zu erwartende Flammenspektakel. Beinahe hätte sie aufgeschrien. Mit äußerster Beherrschung gelang es ihr, die Lippen zusammenzupressen. Wenigstens lenkte das Brennen in der Hand vom Bohren im Schädel ab.

»Brandstiftung, genau. Das sollen sie ja denken, du Dummkopf! Ich kenne den Besitzer des Hauses. Ihm wäre nichts lieber als so ein kleines, zerstörerisches Feuerchen. Der Bauernhof gehört zu den wenigen reinen Holzbauten der Gegend und ist denkmalgeschützt, so gut wie unverkäuflich und im Unterhalt kostspielig. Und sehr gut versichert.«

»Und die menschlichen Überreste, Mirthe? Sie werden sie finden und die Kripo einschalten.«

Der Name löste eine Kettenreaktion aus. Mosaiksteinchen fielen an ihren Platz, rissen andere mit, in Maxis Gehirn entstand ein Bild. *Mirthe. Mirthe Verhoeve. Die Zwillingsschwester des vierten Opfers. Die schlanke, kühle Schöne mit den auffallend hellen Augen und dem kupferroten Bob. Die im Fernsehen den Tod ihrer Schwester so herzzerreißend beweint hat.*

»Sollen sie nur ermitteln. Mehr als ein paar Knochen und Zähne werden von den Leichen nicht übrig bleiben. Und die werden sie für die Überreste von Obdachlosen halten. Letzten Winter haben sich hier immer wieder Penner einquartiert.«

»Von den Leichen?«

»Wie bitte?«

»Du hast ›von den Leichen‹ gesagt. Mehrzahl. Es ist aber nur eine.«

»Bis jetzt, ja, mein Lieber.« Die blaue Würfelstimme lachte laut und scheppernd.

»Wie meinst du das? Willst du noch jemanden umbringen? Reicht es dir immer noch nicht? Sechs Tote, nur um dich an Roos zu rächen?«

Einzelne neongelbe Funken durchsetzten das Ocker. *Ein Zeichen von Stress*, dachte Maxi. Ihre unter dem Teppich verborgene rechte Hand kroch im Zeitlupentempo über den Boden. Sie tastete nach irgendeinem Gegenstand, den sie als Waffe einsetzen konnte. Es lag einiges herum, so als wäre rund um ihren Körper Sperrmüll aufgehäuft worden.

»Nur so viele, wie nötig sind. Und Mitwisser kann ich nun mal nicht brauchen«, sagten die blauen Würfel.

Maxi ertastete ein Buch, das sie absolut nicht gebrauchen konnte. Außerdem etwas Hartes, Viereckiges – einen Bilderrahmen. Und dann berührte ihre Rechte etwas Scharfzackiges. Zerbrochenes Glas. Bloß eine kleine Scherbe, aber zwei Zentimeter weiter stieß sie auf die dazugehörige Flasche. Zentimeter für Zentimeter tastete sie die Flasche ab. Der Hals war zerbrochen und würde eine perfekte Waffe abgeben. Und unterhalb fühlte sich das Glas angenehm kühl und glatt an. Hoffnungsvoll schloss sich ihre Hand darum.

»Welche Mitwisser denn? Die Mikulicz war doch die Einzige, die etwas gewusst hat. Ein Glücksfall, dass sie von selbst aufgetaucht ist, bevor wir nach ihr suchen mussten. Jetzt ist sie tot. Warum hauen wir nicht einfach ab?«

»Hm.« Das eisig blaue »Hm« klang hintergründig und fast ein bisschen boshaft, obwohl Maxi die Augen der Sprecherin nicht sehen konnte. Genau genommen konnte sie gar nichts sehen, weil der Teppich ihren Kopf vollständig bedeckte. Sie packte die Flasche fester und versuchte, sie näher zu ihrer Brust heranzuziehen, ohne dabei ein Geräusch zu verursachen.

»Also ich werde auf alle Fälle abhauen. Gib mir meinen Anteil, und ich verschwinde. Am Montag geht ein Flug nach Tobago. Ich werde ein kleines Strandcafé aufmachen, das hab ich mir immer gewünscht.« Die Ockerstimme pausierte. »Und du? Was hast du vor?«

»Mein Erbe antreten, die Firma verkaufen, nach New York zurückkehren und Partys schmeißen.« Mirthe lachte. »Interessante junge Männer verführen, meine Schauspielausbildung abschließen und Geld ausgeben.« Sie senkte die Stimme. »Aber zuerst muss ich hier noch ein paar Dinge zurechtrücken.«

»Was soll das? Was hast du vor?« Die satte Ockerfarbe war fast völlig verschwunden, verdrängt von einem knalligen Neongelb, das panische Angst aus jeder seiner Poren schwitzte. »D… du wirst doch … Du kannst nicht …« Piet stotterte. Seine Stimme flehte.

Maxi winkelte ihr rechtes Bein an, damit sie schneller aufspringen konnte, wenn der richtige Zeitpunkt kommen würde. Sie konnte nur hoffen, dass Mirthe nicht hinsah. Piet war ohnehin mit seiner Angst beschäftigt.

»Und ob ich kann, mein Lieber. Wie haben wir es so schön in Ramóns Abschiedsbrief geschrieben? ›Der Mohr hat seine Arbeit getan, der Mohr kann gehen.‹ Du weißt zu viel. Außerdem bist du zu dumm und unzuverlässig, um am Leben zu bleiben.« Ein metallisches Klicken verriet Maxi, dass eine Pistole im Spiel war. Eine schussbereite Pistole.

Sie verwarf ihren Plan, aufzuspringen und zur Tür zu laufen. Erstens wusste sie nicht, wo die Tür war, ihr fehlte jegliche Orientierung. Zweitens würde Mirthe ihr in den Rücken schießen, bevor sie den Ausgang erreichen konnte.

»Mirthe, bitte, hör auf damit. Das ist kein Spaß! Ich habe doch alles so gemacht, wie du es dir vorgestellt hast. Ohne mich hättest du deine Pläne nicht umsetzen können.«

»Überschätz dich nicht, Piet. Ich hätte eben einen anderen geldgierigen Dummkopf gefunden.«

»Lass mich gehen. Du siehst mich nie wieder. Ich werde auf Tobago bleiben. Ich –«

»Tut mir leid, mein Entschluss steht fest. Du bist ein Risikofaktor. Schade, im Bett warst du ein Volltreffer.«

»Nein! Bitte!« Brüllendes Gelb.

Der Schuss klang wie eine Explosion. Eine Explosion, die einen scharlachroten scharfkantigen Kristall freisetzte. Er sah aus wie das falsche Fis, mit dem alles begonnen hatte, und fungierte als Startschuss für Maxis Fluchtversuch.

Mit einem kräftigen Hieb ihres Ellbogens gelang es ihr, den Teppich von sich zu stoßen. Gleichzeitig versuchte sie, aufzuspringen. Leider gab ihr linkes Knie nach. Ihr schwindelte, vermutlich Nachwirkungen des Schlages auf den Kopf. Zum Glück hatte Mirthe Verhoeve ihr den Rücken zugewandt und war damit beschäftigt, einen zweiten und einen dritten Schuss auf Piet van der Wijden abzugeben, der eine Hand auf seinen Bauch presste, taumelte und schließlich wie ein Baumstamm nach hinten kippte.

Inzwischen hatte Maxi ihr Bein stabilisiert und die rettende Tür entdeckt. Sie war nur wenige Schritte entfernt. Dennoch war das keine Option, befanden Bauchgefühl und Stimme der Vernunft in seltener Einigkeit.

Sie hob ihre Rechte, die immer noch die zerbrochene Jeneverflasche gepackt hielt, und stürzte sich auf Mirthe.

Bohrte den gezackten Hals in Mirthes Arm, der die Pistole hielt. Zugleich trat sie ihr gegen das Knie.

Die Pistole flog auf den Boden und eierte außer Reichweite. Dabei löste sich ein Schuss. Er schlug in einen der leeren Benzinkanister ein, die Maxi erst jetzt wahrnahm.

Und dann tobte das Inferno los.

Der Schuss musste einen Funken freigesetzt haben, und der Funke entzündete das großzügig im Raum verteilte Benzin.

In weniger als einem Augenblick stand alles in Flammen. Maxi hechtete durch die Tür, tauchte ein in die kühle Nacht und rannte.

Hinter ihr eine zischende, prasselnde Flammenwand.

Vor ihr Jan Ruisdaels Mercedes, dessen Schlüssel steckte. Sie musste nur einsteigen und losfahren.

Doch als sie die Wagentür erreicht hatte, wurde sie an den Haaren zurückgerissen.

Mirthe sah aus wie eine rasende Rachegöttin. Eine rauchende Rachegöttin. Ihr roter Bob war halb versengt, ebenso die hübsche Seidenbluse. Über ihr Gesicht zog sich eine blutige Schramme.

Maxi rammte ihr den Ellbogen in die Seite, um sich zu befreien.

Mirthe schrie auf, ihr Griff löste sich, Maxi wollte losrennen, weg vom Auto, weg von der irren Mörderin. Doch die stellte ihr geistesgegenwärtig ein Bein.

Maxi stolperte und fiel nach vorn.

Mirthe stürzte sich auf sie und drückte ihren Oberkörper auf den Boden.

Potverdorie! Wo war dieser verfluchte Weinhändler abgeblieben? Bontekoe hatte das Gaspedal durchgetreten und war drei Kilometer zurückgefahren, so schnell sein Kia es erlaubte. Keine Spur vom Maserati. Also hatte er wieder kehrtgemacht und in Richtung Broekergouw gesucht. Auch hier: nichts. Bloß ein einsamer Dorfbewohner auf seinem klapprigen, unbeleuchteten Fahrrad, den er beinahe überfahren hätte. Keine Spur von einem Sportwagen.

Verdammt! Er beschloss, noch um die nächste Biegung zu sehen. Wenn er dann immer noch nicht auf Ruisdael stieß, musste er sich seine Niederlage eingestehen und die Aktion abblasen.

Er folgte dem Rechtsknick der Straße, und dann sah er es: Der samtblaue Nachthimmel wurde von einem orangefarbenen Feuerkranz erhellt, der aus der schwarzen Silhouette eines Hauses herauswuchs und es wie ein Heiligenschein umgab. *Eigentlich ein wunderschöner Anblick*, dachte er und brauchte einen Augenblick, um zu realisieren, dass es brannte.

Als er das Bauernhaus erreichte, stand es bereits lichterloh in Flammen. Vor dem Haus fiel ihm ein Mercedes auf, dessen Kennzeichen ihm bekannt vorkam.

Jan Ruisdaels gestohlener Wagen. Er hielt dahinter und stieg aus. Eine Sekunde später entdeckte er die beiden Frauen, die sich im Staub wälzten und miteinander rangen.

Das Gesicht der einen Kämpferin erkannte er sofort: Von diesem Gesicht hatte er so wunderbar geträumt. Aber wie sehr hatte es gelitten! Die schmalen Wangen waren aufgerissen, das kupferrote Haar verbrannt, die Bluse zerfetzt. Jetzt bekam die schöne Mirthe, die schon so viel mitgemacht hatte, einen Tritt, und ihre Gegnerin, die bis vor Kurzem in der schlechteren Position gewesen war, gewann die Oberhand.

Mit ihrem etwas kompakteren Körperbau rang sie Mirthe Verhoeve nieder, drückte mit der Rechten ihren Kopf in den Dreck und setzte sich auf ihren Rücken. »Jetzt hab ich dich, du Miststück! Jetzt bist du dran!«, schrie sie. Die stoppelkurzen Haare standen ihr wirr vom Kopf, und von ihrer Linken löste sich der Verband.

Die Mikulicz, dieses Luder, dachte Bontekoe und bereute bitter, dass er seine Dienstwaffe nicht mitgenommen hatte.

Aber die war gar nicht nötig. Er packte den rechten Arm der Klavierlehrerin und drehte ihn mit einem gekonnten Griff auf den Rücken.

»Jetzt hab ich *dich*, du Biest von einer Klavierlehrerin, jetzt bist *du* dran!«, rief er. Angesichts der dramatischen Situation empfand er diese Pointe als durchaus gelungen.

Sie schrie auf. Dann riss er sie von Mirthe herunter, zerrte sie zum Wagen und drückte sie gegen die Beifahrertür. Dass sie sich dabei den Kopf stieß, hatte er zwar nicht beabsichtigt, aber so was konnte bei einer Verhaftung schon passieren. Sie schien ziemlich angeschlagen zu sein, sank vornüber auf die Kühlerhaube und verlor das Bewusstsein. Oder tat bloß so, als verlöre sie es. Nichtsdestotrotz nahm er seine Handschellen vom Gürtel und ließ sie um ihre Handgelenke schnappen. Dass er dabei ihren Verband zurückschieben und ihr Schmerzen zufügen musste, ja, Pech, aber nicht zu ändern. Und wenn sie wirklich bewusstlos war, spürte sie die Schmerzen ohnehin nicht.

Mit einem triumphierenden Lächeln drehte er sich zu Mirthe um. »Keine Angst, meine Liebe. Sie kann Ihnen nichts mehr tun.«

Als er den Ausdruck von Wahnsinn und Unerbittlichkeit in ihren hellen Karamellaugen entdeckte, stutzte er. Sein Lächeln gerann. Dann sah er das Messer. Sein Herz begann zu rasen. »Aber …«

»Vielen Dank auch, Herr Hoofdinspecteur. Ich bin Ihnen sehr verbunden«, sagte Mirthe. Sie drückte die Messerspitze gegen seinen Kehlkopf.

Er wagte nicht zu schlucken und atmete nur noch flach.

»Nicht bewegen«, zischte sie. »Sehr vernünftig. Sie scheinen ein kluger Mann zu sein für einen Kriminalbeamten.« Sie lachte so kalt, dass sich die Härchen auf seinen Armen und im Nacken sträubten. *Verfluchter Mist.* Die Klavierlehrerin war die Gute, und er hatte es verkannt. Seiner idiotischen Vorurteile wegen. Und diese Vorurteile sollten jetzt sein Todesurteil sein.

»Nur schade, dass wir unsere Beziehung nicht vertiefen konnten.« Mirthe Verhoeve lächelte, als sie mit der Messerspitze quer über seinen Hals fuhr, als würde sie ihn streicheln. Das Lächeln machte ihre Gesichtszüge weich und schön, trotz der scheußlichen Wunde und der versengten Haare. Die Berührung kitzelte.

Was für eine attraktive Frau, dachte er und dachte weiter, dass diese attraktive Frau ihn gleich töten würde. Er las es in ihrem Blick. Und er dachte, dass er nicht wehrlos sterben wollte, wenn er schon sterben musste. Einen Versuch musste er wagen, das war er sich und der Mikulicz schuldig.

Mirthe drückte stärker zu. Die Messerspitze bohrte sich in seine Haut, ritzte sie auf.

Mit einem Ruck riss er den rechten Arm nach oben.

Mirthe schrie auf. Doch sie hatte das Messer so fest gepackt, dass es ihr nicht aus der Hand fiel. Es verrutschte nur nach oben und schnitt in sein Ohrläppchen.

Mit beiden Händen versuchte er, ihren Messerarm von seinem Gesicht wegzudrücken. Verflucht, war die Frau stark. *Wie kann eine so zierliche Person so stark sein?*, fragte er sich, während sein Ohr brannte und sie mit der Linken versuchte, seinen Kehlkopf einzudrücken.

Dieser Hund von einem Kiafahrer hatte ihn fast in den Straßengraben gedrängt! Wütend trat Jan in die Pedale. Er holte das Menschenmögliche aus dem Rad heraus, und als er das brennende Haus sah, fuhr er noch schneller, obwohl eine Steigerung eigentlich nicht mehr möglich war.

Atemlos erreichte er den Schauplatz, erfasste in Sekundenschnelle die Situation. Da war Maximiliane, halb über der Kühlerhaube zusammengebrochen. Sie stöhnte, also lebte sie und war auch nicht unmittelbar bedroht.

Ein paar Schritte entfernt die beiden Kämpfenden.

Der Dicke, der sich in einer eher ungünstigen Position befand, erblickte Jan und gurgelte etwas Unverständliches, vermutlich eine Warnung.

»Netter Versuch, Herr Hoofdinspecteur!«, schrie die Frau mit dem Messer. »Und jetzt sterben Sie.«

»Fallen lassen!«, brüllte Jan. Er hatte die Pistole bereits aus dem Holster gerissen und entsichert.

Erschrocken wandte sie den Kopf. In ihrem Blick wohnte Wahnsinn. Sie grinste.

Der Bulle nutzte die Situation und konnte ihre Finger von seinem Kehlkopf lösen. Doch ihre Rechte zuckte vor und stach ihn in die Schulter.

Jan hatte keine Wahl. Er schoss.

Sie schrie auf. Ließ endlich das Messer fallen. Brach zusammen und umfasste ihr Bein, während sie sich vor Schmerz am Boden wälzte.

Der Hoofdinspecteur war zum Glück nicht schwer verletzt, obwohl er ziemlich stark blutete. Jan verständigte Polizei und Notarzt. Er nahm den Verbandskasten aus dem Kofferraum seines Mercedes und verarztete die Schulter des Kriminalbeamten, der sich hundertmal bedankte und weit mehr darunter litt, in eine ausweglose Situation geraten zu sein, als unter der Verletzung selbst. »Unverantwortlich«, murmelte er unentwegt. »Das war unverantwortlich von mir.«

Bontekoe nahm Maxi die Handschellen ab und legte sie der Verrückten an. Erst dann konnten sie gemeinsam ihr durchschossenes Knie bandagieren.

Bontekoe versprach, die Mörderin bis zum Eintreffen der Einsatzkräfte zu beaufsichtigen. Endlich konnte Jan sich um Maximiliane kümmern. Sie hatte eine Platzwunde am Kopf, zahlreiche Schrammen an den Armen, der Verband um ihre verletzte Hand hing in Fetzen herunter, und wie es darunter aussah, wollte er lieber nicht so genau wissen.

»Du schaust fürchterlich aus!«

»Danke für die Blumen«, murmelte Maxi. Vor dem Hintergrund des brennenden Hauses schimmerte ihr Gesicht kalkweiß.

Sie musste starke Schmerzen haben, aber sie biss die Zähne zusammen.

Alles, was er je an Wut und Enttäuschung über ihr Verhalten empfunden hatte, war schlagartig verraucht. Übrig blieben nur eine Welle von Mitleid und dieses Gefühl, das auf seine Tränendrüsen drückte und das er in seinem ganzen Leben noch nie ausgesprochen hatte. In achtundfünfzig Jahren nicht.

Er nahm sie in die Arme, vorsichtig, als wäre sie ein rohes Ei, und doch sehr fest, hauchte einen Kuss auf ihre Stirn.

»Ich bin so froh, dass du …«

Sie sah ihn fragend an, als versuchte sie, den Satz in ihren Gedanken zu vervollständigen.

»Dass du lebst!«

»Bist du mir nicht böse?«

Er ließ sich nicht ablenken. Musste aussprechen, was in seinem Kopf herangereift war. »Ich bin so froh, dass du lebst, Maximiliane, und ich liebe dich.« Einer der längsten vollständigen Sätze, die er in den letzten Monaten, wenn nicht Jahren gesagt hatte. Und was den emotionalen Gehalt betraf, natürlich ohnehin eine Premiere.

29

»Dann wollen wir mal«, sagte Bontekoe und setzte Karin auf ihren Lieblingsstein. Sie stürzte sich sogleich auf die Blumenkohlröschen, die er als Willkommensgruß im Terrarium deponiert hatte. »Die wirst du dir jetzt mit *ihm* teilen müssen«, knurrte er. »Hast es ja nicht anders gewollt.«

Er schüttelte grimmig den Kopf und rief sich Dr. Schrijvers Lächeln ins Gedächtnis, als sie ihm die beiden Schildkröten ausgehändigt hatte.

»Ihre Karin hat sich in den drei Ferienwochen nicht nur prächtig vom Schnupfen erholt, sie hat sich auch mit Kunibert angefreundet. Um nicht zu sagen: Es war Liebe auf den ersten Blick.«

Dass der aknenarbige Assistent weder Handy noch Telefon besaß, war also bloß eine Lüge gewesen. Ein gemeines Komplott! Doch bevor Bontekoe böse werden konnte, hatte die Tierärztin ihr hintergründiges, schadenfrohes und insgesamt unwiderstehliches Lächeln zum Einsatz gebracht. Und er wagte nicht, sich gegen den veterinärärztlichen Rat zu sträuben, der da lautete: Kunibert, ein mit Anfang vierzig noch recht junges Schildkrötenmännchen, dessen Besitzerin verstorben war, auf der Stelle zu adoptieren und nicht mehr von Karin zu trennen.

Natürlich hatte er zugestimmt, froh, seine alte Gefährtin wieder mit nach Hause nehmen zu können. Als er sah, wie der Schildkröterich seine geliebte Karin wegrempelte und ihr den Leckerbissen förmlich aus dem Maul riss, musste er hart schlucken.

Mistkerl, dachte er, holte rasch den Rest des Blumenkohls aus der Küche und opferte das ganze Gemüse, um sicherzustellen, dass Karin auch genug von ihrer Lieblingsspeise abbekam.

Als die beiden satt waren, begann der freche Schnösel, Karin zu verfolgen und zu belästigen. Und sie wehrte sich nicht einmal! Lief halbherzig davon und ließ es sich schließlich gefallen.

Irritiert wandte Bontekoe sich ab. Zog sich Jacke und Schuhe an und machte sich auf den Weg ins Café »'t Papeneiland«.

Bei einem schönen kühlen Pils grummelte er vor sich hin.

Cornelius Bontekoe, du bist ein hoffnungslos prüder Trottel, dachte er. *Vermutlich bist du bloß neidisch. Neidisch auf deine alte Schildkröte!*

Vielleicht sollte er auch …? Er könnte es mit einer Annonce versuchen. Schön altmodisch im Telegraaf. Oder lieber im Internet, wie es momentan angesagt war? *Eine Frau fürs Leben. Hm, oder doch nur für gewisse Stunden?* Er konnte sich gar nicht mehr daran erinnern, wann er das letzte Mal …

Verwundert über die Niedrigkeit seiner Gedanken trank er das Bier aus und bestellte ein zweites.

An seine letzte Schwärmerei erinnerte er sich jedenfalls sehr genau. Ausgerechnet in eine Serienmörderin hatte er sich verguckt. Was für ein Wahnsinn! Er konnte von Glück sagen, dass er diese emotionelle Verirrung überlebt hatte. Es war einzig und allein dem Weinhändler zu verdanken, dass Mirthe Verhoeve gefasst worden war.

Stimmt nicht ganz, dachte er. Ein bisschen hatte auch die Mikulicz dazu beigetragen, diese seltsame Person.

Jedenfalls war der Fall gelöst, und auch das peinliche Missverständnis um das gefälschte Geständnis von Wim Bakkum alias Ramón war ausgestanden.

Mirthe Verhoeve hatte die Morde an den vier Frauen und den beiden Callboys gestanden. Vermutlich würde sie in eine geschlossene Anstalt für geistig abnorme Rechtsbrecher eingewiesen werden.

Das Verhör würde ihm wohl ewig im Gedächtnis bleiben. Vollkommen ungerührt hatte Mirthe erzählt, dass sie sich nur an ihrer Zwillingsschwester Roos rächen wollte. Dass eigentlich Roos an allem schuld war.

Mit Mitte zwanzig war Mirthe im Zuge ihres Englischstudiums nach New York gegangen. Sie hatte sich in Künstler- und Schauspielerkreisen bewegt, hatte Partys gefeiert und es sich gut gehen lassen, aber auch eine Schauspielausbildung begonnen und ihren Aufenthalt Jahr für Jahr verlängert. Nach elf Jahren bemerkte sie plötzlich, dass die monatlichen Finanzspritzen, die sie aus Amsterdam bekommen hatte, versiegt waren. Sie erfuhr, dass ihr Vater schon vor mehr als fünf Jahren gestorben war und dass er sie enterbt hatte. Die alleinige Besitzerin von Seliger Diamonds und des gesamten Vermögens war Roos. Natürlich flog sie sofort nach Hause, aber es war zu spät. Sie hatte die fünfjährige Einspruchsfrist versäumt und bekam nicht einmal den Pflichtteil.

»Das hat sie aus Habgier gemacht, diese Hexe, und aus Rache, weil ich ihr vor Jahren ihren Freund ausgespannt habe, angeblich die Liebe ihres Lebens. Dabei war das doch nur ein Spiel! Sie hätte ihn gern wieder zurückhaben können«, hatte Mirthe gesagt, und ihr metallisches Lachen hatte das Büro erfüllt.

»Und Sie haben nichts vom Tod Ihres Vaters gewusst? Haben Sie ihn in all den Jahren nie angerufen?«

»Wozu denn? Der Alte war nicht scharf darauf, von mir zu hören. Er hatte ja Roos, die ihn immer vergöttert hat.«

»Wie ging es dann weiter?«

»Ich habe mit Roos geredet und an ihren Gerechtigkeitssinn appelliert. Wenigstens eine Abfindung hätte sie mir zahlen müssen, wenn sie schon den Betrieb, die Immobilien, die Kunstsammlung, einfach alles an sich gerafft hatte. Aber das Luder hat mich bloß ausgelacht!«

Daraufhin beauftragte Mirthe einen Privatdetektiv. Er beschattete ihre Zwillingsschwester und lüftete deren kleines Geheimnis: ihre Schwäche für den Callboy Wim Bakkum alias Ramón.

Mirthe schmiedete ihren teuflischen Plan. Sie spionierte Ramón aus und machte sich schließlich an seinen Gigolo-Kollegen Piet van der Wijden alias Pierre heran. Zuerst engagierte sie ihn als Bettkumpan und testete, wie weit er für Geld gehen würde. Sehr weit! Als Ramón sich eine Auszeit nahm und Piet seine Stammkundinnen betreute, schlugen die beiden zu. Piet schlief mit den Frauen, Mirthe schnitt ihnen im Moment der Ekstase die Kehle durch.

»Warum mussten Manou Boerhave, Annika van der Eijk und Lisanne de Steeghius dran glauben? Sie kannten diese Frauen doch gar nicht!«

»Nennt man das nicht Kollateralschaden? Ein schöner Tod, das müssen Sie zugeben.« Wieder das Lachen, das schaurig nachhallte. »Es war nötig, um den Verdacht auf Ramón zu lenken. Damit Sie, mein lieber Hoofdinspecteur, in ihm einen irren Serienkiller sehen würden. Und das hat ja auch prima geklappt, nicht?« Ihre Miene verfinsterte sich. »Wenn diese blöde Kuh nicht eingeschritten wäre. Diese Mikulicz.«

»Wie haben Sie von ihrer Existenz erfahren?«

»Ramón hat es Piet erzählt, kurz vor seinem unfreiwilligen Selbstmord. Ich habe stundenlang überlegt, wie ich die Mikulicz unauffällig beseitigen könnte, am besten mit Piet gemeinsam. Lustigerweise ist sie mir zuvorgekommen und mir freiwillig in die Hände gelaufen.« Sie ließ ihre Faust auf die Tischplatte niedersausen. »Wenn ihr Weinhändler-Freund nicht gewesen wäre, wären jetzt alle Mitwisser tot.« Sie hatte ihre Augen verdreht, diese wundervollen Augen, die ihn an Sahnekaramellbonbons erinnerten. »Sie auch, mein lieber Bontekoe!« Trotz der Wunde auf ihrer Wange war sie immer noch eine faszinierend schöne Frau.

Potverdorie. Wie man sich doch in den Weibern täuschen kann! Nein, er würde sich lieber gar nicht erst auf die Suche machen. Keine Annonce unter der Rubrik »Relaties« im Telegraaf. Und Onlinedating war ohnehin nichts für ihn.

Bei seinem Glück würden ihn vermutlich ausschließlich Psychopathinnen, potenzielle Mörderinnen oder gar Klavierlehrerinnen kontaktieren.

Beim letzten Gedanken stutzte er. An seiner Klavierlehrerinnenphobie musste er arbeiten. Um eine Psychotherapie würde er wohl nicht herumkommen, das war ihm klar. Schließlich hatten ihn seine Vorurteile gegen diese Berufsgruppe in Lebensgefahr gebracht.

Und wenn er ganz ehrlich war, jetzt, bei seinem zweiten Bier, dann musste er zugeben, dass Klavierlehrerinnen heutzutage weit besser waren als ihr Ruf.

Er tätschelte die CD in seiner Jackentasche, die ihm der Postbote in einem Umschlag ins Büro gebracht hatte. Eine Aufnahme der »Préludes« für Klavier von Claude Debussy, interpretiert von Arturo Benedetti Michelangeli. Auf dem beiliegenden Kärtchen stand bloß: *Zur Entspannung nach haarigen Ermittlungen. Gruß, MM.*

Er freute sich so darüber, dass er gar nicht wissen wollte, woher die Mikulicz von seiner Vorliebe für Klaviermusik im Allgemeinen und für solche von Debussy im Besonderen wusste. Ob sie ihm womöglich hinterherspioniert hatte.

Egal, das Geschenk rührte ihn. Und es ließ sein schlechtes Gewissen ihr gegenüber aufflammen. Das schlechte Gewissen wegen des Buches, das er bei seinem Besuch im Hausboot hatte mitgehen lassen. Diesen seltsamen Kriminalroman.

Dass sie solchen Schund las, konnte er zwar nicht nachvollziehen, aber es war ja das Mindeste, ihr das Buch zurückzugeben. *Sonst kannst du nicht mehr in den Spiegel schauen. Und noch weniger in die Augen deiner Schildkröte*, dachte er.

Falsch, korrigierte er seinen Gedanken. *Deiner Schildkröten.*

30

Am C hätte sie es merken müssen.

Der Ton, den Maxi sonst immer griechenlandblau und vorgewölbt wahrnahm wie die Kuppeln von Thira oder die Augen von Hoofdinspecteur Bontekoe, blitzte an diesem Montag im Juni knallgrün und stachelig vor ihrem inneren Auge auf. Wie ein Kaktus. Ein giftiger Kaktus.

Und als der neunjährige Matthijs zum siebten Mal ein C spielte, wo ein Cis vorgesehen war, bohrte sich die falsche Farbe des falschen Tons wie ein todbringender Dorn in ihren Kopf. Maxi unterdrückte einen Schmerzensschrei.

War das etwa schon wieder eine Warnung? Geschah irgendwo in ihrem Umfeld ein Verbrechen?

Von mir aus, dachte sie. *Diesmal lasse ich jedenfalls die Finger davon.*

Und mit der freundlichsten Stimmfärbung, die sie im Repertoire hatte, sagte sie: »Cis, mein lieber Matthijs. Würdest du bitte ein Cis spielen? Sonst könnte es sein, dass ich mich vergesse. Dann jage ich dich durch die Kaffeemühle und verfüttere dich an die Blesshühner.« Sie lächelte den Jungen an. »Kleine Jungs, die die Kreuzvorzeichen vergessen, fressen sie nämlich besonders gern.«

Matthijs grinste breit. »Tut mir leid. Ist ein Projekt aus dem Religionsunterricht. Wir sollen ausprobieren, wie oft wir denselben Fehler machen müssen, bis jemand total ausrastet.«

»Achtmal«, sagte Maxi. »Beim nächsten nicht gespielten Cis ist es dann so weit.«

»Ist gut«, sagte Matthijs. »Ich glaube dir.« Er spielte die Stelle nochmals und mit Cis. Erstaunlicherweise klang der erste Satz der Sonatine auch sonst recht ansprechend.

Maxi lobte ihn. Sie überlegte eine Weile und kratzte sich am Ohr. Dann hatte sie eine Idee: »Sollen wir es in den nächsten Wochen einmal anders machen? Du könntest versuchen, herauszufinden, wie oft du optimal vorbereitet in die Klavierstunde kommen musst, damit ich dir alle Fußballsticker schenke, die dir noch fehlen. Und Schokolade. Oder magst du lieber Lakritz?«

Matthijs winkte lässig ab. »Ist nicht gut für die Zähne. Und die Sticker hab ich doch schon längst«, sagte er.

»Dann nicht. Einen Versuch war's wert.«

Nach dieser ersten Klavierstunde des Montags hatte Maxi Pause, bis es nachmittags mit Henk van der Eijk weiterging. Sie strich sich ein Erdnussbutterbrot und schlug endlich den Krimi auf, der wie durch ein Wunder den Weg zu ihr zurückgefunden hatte. Heute Morgen hatte er einfach vor der Bootstür gelegen. Aravind Bhaduris siebter Fall. Endlich würde sie erfahren, wie die Geschichte ausging.

Sie erinnerte sich, dass Aravind zuletzt die schöne Maharani aufgesucht hatte, um ihr den wertvollen Diamanten zurückzubringen, und dass er – Maxi war sehr überrascht gewesen – den Stein gegen eine Marmorsäule ihres Palastes schleuderte, sodass er in tausend Stücke zersprang. Dabei hatte er kurz zuvor noch von den Küssen Jaswinders geträumt.

Nun las sie atemlos, wie Aravind Bhaduri der Maharani vor Augen führte, dass es sich bei ihrem angeblich so wertvollen Stein um billiges Glas handelte. Der Diamant, den der Leopard mitsamt dem Gatten der Maharani gefressen hatte, war eine Fälschung! Die Maharani hatte zwei Fliegen mit einem Schlag erledigt: Sie hatte ihren ungeliebten Gatten mit Hilfe eines Raubtiers um die Ecke gebracht und es gleichzeitig auf einen Versicherungsbetrug abgesehen.

Maxi freute sich, als Aravind die Handschellen klicken ließ und die Maharani abführte.

Es folgten noch ein paar Gedanken über die Undurchschaubarkeit und Kaltblütigkeit schöner Frauen, und zum Schluss kniete Aravind Bhaduri nieder und betete voll Dankbarkeit zu Vishnu.

Ende.

Zufrieden klappte Maxi das Buch zu.

Als sie sich auf den Weg zum Haus der van der Eijks machen wollte, um zu kontrollieren, wie es Henk und dem »fröhlichen Landmann« ging, versperrte Tess ihr den Weg. Eine völlig aufgelöste kalkweiße Tess.

»Schau dir das an«, sagte sie und knallte Maxi etwas Violettes vor die Füße.

»Was ist das?« Es sah aus wie eine von Rudels Hyazinthen. Die Hyazinthen, die er vor drei Wochen in die Blechbadewanne gepflanzt hatte und die wider Erwarten noch immer kerngesund wirkten und prachtvoll blühten.

»Betrug«, zischte Tess.

Maxi hob die Blume auf und bemerkte, dass sie aus Plastik war. Sie prustete los und brach schließlich in schallendes Gelächter aus. Tess fiel mit Silberglöckchen ein.

Rudel, in psychedelisch gemusterten Shorts und einer knallgrünen Gärtnerschürze, saß auf dem Dach der »Waterlelie«, ließ die Beine herunterbaumeln und rauchte eine Tüte.

»Was habt ihr denn, Mädels? Ende gut, alles gut, oder nicht?«

Dank an:

Hans, für seine Unterstützung während der Entstehung dieses Buches und überhaupt,
Beate Riess, Literaturagentin, für wertvolle Tipps und aufmunternde Telefonate,
Carlos Westerkamp, Lektor, für wunderbare Textarbeit,
alle Mitarbeiter des Emons Verlags,
alle Freunde, die nicht beleidigt waren, wenn ich wieder einmal keine Zeit hatte,
Sie, falls Sie bis hierher durchgehalten haben.

Lena Avanzini
TOD IN INNSBRUCK
Broschur, 256 Seiten
ISBN 978-3-89705-840-8
eBook 978-3-86358-152-7

»Der Autorin ist ein ausgezeichnetes Krimidebüt gelungen.«
Innsbrucker Rundschau

Ausgezeichnet mit dem Glauser-Preis 2012 – Bestes deutschsprachiges Krimidebüt des Jahres

Lena Avanzini

TIROLERTOD

Broschur, 256 Seiten

ISBN 978-3-95451-035-1
eBook 978-3-86358-145-9

»Ein sehr spannend gestrickter Krimi. Was zählt, ist die gute Unterhaltung und das Einpassen der Handlung in das Umfeld: Und das ist auf jeden Fall gefunden.« Tiroler Tageszeitung

»Hochspannung pur und feiner Humor« Tiroler Woche